リ文庫

三つの棺
〔新訳版〕

ジョン・ディクスン・カー
加賀山卓朗訳

早川書房

7402

目次

三つの棺〔新訳版〕

登場人物

ギデオン・フェル博士………………名探偵
テッド・ランポール…………………フェル博士の友人
ドロシー………………………………テッドの妻
ハドリー………………………………ロンドン警視庁犯罪捜査部の警視
シャルル・ヴェルネ・グリモー……教授
ロゼット………………………………教授の娘
スチュアート・ミルズ………………教授の秘書
マダム・デュモン……………………家政婦
ドレイマン……………………………居候。元教師
アニー…………………………………メイド
アンソニー・ペティス………………酒場の常連客。幽霊話の収集家
ボイド・マンガン……………………酒場の常連客。新聞記者
ジェローム・バーナビー……………酒場の常連客。画家
ピエール・フレイ……………………奇術師
オルーク………………………………曲芸師

第一の棺　学者の書斎の問題

1　脅　迫

グリモー教授の殺害と、その後カリオストロ通りで起きた同じくらい信じがたい犯罪に対しては、奇怪なことばをいくらでも当てはめることができる。無理もない。不可能状況に目がないフェル博士の友人たちも、彼の事件簿にこれ以上不可解で怖ろしい謎は見つけられないだろう。すなわち、二件の殺人が起きたが、犯人は見えないだけでなく、空気より軽かったとしか思えないのだ。証拠によると、この者は最初の被害者を殺し、文字どおり消えてしまった。また別の証拠によると、彼はふたりめの犠牲者を空っぽの通りのまんなかで殺したが、通りの両端にいた人々はその姿を見ておらず、雪には足跡も残っていなかった。

当然ではあるが、ハドリー警視は、悪鬼《ゴブリン》だの魔術だのをこれっぽっちも信じていなかった。むろんそれで不都合はない――この物語の然るべきときに説明されることを魔法と信じないのであれば。しかし、この事件でひそかに歩きまわっている人間には実体がないのではないか、と考えはじめる人もいた。帽子と、黒いコートと、子供の仮面を取り去ったら、H・G・ウェルズ氏のかの有名な空想小説に出てくる男のように、なかは空っぽなのではないか、と。いずれにせよ、ぞっとする人間であったことはまちがいない。

〝証拠によると〟ということばを使った。直接得られたものでないかぎり、証拠には細心の注意が必要である。今回の事件では、読者の無用な混乱を防ぐために、誰の証言が確実に信頼できるかを、あらかじめ伝えておく。つまり大前提として、誰かが真実を話すということだ。さもなければ謎解きとして成り立たないし、それどころか、そもそも物語にならない。

　したがって、グリモー教授宅のスチュアート・ミルズ氏は嘘をついておらず、何も足し引きせず、いかなる場合にも見たままに語っていると明言しておく。同様に、カリオストロ通りの三人の目撃者（ショート氏、ブラックウィン氏、ウィザーズ巡査）もおのおの完全に真実を述べている。

　こうした状況のもとで、犯罪へとつながる出来事のひとつを、引き出せるかぎりの記憶よりくわしく説明しなければならない。それが本件の主音であり、衝撃であり、難題だった。のちにスチュアート・ミルズがフェル博士とハドリー警視に語った重要な詳細を、フェル博士の手記にもとづいてここに記しておく。事の起こりは、殺人の三日前の二月六日水曜の夜、ミュージアム通りにある〈ウォリック酒場〉の奥の部屋においてだった。シャルル・ヴェルネ・グリモー教授はもう三十年近くイギリスに住み、訛《なま》りのない英語を話した。興奮するといくらか短気になることと、古風な角ばった山高帽と黒い紐ネクタイを着用する習慣を除けば、友人たちよりずっとイギリス人らしかった。教授の若かりしころをくわしく知る者はいなかった。働かずに暮らしていける資産はあったが、〃仕事を持つ〃ことを選び、そこから生活に充分な利益を得た。かつては教師、名高い講演者、作家だったが、近年はそうした活動をほとんどせず、大英博物館で何やら無給の職につき、本人が原始魔法の写本と呼ぶものを見る機会を得ていた。原始魔法は教授の趣味であり、役にも立った。吸血鬼のまねごとから黒ミサに至るまで、あらゆる形態の異様で超自然的な妖術を肯定し、子供のようにおもしろがって笑い――その見返りに、肺を撃ち抜かれたのだった。

グリモーは健全な常識人だった。問いかけるように眼を輝かせ、喉の奥から飛び出すしゃがれ声でまくし立て、にやりとほくそ笑む癖があった。中背だが胸はたくましく、体力は計り知れなかった。刈りこみすぎてごま塩の無精ひげにしか見えない黒い顎ひげや、鼈甲縁の眼鏡、背筋を伸ばして狭い歩幅でせかせかと歩き、ぞんざいに帽子を上げて挨拶し、手旗信号のように傘を振る様は、大英博物館界隈に知らぬ者がいないほどだった。

住まいも博物館の角を曲がったところで、ラッセル・スクウェアの西側のどっしりした古い家に住んでいた。同居人は娘のロゼット、家政婦のマダム・デュモン、秘書のスチュアート・ミルズ、そして蔵書の管理のために住まわせているドレイマンという老齢の元教師だった。

しかし、グリモー教授の数少ない本当の仲間は、ミュージアム通りのウォリック酒場に結成された、ある種のクラブにいた。彼らは週に四、五晩集まり、自分たちだけで借りきった心地よい奥の部屋で、非公式の秘密会議を開いていた。完全な個室ではないが、うっかり入ってくる部外の客はほとんどおらず、かりに入ってきても歓迎されなかった。クラブの常連は、幽霊譚の権威である禿げ頭で気むずかしい小男のペティス、新聞記者のマンガン、画家のバーナビー。だが、グリモー教授は押しも押されもせぬクラブのサミュエル・ジョンソン博士（十八世紀イギリス文学界の重鎮）だった。

教授はクラブを牛耳っていた。その年もほぼ毎晩（仕事にあてる土日を除いて）、秘書のスチュアート・ミルズをともなってウォリック酒場に出かけていた。燃えさかる暖炉の火のまえで、愛用の籐の肘かけ椅子に坐り、湯で割ったラムのグラスを持ち、独裁者のように長々と語るのを愉しんだ。ミルズが言うには、目の覚めるような議論も多かったが、ペティスとバーナビー以外の者が本気で教授に論戦を挑んだことはなかった。教授は好人物ながら、気性が荒かったのだ。たいてい彼らは魔術や偽魔術――信じやすい人をだます詐術――に関する教授の豊富な知識に感嘆し、謎かけや芝居がかった事件を子供のように愛する彼の話に耳を傾けて満足していた。教授は中世の魔術の話をしては、最後にいきなり探偵小説のようにすべての謎を解説した。それはブルームズベリー（大英博物館のある地区で、著名人や作家が多く住む）のガス灯の陰にいながら、田舎宿の風趣も味わえる、いつも愉しい夕べの集まりだった――二月六日の夜、ドアを吹き開ける突風よろしく恐怖の兆しが入りこんでくるまでは。

その夜は肌を刺すような風が吹き、雪も降りそうな気配だったとミルズは言う。ミルズ自身とグリモー教授のほかに炉辺にいたのは、ペティス、マンガン、バーナビーだけだった。グリモー教授は葉巻を持った手を鋭く振りながら、吸血鬼伝説について語っていた。

「正直なところ、よくわからないのは」ペティスが言った。「こういうこと全体に対するあなたの態度ですね。私は作り話だけ、ぜったいありえない幽霊話だけを研究しているけれど、ある意味で幽霊は信じている。一方、あなたは、真実であることが証明された事件、反証がないかぎり〝事実〟と呼ばざるをえない事柄の権威なのに、自分の人生でいちばん重要だと決めたことをまったく信じていない。まるでブラッドショー（世界初の全国鉄道時刻表を発行した印刷業者）が蒸気機関車など不可能だと証明する論文をものしたり、ブリタニカ百科事典の編集者が〝信頼できる項目は全篇中ひとつもない〟と序文に書くようなものだ」

「ふむ、それのどこがいけない？」グリモーはいつもの早口のしわがれ声で言った。ほとんど口を開けていないように見える。「良心的じゃないか」

「〝博学なんじを狂気せしめたり〟（「使徒行伝」二六章二四節）というやつですか」バーナビーが言った。

グリモーは暖炉の火を見つめつづけた。ミルズ曰く、ちょっとしたからかいなのに、教授は怒りすぎているように見えた。坐ったまま、ペパーミント飴をしゃぶる子供のように、口のちょうどまんなかに葉巻をくわえて吸っていた。

「私は知りすぎた男なのだ」ややあってグリモーは言った。「それに、教会の司祭がことのほか敬虔な信者だったという記録はない。まあ、それは本筋からはずれているがね。私はそういう迷信の裏の原因に興味があるのだ。迷信はどうやって始まったのか。だまされやすい人々が信じたきっかけは何か。たとえばだ！　われわれは吸血鬼伝説について話している。これはスラヴ地方で広く信じられている。だろう？　一七三〇年から一七三五年にかけてハンガリーから一気に広まり、ヨーロッパ全体に根づいた。では、死者が棺から出て麦藁《むぎわら》や綿毛となって空中を漂い、今度は人の形になって襲いかかるという証拠を、ハンガリーはどうやって手に入れた？」

「証拠なんてあったんですか」バーナビーが訊いた。

グリモーは大げさに肩をすくめた。

「教会の墓地から死体を掘り起こしたところ、体がねじれ、顔や手や埋葬布に血がついた死体がいくつか見つかった。それが彼らのいう証拠だ……だが当然じゃないかね？　疫病の時代だったのだ。死んだと思われて、生きながら埋められた気の毒な人たちのことを考えてみたまえ。棺から出ようと、どれほどもがき苦しみ、本当に死んでいったか。わかるな、諸君。迷信の裏の原因とはそういうことだ。そこに私は興味がある」

「おれもだ」聞き慣れない声がした。「そこに興味がある」

男が入ってくる音はしなかったが、開いたドアから空気が流れてくるのを感じた気がする、とミルズは言う。よそ者がめったに侵入せず、ましてしゃべることなどぜったいない部屋に見知らぬ人間がずかずかと入ってきたので、みな驚いたのかもしれない。それとも、耳障りなほどしゃがれ、かすかに外国訛りがあり、狡猾で得意そうに響くその声のせいだろうか。とにかく、男の唐突な登場に全員がさっと振り向いた。

ミルズが言うには、取り立てて特徴のない男だった。暖炉の火から離れて立ち、みすぼらしい黒いコートの襟を立て、やはりみすぼらしい中折れ帽を目深にかぶっていた。わずかにのぞく顔も、顎をなでる手袋をはめた手の陰になっていた。長身で貧相に痩せ細っていること以外、ミルズには何もわからなかったが、男の声や態度、ちょっとした身ぶりは、初対面ながらどこか見慣れた感じがした。

男がまたしゃべった。堅苦しく学者ぶった口調は、グリモーを茶化しているかのようだった。

「これは失礼した、諸君」ますます得意げに言った。「会話に割りこんでしまって。だが、有名なグリモー教授にひとつ尋ねたいことがあってね」

ミルズによると、誰もその男を鼻であしらわなかった。みな耳を傾けていた。男には何か冬のように冷たい力があり、それが火の燃える暖かい部屋の空気をかき乱した。グリモーですら、エプスタインの彫像のごとく暗くどっしりと不機嫌に構え、口に運びかけた葉巻を途中で止め、薄い眼鏡レンズの奥の眼をぎらつかせて集中していた。グリモーはただひと言、大声で言った。

「なんだね？」

「すると、あんたは信じないんだな？」男は続けた。手袋をはめた手を少し下げ、顎に指一本で触れていた。「人が棺から抜け出せて、姿を見られずどこへでも行け、四方の壁などものともせず、地獄の使者と同じくらい危険になれることを」

「信じないね」グリモーは荒々しく答えた。「きみは？」

「信じる。自分でやったこともあるし、それだけじゃない！　もっといろいろやれる弟がいる。弟はあんたにとって非常に危険だ。おれはあんたの命など欲しくないが、やつはちがう。もしやつがあんたを訪ねてきたら……」

この狂気じみたことばは、最高潮に達したところで、粘板岩のかけらが火のなかではぜたようにぷつりと途絶えた。かつてサッカー選手だった若きマンガンがさっと立ち上がり、小柄なペティスが不安げに周囲を見まわした。

「グリモー」ペティスは言った。「この御仁は完全にいかれてる。誰か――」気が気でない様子で呼び鈴のほうに手を伸ばしたが、見知らぬ男がさえぎった。

「グリモー教授を見てみろ」男は言った。「人を呼ぶかどうか決めるまえに」グリモーは重く暗い侮蔑の眼差しを男に向けていた。「いやいや、待て！いいか。放っておけ。話させようじゃないか、その弟と棺とやらについて——」

「三つの棺だ」見知らぬ男が口を挟んだ。

「三つの棺」グリモーは憤りながらも洗練された態度で同意した。「そう言いたいならな。いくつでも好きなだけ加えればいい！　さあ、まずはきみが何者か教えてもらおうか」

男の左手がポケットから出て、テーブルに薄汚れた名刺を置いた。その平凡な名刺が正常な価値観を呼び戻したようだった。あらゆる妄想は冗談として煙突をくるくると昇っていき、耳障りな声の訪問者は、奇妙な考えに取り憑かれたみすぼらしい案山子《かかし》のような役者にすぎなくなった。というのも、ミルズが見た名刺にはこう書かれていたのだ——〝ピエール・フレイ、奇術師〟。片隅には〝ウェスト・セントラル一区、カリオストロ通り、2B〟と印刷され、その上に〝またはアカデミー劇場気付〟の走り書きがあった。グリモーは笑った。ペティスは悪態をつき、呼び鈴を鳴らして給仕を呼んだ。

「なるほど」グリモーは言い、名刺を親指の爪ではじいた。「そんなことじゃなかろうかと思った。で、きみは魔法使いなのだな？」

「名刺にそう書いてあるか」

「いやはや、それで職業ランクが下がるというのなら謝るよ」グリモーはうなずいた。喘息持ちのような笑い声をあげて、鼻を鳴らした。「奇術をひとつ見せてくれと言っても無理だろうね？」

「喜んでお見せしよう」意外にもフレイは言った。

フレイの動きがそこまで速いとは誰も思っていなかった。襲いかかるように見えて、それとはちがった——物理的には。フレイはテーブル越しにグリモーのほうに身を屈め、手袋をはめた両手でコートの襟を寝かし、ほかの誰ひとりその顔を見る間もないうちに、また立てたのだ。しかし、ミルズには彼がにやりと笑ったように思われた。グリモーはじっと動かずに険しい顔をしていた。ただ顎を突き出したせいで、短く刈ったひげに囲まれた口が軽蔑にゆがんだように見えた。顔色も少し悪くなったが、相変わらず静かに名刺をはじいていた。

「さて、失礼するまえに」フレイはぶっきらぼうに言った。「有名な教授に最後の質問をしておこう。もうすぐ誰かが夜あんたを訪ねる。兄弟とかかわるとおれも危険にさらされるが、覚悟はできている。もう一度言うと、誰かがあんたを訪ねる。おれが行くか、弟を行かせるか、どっちがいい？」

「弟をよこすがいい」グリモーはいきなり立ち上がって怒鳴った。「さっさと失せろ！」

誰も動かず、しゃべらぬうちにフレイが去り、ドアが閉まった。こうして二月九日土曜の夜に至るまでのさまざまな出来事のうち、唯一はっきりと見えたものに対しても、ドアが閉ざされた。あとはちらちらと見えたものを、ジグソーパズルのように並べて解釈するしかない。のちにフェル博士が、顕微鏡の板ガラス二枚のあいだに黒焦げの紙片を置いて組み合わせたように。姿なき男が初めて死をもたらすために出歩いたのは、その土曜の夜だった。ロンドンの横町に静かに雪が降り積もっていて、予言された三つの棺についに人が入ったのだ。

2　ドア

その夜、アデルフィ・テラス一番地にある、フェル博士宅の図書室の暖炉のまわりでは、陽気な笑い声が響いていた。血色のよい顔の博士は、いちばん大きく快適な使い古しの椅子に、王のごとく坐っていた。座面はへこんで裂け目ができていた。椅子が快適になる方法はそれしかないのだが、なぜか夫人たちは毛嫌いする。フェル博士は巨体に喜びをみなぎらせ、黒いリボンのついた眼鏡の奥の眼を輝かせて、笑いながら暖炉のまえの絨毯にステッキを打ちつけていた。祝っていたのだ。フェル博士は友人の到着を祝うのが好きだった。というより、理由はなんであれ祝いたがる。しかもこの夜には、お祭り騒ぎをする理由がふたつあった。

まず、若き友人テッド・ランポールと、夫人のドロシーが元気いっぱいでアメリカから到着した。そして、もうひとりの友人ハドリーが――いまやロンドン警視庁犯罪捜査部のハドリー警視である――ベイズウォーターの偽造事件をあざやかに解決し、ひと息入れているところだった。炉床の片側にテッド・ランポール、反対側にハドリーが坐り、博士はそのまんなかで湯気の立つパンチのボウルをまえに、主人役を務めていた。階上《うえ》ではフェル、ハドリー、ランポールの三夫人が何やら話しこんでおり、ここ一階では、すでにフェルとハドリー両氏が別のことについて激論していたので、テッド・ランポールはわが家にいるようにくつろいだ気分だった。

ランポールは椅子に深々と体を沈めて、昔を思い出していた。向かいのハドリー警視は、短い口ひげとくすんだ鋼色の髪で、自分のパイプに微笑みながら皮肉な論評を加えている。フェル博士は大声をあげ、パンチをすくうレードルを振りまわしていた。

彼らは科学的犯罪学、とくに写真術について議論しているようだった。ランポールは昔同じ話を聞いたことを思い出した。捜査部で下品な笑いの種になった話だ。フェル博士は、手持ちぶさたで趣味を探していた時期に友人のマップルハム司教にそそのかされて、グロス、イェゼリッヒ、ミッチェルの本を読みはじめ、すっかり夢中になった。ありがたいと言うべきか、いわゆる科学的脳の持ち主ではない。いつも実験を始めるまえに、運よく器具を粉々にしてしまうから、化学研究で屋根を吹き飛ばすようなことはしていないし、ブンゼン・バーナーでカーテンに火をつけた以外には、ほとんど家も壊していない。博士の写真研究は(本人曰く)いちじるしく成功していた。色消しレンズのついたダヴォンテルの顕微鏡カメラを買い、ひどい消化不良の胃のレントゲン写真のようなもので部屋を散らかしていた。また、グロス博士による燃えた紙の文字の判読法も完成させたと主張していた。

それをハドリーが冷やかすのを聞くうちに、ランポールはだんだん眠くなってきた。ゆがんだ本の壁に暖炉の光がちらついている。閉じたカーテンの向こうの窓ガラスに粉雪が当たる音がする。彼はすっかり満ち足りた気分で口元をほころばせた。このすばらしい世界に悩みは何もない――いや、あるのだろうか。体の向きを変えて、暖炉の火を見つめた。たいていいちばん心地よいときに、びっくり箱のように小さなことが飛び出して人をつくものだ。

犯罪事件！　もちろんたいしたことではない。おもしろい話をさらにおもしろくしようと、マンガンが悪趣味な脚色を加えただけだ。でもやはり――

「グロスの言うことなどまったく当てにならない！」ハドリーが断言して、椅子の肘かけをぴしりと叩いた。「あなたがたはつねに、念入りな仕事をする人間の言うことは正しいと思いこむようだ。燃えた紙に書かれた文字が現われることなど、めったにないのに……」

ランポールは穏やかに咳払いをした。「ところで、おふたりは〝三つの棺〟ということばに心当たりはありませんか」

いきなり沈黙ができた。ランポールが期待したとおりだった。ハドリーは彼を怪訝そうに見、フェル博士は、煙草かパブに関することばだったかなとでもいうように、当惑顔でレードル越しにまばたきした。と、その眼がきらめいた。

「へっ」博士は言い、両手をこすり合わせた。「へっ、へっ、へっ！　喧嘩の仲裁かね？　それとも、ひょっとして本気で訊いているのかな。なんの棺だって？」

「それはその」ランポールは言った。「かならずしも犯罪事件とは言えませんが――」聞いたハドリーが口笛を吹いた。

「――奇妙な出来事なんです、マンガンが大げさに言っているのでなければ。ボイド・マンガンは昔からの知り合いですが、二年ほどアメリカにいました。すばらしくいいやつで、世界のあちこちを放浪して、いかにもケルト人らしい想像力を持っている」そこでランポールはひと息入れて、マンガンの顔を思い出した。浅黒く端整だが、無精そうで、いくらか遊び疲れている。興奮しやすい気性のわりに動作はゆったりしていて、文句なしに気前がよく、笑顔は素朴。「とにかく彼はここロンドンにいて、いまはイブニング・バナー紙で働いています。そのマンガンと今朝、ヘイマーケットでばったり出会ったのです。すると彼はぼくをバーに引っ張りこんで、堰《せき》を切ったように話しはじめました。そして一部始終を語ったあとで」ランポールはここぞとばかりに強調した。「ぼくが偉大なフェル博士の知り合いだとわかると――」

「いいから」ハドリーが言って、例の鋭く油断のない眼でランポールを見た。「本題に入りなさい」

「へっ、へっ、へっ」フェル博士は大喜びで言った。「口を閉じたまえ、ハドリー。おもしろそうな話じゃないか。それで？」

「どうやらマンガンはグリモーという講演家だか作家だかの熱烈なファンらしいのです。しかもグリモーの娘さんに首ったけなので、ますます娘の父親を崇めている。グリモーと彼の取り巻きは大英博物館の近くにあるパブの常連です。幾晩かまえ、そこらの狂人の奇行などより、はるかにマンガンを震え上がらせた出来事がありました。死体が起き上がって墓から抜け出すとか、その手の愉快な話をグリモーがしていると、背の高い奇妙な男が入ってきて、馬鹿げたことをしゃべりはじめたのです。自分のことや、本当に墓を抜け出て麦藁みたいに宙を飛べる弟のことを」（ここでハドリーはうんざりしたような声をあげて力を抜いたが、フェル博士は相変わらず興味津々の眼差しを向けていた）「それはどうもグリモー教授に対する一種の脅迫だったようです。去り際にそのよそ者は、まもなく弟がグリモーを訪ねるだろうと脅しました。おかしなことに、グリモーは毛筋一本動かさなかったものの、じつは真っ青になって怯えていた、とマンガンは力説しています」

ハドリーが不満げに言った。「いかにもブルームズベリーにありそうな話だが、だから？　婆さんみたいに小心な男がいたからといって――」

「そこだよ、問題は」フェル博士がうなって、顔をしかめた。「彼はそういう男ではない。私はグリモーをよく知っている。ハドリー、きみは彼を知らないから、それがどんなに奇妙なことかわからんのだ。ふむ。はっ。続けてくれたまえ。それでどうなった？」

「グリモーは何も語りませんでした。それどころか、くだらない冗談だと相手にもしなかったので、男の狂気も腰砕けになった恰好でした。そのよそ者が去った直後、流しの音楽家がパブの入口に現われて『空中ブランコ乗りの歌』を演奏すると、店の客全員が大笑いして、正気に戻りました。グリモーは微笑んで、こう言ったそうです。〝諸君、例の生き返った死体とやらは、ブランコ乗りよりもっと身軽でなければな。もし私の書斎の窓から舞いおりるつもりなら〟

これでみなその一件は忘れましたが、マンガンはこの訪問者〝ピエール・フレイ〟の正体を知りたいと思いました。フレイはグリモーに劇場名が記された名刺を渡していたので、翌日マンガンは新聞の取材のふりをして、その劇場まで行ってみました。そこは夜ごとバラエティ・ショーを上演する、イーストエンドの少々さびれていかがわしい演芸場でした。マンガンはフレイと鉢合わせしたくなかったので、楽屋口の守衛に話をつけ、フレイのまえに出番が来る曲芸師を紹介してもらいました。その男は自分のことを、なぜか〝道化師《パリアッチ》大王〟と呼んでいます。じつはアイルランド人で、抜け目ない男でしたが、知っていることをマンガンに話しました。

フレイは演芸場で〝変わり者《ルーニー》〟として知られています。みなフレイのことは何も知りません。誰とも話さず、出し物のあとはさっさと外に出ていってしまう。でも、ここが肝心なのですが、腕がいいのです。本人にまったく野心がないなら別ですが、ウェストエンドの大劇場の支配人が早々と目をつけてもおかしくなかったと曲芸師は言っています。フレイがやるのは〝超〟奇術のようなもので、得意技は姿を消す トリック……」

ハドリーが嘲るようにまたうなった。

「いや」ランポールは引き下がらなかった。「聞いたかぎりでは、ありきたりの古いトリックじゃないんです。マンガンによると、助手も使わず、小道具はすべて棺の大きさの箱に入るのだそうで。奇術師について少しでもご存じなら、それがとてつもないことだというのがわかるでしょう。フレイは棺というテーマに取り憑かれているようです。かつてその理由をパリアッチ大王が訊いたところ、思いがけない反応が返ってきました。フレイは大きな笑みを浮かべて振り向き、〝われわれ三人は生き埋めにされたことがある。逃げたのはひとりだけだった〟と言ったそうです。パリアッチが、きみはどうやって逃げたのだと訊くと、フレイは静かに答えました。〝逃げなかった。おれは逃げなかったふたりのうちのひとりだ〟と」

ハドリーは耳たぶを引っ張っていた。真顔になって、不安げに言った。

「なるほど。思ったより少し重要な話かもしれない。たしかに頭のおかしい男のようだ。勝手な想像で恨みを抱いているのなら……その男は外国人だと言ったかね？　内務省に電話して調べてもらってもいい。もしきみの友人に迷惑をかけようとしているのなら――」

「すでに迷惑をかけたのかね？」フェル博士が訊いた。

ランポールは博士のほうを向いた。「水曜以降、グリモー教授の家に郵便が届くたびに、手紙らしきものが入っているそうです。すべて本人が何も言わずに破り捨てるのですが、娘さんが、例のパブでの出来事を人伝《ひとづて》に聞いて心配しはじめています。しかも、まるで最後の仕上げのように、昨日、グリモー教授自身が奇妙な行動をとりだしたのです」

「どんな行動だね？」フェル博士は訊いた。額に当てていた手をはずすと、小さな眼が驚くほどの鋭さでランポールを見て、まばたいた。

「昨日、教授はマンガンに電話をかけて、〝土曜の夜、私の家にいてほしい。ある人物が押し入ってくるおそれがある〟と言ったのです。当然ながら、マンガンは警察に知らせるべきだと助言しましたが、グリモーは聞き入れません。そこでマンガンは〝いいですか。あの男は狂っていて危険かもしれない。身を守るためになんの準備もしないつもりですか〟と言いました。それに対して教授はこう答えました。〝もちろん、あらゆる準備をするさ。絵を買うつもりだ〟と」

「なんだって？」ハドリーが身を乗り出して訊いた。

「壁にかける絵です。冗談じゃありませんよ。事実、買ったようなのです。木々と墓石が並んだ、なんだか奇妙な風景画、それもそうとう大きな途方もない風景画で、作業員がふたりがかりで階上《うえ》に運び上げたそうです。いまわざと〝途方もない風景画〟と言いましたが、ぼく自身は見ていません。描いたのはバーナビーという画家で、グリモーと同じクラブにいる素人犯罪学者……ともかく、それがグリモーにとって身を守る手段のようです」

また訝《いぶか》るような眼で見ていたハドリーに、ランポールは少し激しい口調で同じことをくり返した。ふたりはフェル博士のほうを向いた。二重顎の奥で喉をぜいぜい言わせ、ぼさぼさの髪をはね上げ、両手をステッキの握りに添えて坐っている。博士が暖炉の火を見つめてうなずき、話しはじめると、部屋の心地よさが少し損なわれた気がした。

「その家の住所はわかっているのかな？」博士は感情のない声で訊いた。「よろしい。車のエンジンをかけたほうがよさそうだ、ハドリー」

「ええ、ですが――」

「頭がおかしいとされている人間が正気の人間を脅したところで、心配するかどうかは人それぞれだが」フェル博士はまたうなずいて言った。「正気の人間が、頭がおかしくなったようにふるまいはじめたら、私は大いに心配するね。何もないかもしれん。だが、嫌な予感がするのだ」博士はぜいぜいあえぎながら、のっそりと立ち上がった。「さあ、来たまえ、ハドリー。行ってその場所を見てみようじゃないか、たとえ家のまえを通りすぎるだけでも」

アデルフィ・テラスの狭い道を、身を切るような風が吹き抜けた。雪はやんでおり、高台とその下のヴィクトリア堤防公園に、白く幻想的に降り積もっていた。ストランド大通りには灯が明るくともり、演劇の上演時間とあって人気《ひとけ》はなく、雪が車輪に踏まれて汚れたぬかるみになっていた。彼らがオルドウィッチに差しかかったのは十時五分すぎだった。ハドリーは襟を立て、静かにハンドルを握っていた。フェル博士が、もっと速くと大声をあげると、ハドリーはまずランポールを、次に後部座席に体を押しこんでいる博士を見やった。

「こんなことをしても無意味ですよ」ハドリーは厳しく言い返した。「そもそも、われわれにはかかわりのないことだし、たとえ訪問者があったとしても、おそらくもう去っている」

「わかっとる」フェル博士は言った。「それを怖れているのだ」

車はサウサンプトン・ローに突入した。ハドリーはみずからの気分を表わすかのようにクラクションを鳴らしつづけていたが、とにかく車は加速していた。うら寂しい峡谷のような通りが、いっそううら寂しい峡谷のようなラッセル・スクウェアにつながった。西側には足跡がほとんど見当たらないし、轍《わだち》はさらに少なかった。ケッペル通りを越えてすぐの北端にある公衆電話ボックスを知っているなら、向かい側に立つその家も、はっきり意識はせずとも見ていることになる。ランポールの眼に入ったのは、間口の広い簡素な三階建てだった。一階は焦げ茶色の石材で、二階から上は赤煉瓦を積んである。玄関前の六段の階段を上がると、大きなドアがあり、真鍮枠の郵便受けと真鍮のノブがついていた。地下の勝手口におりる階段の上に窓がふたつあり、閉じたブラインドの向こうから光がもれているが、あとは建物全体が暗かった。ありふれた住宅地のありふれた家に見えたが、すぐにそうでなくなった。

一方のブラインドが横にさっと動いた。彼らが家のまえをゆっくり通りすぎたとき、明かりのついた窓が大きな音とともに引き上げられた。窓枠に人影がのぼり、カタカタ鳴るブラインドのまえに輪郭が浮かび上がって、ためらったのち、飛びおりた。先端の尖った階段の手すりのはるか外まで飛んで、舗道に片足でおり立ったが、雪ですべって路肩からよろめき出たので、彼らの車に轢かれそうになった。

ハドリーは思いきりブレーキを踏んだ。すべった車が縁石にぶつかって停まると、車から出て、男が立ち上がるまえに腕をつかんだ。すでにランポールはヘッドライトで男の顔を見ていた。

「マンガン！」彼は言った。「いったい何が――」

マンガンは帽子もコートも身につけていなかった。ヘッドライトに照らされて、腕から手にかけて散ったガラス片のような雪と同じく、彼の眼も輝いた。

「誰だ？」マンガンはかすれた声で訊いた。「いやいや、ぼくは大丈夫。放してくれ。いいから放せって！」ハドリーの腕を振りほどき、両手を上着でふきはじめた。「誰か――テッド！　早く誰かを呼んでくれ。きみもいっしょに来て。急いで！　あいつに閉じこめられたんだ。階上で銃声がした。聞こえたんだよ。ぼくたちは閉じこめられた。ほら——」

ランポールがうしろを見ると、窓に女性の影が浮かんでいた。ハドリーがマンガンの支離滅裂な説明に割りこんだ。

「さあ落ち着いて。誰に閉じこめられたんです？」

「あ、いつですよ。フレイです。まだなかにいる。銃声が聞こえたんだけど、ドアが厚すぎて蹴り破れなかった。あなたも来ます？」

マンガンはすでに玄関前の階段を駆け上がっていた。ハドリーとランポールも続いた。ふたりとも玄関のドアには鍵がかかっていると思っていたが、マンガンがノブをまわすとあっさり開いた。天井の高い玄関ホールは暗く、奥の机に置かれたランプの灯がともっているだけだった。何かがそこに立って彼らを見ていた。想像していたピエール・フレイからはかけ離れたグロテスクな顔があった。ランポールが眼を凝らすと、それは禍々《まがまが》しい面とともに飾られた日本の甲冑だった。マンガンは右のドアに駆け寄り、鍵穴に差してあった鍵をまわした。ドアが内側から開いた。開けたのは窓辺にシルエットが映った娘だったが、マンガンは片手で彼女を押しとどめた。階上から何かを打ちつけるような重い音が聞こえた。

「大丈夫だ、ボイド！」ランポールは心臓が喉元までせり上がるのを感じながら叫んだ。

「こちらはハドリー警視だ。彼の話をしたことがあっただろう。問題はどこだ。そもそも何があった？」

マンガンは階段を指差した。「ここを上がって。ぼくはロゼットを守らないと。やつはまだ階上《うえ》にいる。外には出られない。いいね、くれぐれも気をつけて！」

そう言うと、壁にかかった不恰好な武器に手を伸ばした。彼らは分厚い絨毯の敷かれた階段をのぼった。二階は暗く、誰もいないように見えた。が、三階につながる階段の壁龕《へきがん》から光が射していて、ものがぶつかる音はいっそう大きくなっていた。

「グリモー博士！」誰かが叫んでいた。「グリモー博士！　答えてください」

ランポールには、この重苦しい、この世ならざる雰囲気は何だろうと考える暇もなかった。ハドリーについて二番目の階段を駆け上がると、てっぺんにアーチ型の出口があり、奥行きより幅がある広間に出た。天井までオークの板張りで、階段の向かいの横長の壁にはカーテンを引いた窓が三つあり、黒くて厚い絨毯があらゆる足音を吸収した。長方形の短辺にあたるふたつの壁に、向かい合わせにドアがついており、左手奥のドアが開いていた。階段からわずか三メートルほどの右のドアは閉まっていて、そこを両の拳で叩いている男がいた。

彼らが近づくと、男はさっと振り向いた。広間自体に明かりはないが、階段のアーチの下の壁龕に置かれた、大きな真鍮の仏像の腹中から黄色い光があふれているので、すべてがはっきりと見えた。光を浴びて立っているのは、息を切らした小柄な男で、そわそわと動きまわっていた。大きな頭に小鬼《ゴブリン》を思わせる髪を大きくふくらませ、大きな眼鏡越しにじっと彼らを見つめた。

「ボイド？」と大声で言った。「ドレイマン？　あんたなのか？　そこにいるのは誰だ」

「警察だ」ハドリーが言い、飛びのいた男のまえを通ってドアに近づいた。

「入れないんです」小男は指の関節を鳴らしながら言った。「でも入らないと。ドアは内側から鍵がかかっています。誰かがグリモーといっしょになかにいる。銃声がして……グリモーは返事をしません。マダム・デュモンは？　マダム・デュモンを呼んでくれ。あいつはまだなかにいます、ぜったいに！」

ハドリーが鋭く振り返った。

「そこでちょろちょろするのをやめて、プライヤーを探してきてもらえないか。鍵は錠に差しこまれている。外からまわせるだろう。プライヤーが欲しい。家のなかにないか」

「さあ……どこにあるのか……」

ハドリーはランポールを見た。「私の車に戻れば工具箱がある。後部座席の下だ。そこからいちばん小さなプライヤーを取ってきてもらえないか。それと、重いスパナも二本。その男とやらが武器を持っているのなら――」

ランポールがうしろを向くと、フェル博士がぜいぜいと激しくあえぎながらアーチから出てきた。何も言わないが、顔色は先ほどよりよくなかった。ランポールは二段飛ばしで階段をおり、何時間にも思えるほどまごついて、ようやくプライヤーを探し出した。家にまた入ると、一階の閉じられたドアの向こうからマンガンの声と、ひどく取り乱した娘の声が聞こえた……

ハドリーは相変わらず落ち着いた態度で、プライヤーの先をそっと鍵穴に入れた。力強い手で鍵の先を挟んで、左にまわしはじめた。

「なかで何か動いている……」小男が言った。

「よし」ハドリーが言った。「うしろに下がって！」

彼は両手に手袋をはめ、気を引き締めると、ドアを勢いよく押し開けた。開いたドアが壁にぶつかって、部屋のなかのシャンデリアが揺れ、音を立てた。何も出てこなかったが、何かがたしかに出ようとしていた。それを除いて、明るい部屋は空っぽだった。ランポールが見たその何かは血まみれで、黒い絨毯の上に這いつくばり、懸命に動こうとしていた。やがて息を詰まらせ、横ざまに倒れて動かなくなった。

3　仮　面

「入口にいなさい、ふたりとも」ハドリーが語気鋭く言った。「心臓が弱いなら見ないことだ」

フェル博士がハドリーに続いて、のしのしと部屋に入った。ランポールは入口にとどまり、腕を横に伸ばして進入を防いだ。グリモーの体は重かったが、ハドリーは力ずくで向きを変えたりしなかった。ドアまで這ってこようとしたせいで、グリモーは体の内にも外にも出血し、血を吐くまいと歯を食いしばっていた。ハドリーは片膝にその上半身をもたせかけた。白髪混じりの黒い無精ひげが伸びたグリモーの顔は青ざめ、閉じた眼は落ち窪んでいた。血に濡れたハンカチをまだ胸の銃創に押し当てようとしているが、聞こえる息の音は弱々しくなってきた。風が吹きこんでいるにもかかわらず、鼻を衝く火薬の煙がうっすらと漂っていた。

「死んだのかね？」フェル博士が小声で訊いた。

「虫の息です」とハドリー。「この顔色を見てください。肺を撃ち抜かれたんだ」そこで戸口に立った小男のほうを振り向いた。「救急車を呼んで。早く！　望みはなさそうだが、そのまえに何か言い残すことはできるかも――」

「さよう」フェル博士が厳粛な口調で言った。「そこがいちばん興味深いところだ。ちがうかね？」

「できることが、それしかないのなら」ハドリーは冷たく応じた。「そうですね。そこのソファのクッションをいくつか持ってきてもらえませんか。せめてできるだけ楽にしてやろう」グリモーの頭をクッションにのせると、ハドリーは顔を近づけた。「グリモー博士！　グリモー博士！　聞こえますか」

青白いまぶたが震え、なかば閉じたグリモーの眼が、〝事情通〟とか〝知的〟とか言われそうな顔のなかで子供の眼のように当惑して、奇妙に、弱々しく動いた。何が起きたか理解していないようだった。眼鏡が部屋着から紐でぶら下がっていた。指を持ち上げたいのか、力なく曲げ伸ばしした。樽のような胸はまだわずかに上下していた。

「警察から来ました、グリモー博士。誰がこんなことをしたのです。無理に答えなくてかまいません。うなずくだけで。犯人はピエール・フレイですか？」

かすかに理解したような顔つきが、いっそう困惑した表情に変わった。そしてグリモーははっきりと首を横に振った。

「それなら誰です？」

グリモーは懸命にしゃべろうとした。しかし懸命すぎて、力を使い果たしてしまった。初めて発したことばが最後になった。唇が途切れ途切れにつぶやき、その解釈は——というより、文言そのものも——のちにいっそう不可解な謎を残した。そしてグリモーは意識を失った。

左手の壁の窓がいくらか上がっていて、冷たい風が吹きこみ、ランポールはぶるっと身震いした。かつて傑出していた人物が血を流し、ずだ袋のように裂かれて、クッションの上にぐったりと横たわっている。時計仕掛けのように規則的な音がするから、まだ生きているのはわかるが、それだけだ。明るく静かな部屋のそこらじゅうが血だらけだった。

「ああ！」ランポールは思わず叫んだ。「何かぼくたちにできることはないんですか」

ハドリーはにべもなく答えた。「ないね、それぞれの仕事に戻ることしか。犯人はまだなかにいるだと？　まったく、とんだまぬけぞろいだ——いや、私も含めてだが」少し開いた窓を指差した。「もちろん犯人は、われわれがこの家に入るまえに早々とあそこから逃げたにちがいない。いまここにいるわけがない」

ランポールはあたりを見まわした。鼻につんと来る火薬の煙が彼の視界からも、部屋からも消えていくところだった。彼は初めて自分のいる場所をしっかりと見た。

部屋は縦横四メートル半ほどの正方形で、壁はオークの板張り、床には厚い黒色の絨毯が敷かれていた。入口から見て左手の壁の窓には、茶色のビロードのカーテンがかかり、風に揺れている。窓の左右は高い本棚で、その上に大理石の胸像が並んでいた。同じ窓のすぐまえに、左から採光する恰好で大きな机が置かれている。天板は平らで、どっしりとした彫刻入りの猫足がついている。その机から、座面に詰め物をした椅子が引かれていた。机の左隅にモザイクガラスのランプと青銅の灰皿が置かれ、灰皿には自然に燃えた葉巻が長い灰になって残っていた。仔牛革の表紙の本が閉じて置かれたデスクマットには、ほかにペン皿とメモ用紙の束しかなく、用紙は奇妙な小物——黄色い翡翠に彫刻したバッファロー——で押さえられていた。

ランポールは窓の反対側の壁を見ていった。大きな石造りの暖炉があり、両側はやはり胸像ののった本棚だ。暖炉の上には交叉した二本のフェンシングの剣があって、そのまえに紋章の入った盾が飾られていた。ランポールは（そのときには）あまり注意を払わなかった。部屋のそちら側の家具だけが乱れていた。暖炉のすぐまえにある茶色の革の幅広のソファが斜めに押しのけられ、革張りの椅子がうしろにずれて、敷物がめくれ上がっている。ソファには血がついていた。

そして最後に、ランポールは入口と向かい合う奥の壁のほうを向いて、一枚の絵に眼を留めた。本棚と本棚のあいだに広い空間があり、そこだけ棚が取り払われている。絨毯にまだ跡が残っているから、ほんの数日前のことだろう。壁のその場所は、絵をかけるために空けられたのだが、もはやグリモーがかけることはなくなった。絵はグリモーが倒れているところからさほど離れていない床に表向きに置かれ——ナイフで二度切り裂かれていた。額に入っていて、横は二メートル、縦は一メートル以上ある。あまりに大きいので、ハドリーも引きずるようにして動かすしかなかった。部屋のまんなかの空いた場所で向きを変え、ソファのうしろに立てかけて眺めた。

「さて」ハドリーは絵を立てかけながら言った。「これが〝身を守る〟ために買った絵というわけだ。どうです、フェル、グリモーもかのフレイと同じくらい頭がおかしかったと思いますか」

フクロウのように思慮深い面持ちで窓を見ていたフェル博士が、おもむろに振り返った。「ピエール・フレイと同じくらいかね」と声を轟かせて、シャベル帽を押し上げた。「この犯罪を起こしていないピエール・フレイと。ふむ。ところで、ハドリー、凶器は見当たらないかね？」

「見当たりません。まず銃がない。大口径のオートマティックが見つかってほしいところだが。それからナイフもない。こいつを切り裂いたナイフです。まあ見てください。私にはありふれた風景画に見える」

ありふれてはいない、とランポールは思った。見る者を打ちのめすような力が感じられる。画家が猛烈な怒りをこめて描き、曲がった木々を打ちすえる風を油絵の具でとらえたかのようだ。寂寥と恐怖を感じた。全体の色調は暗く、灰色と黒の下に緑がかった地色があり、背景に低く連なる山々だけが白い。前景では、曲がった一本の木の枝の向こうに草が生い茂り、墓石が三つ並んでいた。いまいる部屋に似たどことなく異国の雰囲気があるが、かすかなにおいと同じように、それが何か特定するのはむずかしい。墓石は倒れかかっていた。見方によっては、下の土が盛り上がって亀裂ができているからだと思える。画布が裂けていても、その印象は消えていなかった。

隣の広間から、勢いよく階段を駆け上がってくる足音が聞こえて、ランポールははっとわれに返った。飛びこんできたボイド・マンガンは、記憶にあるより痩せてだらしない身なりで、巻いた針金のように頭にのっている黒髪さえ乱れて見えた。床に倒れた男を一瞥して濃い眉を翳らせると、羊皮紙のような頬をこすりだした。ランポールとほぼ同い年なのに、眼の下に斜めに走るしわのために十歳は老けて見えた。

「ミルズから聞きました」マンガンは言った。「彼は――？」グリモーのほうにすばやく首を振った。

ハドリーはそれを無視した。「救急車は呼んだかね？」

「担架を持った隊員がもうすぐ上がってきます。この近所は病院だらけなのですが、誰もどこへ電話すればいいかわからなくて。そのとき、角を曲がったところで教授の友人が小さな病院をやっているのを思い出したのです。彼らは――」脇にどいて、白衣の助手ふたりを通した。そのあとから小柄で禿頭、ひげをきれいに剃った穏やかな感じの男が入ってきた。「こちらはピーターソン医師、そちらは……えーと……警察のかたです。そしてあれが診ていただきたい……患者です」

ピーターソン医師は頬をすぼめてグリモーに駆け寄った。「担架だ、早く」ざっと診るなり言った。「ここでは診察したくない。そっと運び出して」顔をしかめて言い、担架が出ていくあいだ、まわりを不思議そうに見ていた。

「見込みはありますか」ハドリーが訊いた。

「あと数時間はもつかもしれないが、それ以上は無理でしょうね。もっと早いかもしれない。雄牛並みの気力がなかったら、とっくに死んでいる。動こうとして、さらに肺を損傷させたようだ。大きく破れている」ピーターソン医師はポケットに手を突っこんだ。「警察医をよこしたいでしょう？　私の名刺です。銃弾を摘出したら保管しておきます。三八口径で、三メートルほど離れたところから撃たれたものだろうとは思うけれど。いったい何が起きたのですか」

「殺人です」ハドリーが言った。「看護人をつけて、もし被害者が何か言ったら、ひと言ももらさず書き留めておいてください」医師がそそくさと出ていくと、ハドリーは手帳の一ページに何か走り書きしてマンガンに渡した。「頭はしっかりしているかね？　よろしい。ハンター通りの警察署に電話をかけて、この指示を伝えてもらいたいのだ。彼らがロンドン警視庁に連絡する。訊かれたら、ここで起きたことを教えてやってくれ。ワトソン医師がこの病院の住所に向かう。残りはこっちに来て……入口にいるのは誰だ?」

そこにいた男は、痩身短軀で頭でっかちの若者だった。駆けつけたときに現場でドアを叩いていた男だ。明るい光のなかに立つと、豊かな暗めの赤毛が小鬼のように逆立っているのがわかった。レンズの厚い金縁眼鏡でくすんだ茶色の眼が大きく見え、骨張った顔が下に行くほど突き出して、締まりのない大きな口に至る。その口がちょこまか動いて明確な発音でことばを発すると、唇が魚のように跳ね上がって、すかすかの歯がのぞく。話し慣れていて、口の動きはなめらかだった。何か言うたびに、細い体で聴衆に語りかけているように見える。原稿でも読むように顔を上げ下げし、単調ながらよく通る声を、聴衆の頭上の一点めがけて放った。社会主義にかぶれた物理学士を連想させるが、おそらくその見立ては正しい。服は赤っぽい格子縞で、両手を体のまえで組み合わせていた。先ほどまで恐怖におののいていたが、いまはなぜか落ち着いている。小さくお辞儀して、無表情で答えた。

「スチュアート・ミルズと申します。グリモー博士の秘書です。でした、と言うべきかもしれません」大きな眼をきょろきょろさせた。「どうなったのか、うかがってもよろしいですか……犯人のことですが」

「おそらく」ハドリーが言った。「窓から逃げたのだろうね、逃げられないとみんなが安心している隙に。ところで、ミスター・ミルズ――」

「失礼ながら」単調な声が、何か別のことを空想しているようなよそよそしさで割りこんだ。「もし逃げたのだとすれば、人間離れしていると言わざるをえません。窓は調べましたか」

「彼の言うとおりだよ、ハドリー」フェル博士が喉をぜいぜい鳴らして言った。「見るがいい。だんだんこの事件が心配になってきた。心から言うが、もし問題の男がドアから出ていかなかったとしたら――」

「出ていきませんでした」ミルズが断言して微笑んだ。「証人はぼくひとりじゃありません。とにかく、ぼくは最初から最後まで見ていました」

「ならば彼は空気より軽く、この窓から出ていったにちがいない。窓を開けてみなさい。ふむ、いや待て。まず部屋のなかを捜索したほうがいいな」

部屋のなかには誰も隠れていなかった。そのあと、ハドリーが小声で文句を言いながら、窓を押し上げた。降り積もった雪が窓枠そのものにも残り、外側の広い窓べりもすっかり覆っていた。ランポールは窓から身を乗り出して、まわりを見た。

西のほうに明るい月がかかり、あらゆるものが細部まで木版画のようにくっきりと浮き出ていた。地上まではゆうに十五メートルはある。窓の下の壁は濡れたなめらかな石だ。眼下は裏庭で、この並びの家ではみなそうだが、低い塀で囲われている。その庭の雪も乱れていなかった。見渡すかぎり、ほかの庭の雪も、塀の上の雪も、降ったときのままだった。家の同じ側の壁の下方には、窓らしきものはまったくない。窓があるのはいまいる最上階だけで、いちばん近い窓は左側の広間にあり、十メートルは離れている。右側の窓は隣の家のもので、距離はほぼ同じ。前方には、広場沿いに並んだ家々の裏庭が大きなチェス盤のように広がり、最寄りの家でも数百メートルは離れている。最後に上を見ると、やはりなめらかな石の壁が五メートルほど上の屋根まで続いていて、傾斜したその屋根には手の指を引っかけるところも、ロープをつなげられるところもなかった。

しかしハドリーは、窓から首を伸ばして憎々しげに指差した。

「いや、あれだ」と宣言し、「あそこ！　まず犯人は外の煙突か何かにロープをくくりつけて、この部屋を訪ねているあいだ、窓の外に垂らしておいた。そしてグリモーを殺し、すばやく外に出て、屋根の端を越え、さらにのぼって煙突からロープをはずし、逃げ去る。探せばそういう跡がいくらでも見つかるだろう。だから――」

「そこです」ミルズの声が言った。「だからこそ、跡はまったく見つからないと言わなければなりません」

ハドリーが振り返った。ミルズは暖炉を調べ終わり、一同のほうを向いて、すかすかの歯をのぞかせる無表情な笑みを浮かべていたが、眼には不安が宿り、額は汗ばんでいた。

「おわかりでしょう」人差し指を立てた手を上げて続けた。「あの仮面の男が消えたことがわかるや否や、ぼくは――」

「なんの男だって？」ハドリーが言った。

「仮面です。わかりますか？」

「いや。それに何か意味があるのかどうか、すぐに考えよう。だがそのまえに、ミスター・ミルズ、屋根がどうしたって？」

「屋根には、跡であれ印であれ、何もついていないということです」ミルズは眼を見開き、明るく光らせて答えた。何か閃いたかのように微笑み、見つめるのもまた彼の癖だった。たとえ間の抜けた閃きであったとしても。ミルズはまた指を立てた。「くり返します、皆さん。あの仮面の男がどう見ても消えたとわかったとき、ぼくもむずかしいことになるという予感がしたのです」

「なぜだね？」

「ぼく自身があのドアをずっと見ていて、誰も出てこなかったと言わざるをえないからです。まちがいなく。したがって、演繹《えんえき》すれば、犯人は（a）ロープを使って屋根にのぼったか、（b）煙突のなかをのぼって屋根に出たかしかありません。単純な数学です。すなわち、$PQ=pq$ ならば、明らかに $PQ=pq+p\beta+qa+a\beta$ だという」

「そうかね？」ハドリーが自制して言った。「それで？」

「そこに見える広間の突き当たりに——いや、ドアが開いていれば見えるということですが」ミルズは揺るぎない厳密さで言った。「ぼくの仕事部屋があります。そこに屋根裏につながるドアがあって、屋根裏部屋には屋根に上がる跳ね上げ戸があるのです。跳ね上げ戸を開ければ、この部屋の上にある屋根の両側をはっきりと見ることができます。雪にはなんの跡もついていませんでした」

「きみ自身は屋根に上がらなかったのかな」ハドリーが訊いた。

「上がりませんでした。たぶん足を踏みはずすでしょうし、たとえ雪がなくても上がれるかどうか」

フェル博士がにっこりと笑顔を向けた。この変わった男を捕まえて、よくできた玩具のように空中でぶらぶらさせたい欲求と闘っているようだった。

「それで、どうだね、きみ？」博士は愛想よく尋ねた。「その等式が吹き飛んだときに、どう思った？」

ミルズはなおも微笑み、あくまで思慮深い態度を崩さなかった。「ああ、そこは今後の課題です。ぼくは数学者ですから、〝思う〟なんて甘えたことは許されないのです」そこで腕を組んで、「とはいえ、いま申し上げた点に注意していただきたかった。犯人がドアから出なかったのは、ぜったいにまちがいないのですが」

「今晩ここで起きたことを正確に話してもらえないか」ハドリーはうながすと、額をなでながら机につき、手帳を取り出した。「さあ、落ち着いて。ひとつずつ確認していこう。グリモー教授のところで働いてどのくらいになる？」

「三年と八カ月です」ミルズは歯をカチカチ言わせて答えた。手帳が出てきて法廷のような雰囲気になったものだから、あえて簡潔に答えているようにランポールには思えた。

「仕事の内容は？」

「一部の手紙のやりとりと、一般的な秘書業務です。教授の新しい著作の手伝いをすることが増えていますが。『中世ヨーロッパの迷信の起源と歴史、および――』」

「なるほど。この家に住んでいるのは何人かな？」

「グリモー教授とぼくのほかに四人です」

「うむ。それで？」

「ああ、わかった、名前を知りたいということですね。娘さんのロゼット・グリモー、家政婦のマダム・デュモン、グリモー博士の年輩の友人ドレイマン、そして、よろず手がけるメイドですが、姓のほうは聞いたことがなく、名はアニーです」

「今晩この事件が起きたとき家にいたのは？」

ミルズは一方の靴の先をまえに出して、バランスを取りながら、しげしげと眺めた。これも彼の癖だった。「それについては確かなことは申し上げられません。わかっている範囲でお伝えしましょう」体を前後に揺すった。「夕食が七時半に終わって、グリモー教授は仕事をするために、この書斎に上がってきました。土曜の夜はいつもそうなのです。十一時まで邪魔をしないようにと言われました。それも破ることのできないいつもの習慣です。しかし、今日はこんなことも言われました」突然、若者の額にまた玉の汗が浮いたが、落ち着きは失わなかった。「九時半ごろ来客があるかもしれない、と」

「来客とは誰か、言わなかった？」

「ええ」

ハドリーは身を乗り出した。「ひとつよろしいか、ミスター・ミルズ。彼が脅されていたというような話は聞かなかったかな。水曜の夜にあったこととか？」

「あの……それは知っていました。ぼく自身もウォリック酒場にいたもので。マンガンから聞きませんでしたか」

ミルズは不安そうに、しかし驚くほど鮮明にそのときの話をした。フェル博士はといえば、重々しい足取りで彼らから離れ、その夜何度かくり返す部屋の調査に取りかかっていた。なかでも暖炉にいちばん興味を惹かれている。ランポールも酒場での事件のあらましはすでに聞いていたので、ミルズの話には耳を傾けず、フェル博士を見ていた。博士は、位置のずれたソファの背もたれと右の肘かけに飛び散った血の痕を調べていた。暖炉のまえにはもっと血痕がついていたが、黒い絨毯なのでなかなか見分けがつかない。乱闘があったのか？　だが、ランポールが見たところ、火搔き棒などの道具はきちんとラックに立っていた。暖炉のまえでもみ合いがあったら、道具は崩れ落ちているはずだ。黒く焦げた紙の束の下で小さな炭火がくすぶり、消えかかっていた。

フェル博士はひとり言をつぶやいていたが、首をもたげて飾り盾を見はじめた。紋章のことはまるでわからないランポールにとって、それは赤と青と銀色に分かれたただの盾だった。上部には黒い鷲と三日月の絵柄、下部にはチェスのルークのようなものが楔型に並んでいた。全体の色は暗いが、異様に野蛮な部屋のなかで野蛮な光をたたえていた。フェル博士がうなった。

けれども、暖炉の左側の棚に並んだ本を調べはじめるまで、博士は何も話さなかった。いかにも愛書家らしく飛びかかるように本のまえに立つと、一冊ずつ引き出しては表紙を一瞥し、手早く棚に戻していった。棚のなかでもいちばんみすぼらしい本に飛びついているようでもあった。埃を巻き上げ、やたらと大きな音を立てて、ミルズの独演会を妨げた。やがて背を伸ばし、興奮した様子で手に持った本を熱心に振った。

「ほら、ハドリー、話に割りこみたくはないが、これはじつに奇妙で示唆に富んでいるぞ。ガブリエル・ドブレンテイ訳の『ヨーリックからイライザへの手紙』（イギリス作家ローレンス・スターンの書簡集）二巻と、版がまちまちの『シェイクスピア全集』九巻だ、そして、ここに名前が――」そこでことばを切った。「ふむ。はっ。これを知っているかね、ミスター・ミルズ？　このなかで埃を払っていないのはこの数冊だけなのだが」

ミルズははっとして、独演会を中断した。「いいえ……知りません。グリモー博士が屋根裏に片づけるつもりだった本だと思います。昨晩、絵をかける場所を作るために本棚を移動したときに、ほかの本のうしろに入っているのをミスター・ドレイマンが見つけたのです……どこまで話しましたっけ、ミスター・ハドリー？　ああ、そうでした！　グリモー博士が、今晩、訪問者があるかもしれないと言ったときにも、それがウォリック酒場のあの男だと考える理由はありませんでした。はっきりと言われなかったので」

「正確にはなんと言ったのだ」

「その……つまり、食事のあと、ぼくは階下《した》の大きな図書室で働いていたのですが、グリモー博士が、九時半にはこの階の仕事部屋にいるようにとおっしゃったのです。仕事部屋のドアを開けておいて、それで……この部屋に〝眼を光らせておくように〟と。万一に備えて……」

「万一とは？」

ミルズは咳払いをした。「そこは具体的に何も」

「それだけ聞いておきながら」ハドリーがぴしりと言った。「誰が来るか見当もつかなかったというのかね？」

「思うに」フェル博士が静かに喉を鳴らして割りこんだ。「われわれの若い友人が言いたいことを、代わりに説明できそうだ。たいへんな心の葛藤があったのだろう。最年少の理学士として断固たる確信があったにもかかわらず、さらに $x^2+2xy+y^2$ の文字が刻まれた最強の表彰盾があるにもかかわらず、彼にはあのウォリック酒場の出来事を思い出してぞっとする想像力が残っていたのだ。だから己の職務以上のことを知りたいとは思わなかった。どうだね、ちがうかね？」

「それはちがいます」ミルズは言い返したが、安堵もしていた。「ぼくの行動はあの出来事とはなんの関係もありません。調べていただければ、命じられたことをそのとおり実行したのがわかるでしょう。九時半きっかりにここに上がってきて――」

「そのときほかの人たちはどこにいた？　落ち着いて！」ハドリーがうながした。「はっきり答えられないなんて言わないでくれよ。どこにいたと思うか、話してくれればいいのだから」

「ぼくが知るかぎり、ミス・ロゼット・グリモーとマンガンは、応接間でカード遊びをしていました。ドレイマンは外出すると言っていました。彼の姿は見ませんでした」

「マダム・デュモンは？」

「ぼくがここに上がってきたときに会いました。グリモー博士の食後のコーヒーを持って出るところで、いやつまり、飲み残しを下げたわけですが……ぼくは仕事部屋に入って、ドアを開け放し、仕事をしながら広間をまっすぐ見られるようにタイプライター机を動かしました。すると――」そこで眼を閉じ、また開けた。「九時四十五分ちょうどに玄関の呼び鈴が鳴りました。この階にも電気でつながっているので、ぼくの耳にもはっきりと聞こえたのです。

二分後、マダム・デュモンが階段を上がってきました。いつも名刺をのせる盆を持っていました。彼女がドアをノックしようとしたとき、驚いたことに……えー……背の高い男がすぐあとから上がってきたのです。彼女が振り返り、男を見て大声で何か言いました。正確なことばは憶えていませんが、要するに、どうして階下で待っていなかったのかということでした。マダム・デュモンは動揺していました。でも……えー……背の高い男は何も答えませんでした。ドアに近づくと、立てていたコートの襟を悠然と寝かし、帽子を脱いでコートのポケットに入れました。そこで彼は笑ったと思います。マダム・デュモンが何か叫んで壁のほうに尻込みし、急いでドアを開けました。グリモー博士が明らかに困惑顔で戸口に現われ、〝いったいなんの騒ぎだ〟と言いました。このとおりのことばです。そしてそのままじっと立って、背の高い男を見上げ、〝いったいおまえは誰だ〟と、正確にそう言ったのです」

ミルズの一本調子の声はますます早口になった。たんに明るい笑みを浮かべようとしたのだろうが、どこかぞっとする形相になった。

「落ち着いて、ミスター・ミルズ。その背の高い男をしっかりと見たのかね？」

「それはもう、しっかりと見ました。階段の上がり口のアーチから出てきて、ぼくのほうをちらっと見たのです」

「それで？」

「コートの襟を立て、前びさしのついた帽子をかぶっていましたが、ぼくは遠目が利きますので、相手の鼻から口にかけての形状と色合いを細かく観察することができました。その男は子供の仮面をつけていました。張り子の仮面です。縦長で、うっすらと赤みがかっていて、大きく開いた口がついていました。見ているあいだじゅう、男はそれをはずしませんでした。請け合ってもかまいませんが――」

「おおむねそのとおり。でしょう？」部屋の入口から冷たい声が呼びかけた。「あれは仮面でした。そして残念ながら、彼はそれをはずしませんでした」

4　不可能状況

彼女は入口に立ち、彼らを順にひとりずつ見ていた。ランポールは、並みの女性ではないという印象を受けたが、なぜそう感じたのかはわからなかった。黒い眼にいくらか知性と活力がうかがえることを除いて、とくに際立った点はない。その眼は砂が入って涙が出ないかのように、赤くて痛そうだった。外見には矛盾する特徴が備わっていた。背が低くて見るからにたくましく、顔は大きいけれども、頬骨は高めで、つやつやの肌。しかし不思議と、努力すれば美人になれたのにという気がした。褐色の髪がカールしてふわりと耳にかかり、着ている服は、胸に白い斜めの模様が入ったきわめて地味な暗い色のドレスだが、野暮ったくはなかった。

平静、力強さ、物腰から感じられる何か？　〝電気〟と形容してはおかしいだろうが、彼女が発する波はそれに近かった。はじける火花、熱、力のようなものが打ちつけてくる。

彼女は靴を軋ませて彼らに近づいた。両端が心持ち吊り上がった大きな黒い眼で、ハドリーを探るように見つめ、体のまえで両手を上下にすり合わせていた。ランポールはふたつのことに気づいた。まず、グリモー教授の殺害が彼女に回復不能な打撃を与えたこと、そして、もうひとつの望みがなかったら、ただ愕然として泣いていただろうということだ。

「エルネスティーヌ・デュモンと申します」彼女は相手の考えを読み取ったかのように言った。「シャルルを撃った男を見つけるお手伝いをするために、上がってまいりました」

ほとんど訛りはないが、いくらか間延びして抑揚のない話し方だった。両手は相変わらず上下していた。

「様子をうかがって、すぐに上がってくることができませんでした。そのあと救急車に同乗して病院まで行きたかったのですが、お医者様に止められました。おそらく警察のかたが話したいだろうということで。そうですね、それが賢明な判断でした」

ハドリーが立ち上がり、自分が坐っていた椅子を彼女に勧めた。

「どうぞ坐ってください、マダム。お話はすぐにうかがわせていただきます。そのまえに、ミスター・ミルズの供述をしっかり聞いていただきたい。あなたに補足をお願いすることがあるかもしれませんから……」

マダム・デュモンは開いた窓から入ってくる冷気に身を震わせた。彼女に鋭い視線を送っていたフェル博士が、のしのしと歩いていって窓を閉めた。マダム・デュモンは、燃えた紙の下でほとんど消えている暖炉の火に眼をやった。そのうちハドリーのことばを理解して、うなずいた。ミルズをぼんやりと見る顔に好意らしきものが浮かび、笑みになりかけていた。

「ええ、もちろんです。彼はとても人のいい、愚かで哀れな若者ですから。善意に満ちています。そうでしょう、スチュアート？　さあ、話を続けて。わたくしは……聞かせてもらいます」

　ミルズは内心むっとしたかもしれないが、表には出さなかった。何度か眼をぱちぱちさせて腕を組んだ。

「巫女であるこの人が、そう考えたいということでしたら」彼は動じず、抑揚のない声で言った。「異論はありません。いずれにしろ、先を続けたほうがよさそうですね。えーと……どこまで話しました？」

「訪問者を見たときのグリモー博士のことばだ。〝いったいおまえは誰だ〟と言って、そのあとは？」

「ああ、そうでした！　博士は眼鏡をかけておらず、首から紐でさげていました。眼鏡がないとよく見えないはずですから、仮面を本物の顔と見まちがえたのではないかと思います。しかし眼鏡をかけるまえに、その見知らぬ男が、こちらもびっくりするほどすばやく動き、部屋の入口に突進したのです。グリモー博士は立ちはだかろうとしたものの、男の動きのほうが速く、笑っているのが聞こえました。そうして彼が書斎に入ると――」ミルズは見るからに当惑して黙りこんだ。「ここがいちばん奇妙なところなのです。あとずさりして壁に張りついていたマダム・デュモンが、そのあとドアを閉めた気がするのです。彼女の手がドアノブをつかんでいたのを憶えていて」

エルネスティーヌ・デュモンが色をなした。

「何が言いたいの、お若いかた」と訊いた。「馬鹿な人。よく考えてからものを言いなさい。わたくしが喜んであの男をシャルルとふたりきりにしたと思うの？ あの男が部屋のなかからドアを蹴って閉めたんですよ。そして鍵を差してまわしました」

「ちょっと待ってください、マダム……それは本当かな、ミスター・ミルズ？」

「これははっきりさせておきたいのですが」ミルズは言った。「ぼくはたんに、すべての事実を述べようとしているだけです。できればすべての印象も。他意はありません。訂正があるなら受け入れます。巫女さんがおっしゃるように、男が鍵をまわしました」

「この人がつけた、ふざけた呼び名なんですよ、〝巫女さん〟だなんて」マダム・デュモンは鼻息荒く言った。「はっ、まったく！」

ミルズは微笑んだ。「続けましょうか。まちがいなく巫女さんはあわてていたと思います。グリモー博士のクリスチャンネームを呼びながら、ドアノブをつかみ、開けようとしました。部屋のなかから声が聞こえましたが、ぼくからは距離があったし、ごらんのとおりドアも厚いので」と指差して、「三十秒ほど、内容は聞き取れませんでした。その間に、あの背の高い男は仮面をはずしたのでしょう。そのあとグリモー博士が巫女さんに怒ったような声でこう言いました。〝去るがいい、愚か者。ここは私のほうでなんとかできる〟」

「なるほど。彼は何かこう、怖れているような感じだったかな」

秘書は思い出そうとした。「むしろ逆に、安心したような声でした」

「それであなたは、マダム、指示にしたがって、それ以上何もせずに離れた？」

「ええ」

「とはいえ」ハドリーが穏やかに言った。「悪ふざけの好きな人間が仮面をつけてこの家を訪ね、粗暴にふるまうことが、そうそうあるわけではないでしょう。つまり、あなたの雇い主を脅かすようなことが、という意味ですが」

「わたくしはシャルル・グリモーに二十年以上仕えてまいりました」マダム・デュモンはとても静かに言った。〝雇い主〟ということばが胸に刺さったのだ。砂が入ったような赤い眼に頑固な意志が宿った。「彼がなんとかできない状況など見たことがありません。ええ、したがいましたとも。もちろんです。つねにしたがいます。それに、あなたはおわかりになっていません。まだ重要な質問をされていませんもの」侮蔑の顔が半笑いに変わった。「興味深いことですね——心理学的に、とシャルルなら言うでしょうが。あなたはスチュアートに、どうして彼が指示にしたがったのか訊いていませんし、問題にもしていない。なぜって、たんにこの人がシャルルを怖がっていると思ったからでしょう。わたくしはお褒めいただいているわけですね。感謝します。どうぞ先を続けて」

ランポールは剣士のしなやかな手首を見ているような気がした。ハドリーも同じように感じたらしいが、秘書に話しかけた。

「憶えているかな、ミスター・ミルズ、その背の高い男が部屋に入ったのは何時だったか」

「九時五十分でした。タイプライター机に時計を置いていますので」

「で、銃声を聞いたのは？」

「十時十分きっかりでした」

「その間ずっとドアを見張っていたということかな？」

「そうです、まちがいなく」ミルズは咳払いをした。「巫女さんはぼくが臆病だと言うけれど、銃声がしたとき真っ先にドアにたどり着いたのはぼくですよ。ドアはまだ内側から鍵がかかっていました。皆さんが見たとおりです……皆さんもそのすぐあとに来られましたから」

「ふたりがいっしょにいた二十分のあいだ、何か声だとか、動く音だとか、そういうものが聞こえなかったかね？」

「途中どこかで声が大きくなったように感じました。そして、何かがぶつかったとしか言いようのない音がしました。といっても、距離があったので……」ハドリーの冷たい視線を受けて、また体を揺すりながら見つめだした。ふたたび汗が浮いてきた。「よくわかっています、こうしてやむをえず話していることが、まったく信じられないのは。ですが皆さん、誓って事実なのです！」いきなり握った拳を振り上げて、大声を出した。「事実であることはわたくしが保証します」

「大丈夫よ、スチュアート」マダム・デュモンがやさしく言った。

ハドリーは丁寧でありながら厳しかった。「そうしていただくのがいいでしょうな。最後にひとつ質問しよう、ミスター・ミルズ。きみが見たその訪問者の外見を、もっとくわしく説明してもらえないかな。マダム、少々お待ちを」さっと顔を向けて言った。「もうすぐ話していただきます。さあ、ミスター・ミルズ？」

「正確に憶えているのは、長くて黒いコートを着て、前びさしのついた茶色っぽい素材の帽子をかぶり、暗い色のズボンをはいていたことです。靴は見ませんでした。帽子をとったときの髪は――」間ができた。「異様でした。あまり浮き世離れしたことは言いたくありませんが、いま思い出すと、黒くて、ニスを塗ったように輝いていて、わかります？まるで頭全体が張り子のようでした」

大きな絵のまえを行きつ戻りつしていたハドリーがいきなり振り返ったので、ミルズは思わず、ひゃっと声をあげた。

「皆さん」彼は叫んだ。「見たものを話せということでしたから。見たとおり話したまでです。嘘偽りなく」

「続けて」ハドリーが厳しい面持ちで言った。

「男は手袋をはめていたと思います。両手をポケットに突っこんでいましたから、確実なことはわかりませんが。背が高くて、グリモー博士より十センチくらい高かったかもしれません。で、中くらいの、えー、肉づきでした。それは断言できます」

「その男はピエール・フレイのように見えた？」

「まあ……そうですね。つまり、ある意味ではイエスですが、別の意味ではノーです。フレイよりもっと上背があって、フレイほど痩せていなかったような気もしますが、そこは自信がありません」

この質疑のあいだ、ランポールは眼の隅でずっとフェル博士を見ていた。博士はマントの背を丸め、シャベル帽を小脇に抱えて、ステッキで悩ましげに絨毯をつつきながら部屋のなかを歩きまわっていた。ときおりしゃがんで、眼鏡が鼻からずり落ちるまでしげしげと何かを眺めている。絵、ずらりと並んだ本、机の上にある翡翠のバッファローの置物、と見ていった。ぜいぜい言いながら暖炉を見、首を伸ばして紋章を調べた。そのころにはすっかり機嫌がよくなっていたが、ランポールが見たところ、つねにマダム・デュモンから眼を離していなかった。彼女に魅了されたようだ。何かを見終わるとすぐにほかのものに飛び移る、博士の小さな明るい眼にはどこか怖ろしいところがあり、マダム・デュモンもそれを知っていた。両手を握りしめて膝に置き、努めて博士を無視していたが、ついちらちら見てしまう。ふたりで眼に見えない戦いを交えているかのようだった。

「ほかにも訊きたいことがある、ミスター・ミルズ」ハドリーが言った。「とくに例のウォリック酒場の出来事と、この絵について。だが、それはほかのことが片づいてからでい い……すまないが、階下《した》におりて、ミス・グリモーとミスター・マンガンにここに上がってこられるか訊いてもらえないかな。それから、ミスター・ドレイマンも、もし戻ってきていたら……ありがとう。いや、ちょっと待って！　あー、何か質問は、フェル？」

フェル博士はにこにこと愛想よくかぶりを振った。ランポールは、マダム・デュモンの指の関節に力が入って白くなるのを見た。

「あなたのご友人は、ああして歩きまわらずにはいられないのですか？」彼女はふいに叫んだ。そのけたたましい声では、wの発音がvに訛っていた。「頭がおかしくなってしまいそう。こんなこと――」

ハドリーはじっと彼女を見た。「わかります、マダム。残念ながら、これが彼のやり方なのです」

「それならあなたはどなたです。わたくしの家に入りこんで――」

「説明したほうがよさそうだ。私は警視庁犯罪捜査部の警視です。こちらはミスター・ランポール。残るひとりは、あなたも聞かれたことがあるかもしれませんが、ギデオン・フェル博士です」

「ええ、ええ。だろうと思いました」彼女はうなずき、横にあった机をぱしんと叩いた。

「なるほど、そう。だとしても、作法というものをお忘れじゃありません？　窓を開けて、部屋を凍えるほど寒くする必要があるのですか。せめて火をおこして暖かくしてはいけませんの？」

「それは得策ではありませんな、おわかりでしょう」フェル博士が言った。「つまり、あそこでどんな紙が燃やされたのかを確かめるまでは。あれはあえて燃やしたにちがいない」

エルネスティーヌ・デュモンはうんざりして言った。「どうしてあなたがたは、こうも愚かでなければならないのです。どうしてここに坐っているの。誰がやったかなんて、よくおわかりでしょう。フレイという男です、ご承知のとおり。さあ、どうして彼を追わないのです。わたくしが犯人を教えて差し上げているのに、なぜここに坐っているの」

彼女は独特の表情を浮かべていた。神がかっているような、異民族のような憎しみの表情を。フレイが立った絞首台の床板が抜けるところを見ているかのようだった。

「フレイを知っているのですか」ハドリーがすかさず訊いた。

「いえいえ、会ったことはありません！　つまり、今夜のまえには、ということですが。けれど、シャルルがわたくしに話してくれたことは憶えています」

「それは？」

「つっ、あのフレイという男は頭がおかしいのです。シャルルは彼を知りませんでしたが、あの男はシャルルが神秘学《オカルト》を愚弄しているなどという狂った考えを持っていました。おわ

「同じでした。ある仕種《しぐさ》をして——ある仕種をして——「同じでした。

かりでしょう。あの男には弟がいて、その弟も」——ある仕種《しぐさ》をして——「同じでした。わかりますね。シャルルは彼が今晩九時半にここに来るかもしれないと言っていました。もし来たら、わたくしが出迎えることになっていましたが、九時半にコーヒーの盆を下げにいったときには、シャルルも笑って、九時半に来なかったのならもう来ないだろうと言っていました。〝悪意を抱いた人間はぐずぐずしない〟ということらしくて」彼女は椅子の背にもたれて、肩をいからせた。「ともかく、シャルルはまちがっていました。九時四十五分に呼び鈴が鳴って、わたくしが出ていくと、階段に男が立っていました。男は名刺を差し出し、〝これをグリモー教授に見せて、会えるかどうか訊いてもらえませんか〟と言いました」

ハドリーは革張りのソファの肘かけにもたれて、マダム・デュモンをじっと見つめた。

「仮面はどうなのです、マダム？　少々おかしいと思いませんでしたか」

「仮面など見ていません！　階下の玄関ホールには明かりがひとつしかないのに気づかれました？　そう、男のうしろには街灯がありましたから、逆光で人の形しか見えませんでした。話し方はとても礼儀正しくて、名刺まで渡したものですから、おわかりでしょう、一瞬気がつかなくて——」

「ちょっと待ってください。声をもう一度聞けば、その男だとわかりますか」

背中の荷物を背負い直すように肩を動かした。「ええ！　どうかしら……ええ、わかります。でも、ふつうの声じゃありませんでした。いまにして思えば、仮面をつけているせいで、くぐもっていたのですね。ああ、なぜみんな……」椅子の背にもたれると、どうしたわけか眼に涙を浮かべた。「そんなことはわかりません！　わたくしは誠実な人間です。正直です！　誰かに傷つけられたら、そう、その男を待ち伏せして殺す。そのあと友だちが出廷して、被告はほかの場所にいたと証言してくれる。わざわざ色つきの仮面なんてつけません。ガイ・フォークスの夜祭（イギリスで毎年十一月五日に、十七世紀の陰謀事件の主犯ガイ・フォークスの人形を子供たちが引きまわし、篝火に投げ入れて燃やす風習）に、老いぼれドレイマンが子供のまえでする扮装じゃあるまいし、仮面なんて。あの怖ろしい男のように、名刺を差し出して階段を上がり、人を殺して窓から消えたりもしません。なんだか小さな娘のころに聞かされた作り話のようで……」皮肉な態度がヒステリーで吹き飛んだ。「ああ、神様、シャルル！　わたくしのかわいそうなシャルル！」

ハドリーは何も言わず、静かに待った。マダム・デュモンはすぐに気を取り直した。押し黙って、異質で名状しがたい雰囲気に包まれている様子は、部屋の奥にこちらを向いて置かれたグロテスクで暗い大きな絵と同じだった。感情の爆発が去り、マダム・デュモンはほっとしてまわりに気を配っていたが、呼吸は荒かった。彼女が指の爪で椅子の肘かけを引っかく音がした。

「その男が言ったのですね？」ハドリーが先をうながした。「〝これをグリモー教授に見せて、会えるかどうか訊いてもらえませんか〟と。よろしい。さて、われわれが理解するところでは、そのときミス・グリモーとミスター・マンガンは階下の玄関近くの応接間にいたわけだ」

　マダム・デュモンは不思議そうにハドリーを見た。

「おかしなことを尋ねられますね。どうしてそんなことを？　ええ……そうです、ふたりは応接間にいたと思います。わたくしは気づきませんでしたが」

「応接間のドアが開いていたか、それとも閉まっていたか、憶えていますか」

「どうでしょう。でも閉まっていたと思います。開いていれば玄関ホールがもっと明るかったはずですから」

「どうぞ続けて」

「男に名刺をもらったとき、わたくしは〝お入りになってください、訊いてまいりますので〟と言うつもりでした。でも、気づいたのです。わたくしはとてもこの男とは顔を合わせられない――だって頭のおかしな人でしょう？　とりあえずひとりで階段を上がって、シャルルにおりてきてもらおうと思いました。ですから、〝そこでお待ちください、訊いてまいりますので〟と言って、すぐさまあの人のまえでドアを閉めました。それでスプリング錠がかかって、なかに入れなくなります。それから明かりのところに戻って名刺を見ました。いまも持っています、シャルルに渡すチャンスがありませんでしたから。でもそれは白紙でした」

「白紙?」

「何も書かれていないし、印刷もされていませんでした。わたくしはシャルルに見せるために階段を上がり、いっしょにおりてきてもらおうとしました。そのあとどうなったかは、もう哀れなミルズが話しましたね。ドアをノックしようとしたときに、誰かがうしろから階段を上がってくる音がしました。振り返ると、背が高くてほっそりしたあの男がうしろに近づいていました。ですが、十字架に誓って申し上げますけれど、わたくしはたしかに玄関のドアに鍵をかけたのです。あの男など怖くはありませんでした! ええ、断じて! どうして上がってきたのと問い質《ただ》したくらいですから。

それでも、おわかりでしょう、仮面は見えませんでした。背中の向こうに階段のまぶしい光がありましたから。その光が広間に射して、シャルルの部屋のドアまで届いていたのです。しかし、あの男はフランス語で〝マダム、あんなふうに私を締め出してはいけない〟と言って、コートの襟を寝かし、帽子をポケットに入れました。わたくしは、あの男にシャルルと顔を合わせる勇気はあるまいと思ったので、ドアを開けました。ちょうどそこでシャルルも内側から開けたのです。そのときでした、仮面が見えたのは。人の肌のようにピンク色でした。すると、あの男はこちらが何もできないうちに怖ろしい勢いで部屋に飛びこみ、ドアを内側から蹴って閉め、鍵をかけたのです」

マダム・デュモンは間を置いた。話の最悪の部分を乗りきり、少し楽に息ができるようになったかのように。

「それで？」

彼女は力なく言った。「わたくしは部屋のまえを離れました。シャルルがそうしろと命じましたので。大騒ぎはしませんでした。けれど、遠くにも行きませんでした。階段を少しおりたところ、まだこの部屋のドアが見えるところまでです。ちゃんと役目を果たそうと思っていたのは、哀れなスチュアートと同じです。本当に……ぞっとする状況でした。このとおり、わたくしは若い娘ではありません。銃声が聞こえたときには、そこにいました。スチュアートが飛び出してドアを叩きはじめたときにも、あなたがたが三階に駆け上がるときにも、そこにいました。ですが、ついに耐えられなくなったのです。何が起きたのかわかりました。気を失いそうになったので、ぎりぎりのところで階段の下の自分の部屋にたどり着きました。本当に……具合が悪かったのです」女性はときにそうなりますでしょう」脂汗の光る顔で血の気を失った唇が開いて、震える笑みを作った。「とはいえ、スチュアートの言ったとおりです。誰もこの部屋から出ませんでした。神様もお助けあれ、わたくしたちは真実を話しています。あの怖ろしい男がほかのどこから去ったのかは知りませんが、とにかくこのドアからは出ていきませんでした……さあ、お願いです、お願いします、どうか病院に行かせてください。シャルルに会わせてください」

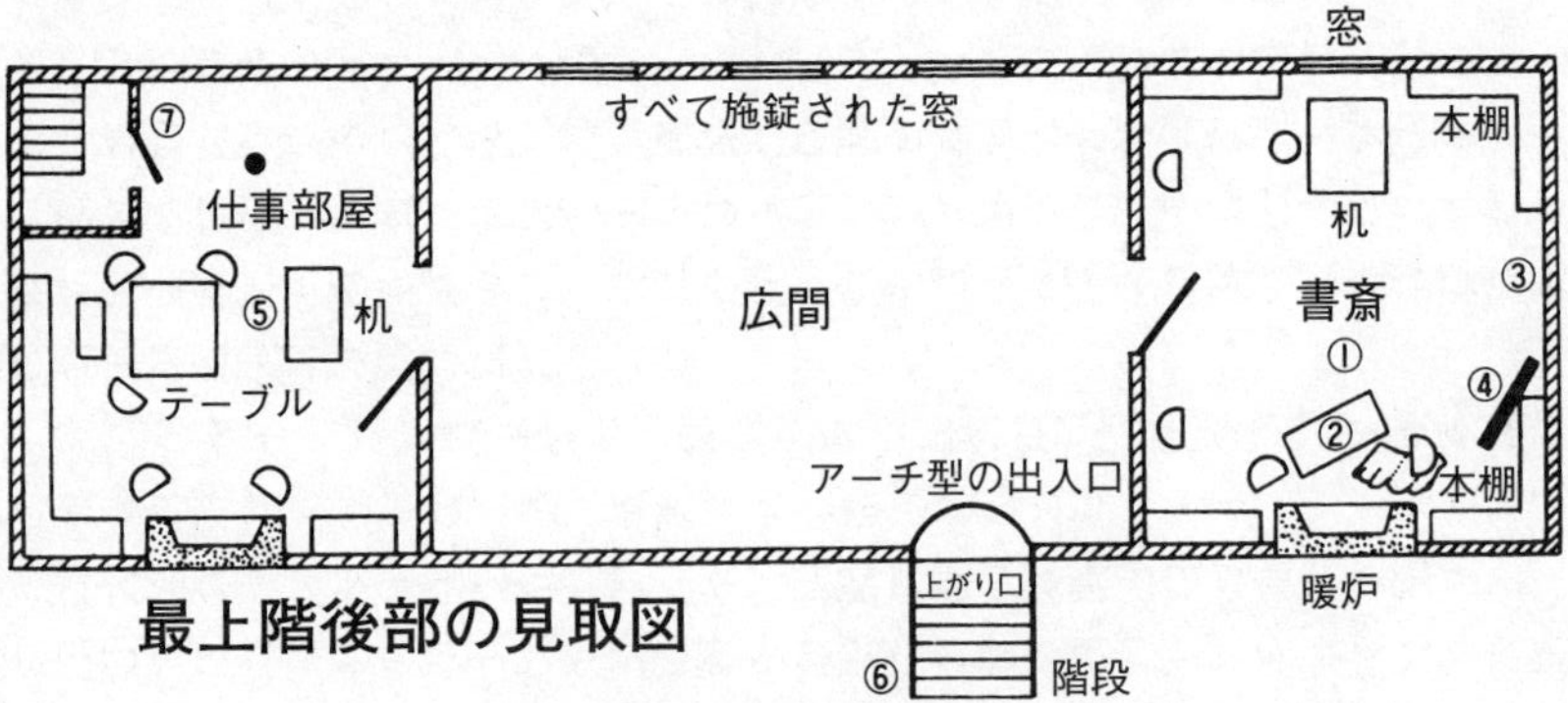

最上階後部の見取図

1　グリモーの死体が見つかった場所
2　位置がずれたソファ、椅子、敷物
3　絵をかけるために壁に作られた空間
4　本棚に縦に立てかけられていた絵
5　ミルズが坐っていた場所
6　マダム・デュモンが立っていた場所
7　屋根裏部屋の跳ね上げ戸につながる階段室のドア

5　切れ切れのことば

それに応じたのはフェル博士だった。博士は暖炉に背を向け、フェンシングの剣と紋章の盾の下に大きな黒マント姿で立っていた。両側に高い本棚と白い胸像を配して、古の封建領主のように様《さま》になっていたが、かぎりなく怖ろしいフロン・ド・ブーフ（ウォルター・スコット『アイヴァンホー』に登場するノルマン人の豪族）のようには見えない。眼鏡を鼻の上で傾け、葉巻の端を噛み切って、暖炉の火のなかに器用に飛ばした。

「マダム」博士は振り返りながら、鼻から鬨《とき》の声さながら相手に挑むような音を長々と出した。「あなたをあまり長くお引き止めしてはいけませんな。それから、これはちゃんと言っておかなければならないが、私はあなたの話を露《つゆ》ほども疑っていませんよ。ミルズの話を疑っていないのと同じく。本題に入るまえに、心からあなたを信じていることを証明しましょう。マダム、あなたは今夜、いつ雪がやんだか憶えておられますか」

マダム・デュモンは攻撃に備えるように鋭く輝く眼を向けた。フェル博士の噂を聞いたことがあるようだった。

「それが重要なことですの？　九時半ごろだったと思いますけど。ええ、思い出しました！　シャルルのコーヒーの盆を下げようとここに上がってきたときに、窓の外を見て、やんでいるのに気がついたのです。それが重要だと？」

「おお、もちろん重要ですとも、マダム。でなければ、不可能の度合いが半分になってしまう……それに、あなたのおっしゃるとおりだ、ふむ。憶えているかね、ハドリー？　九時半ごろに雪がやんだことを。それで正しいかな、ハドリー？」

「ええ」警視は認めた。彼もまたフェル博士を訝しげに見ていた。何重もの顎の上の無表情な眼が信用ならないことを、すでに学んでいたのだ。「九時半にやんでいたとして、それが何か？」

「訪問者がこの部屋から抜け出す四十分前にやんでいたことは言うに及ばず」博士は瞑想しているような半眼で続けた。「彼がこの家に来る十五分前に、もうやんでいたということだよ。そうですな、マダム？　え？　彼が呼び鈴を鳴らしたのは九時四十五分だった？　よろしい……ところでハドリー、われわれがこの家に着いた時刻を憶えているかね？　きみとランポールと若きマンガンが家に飛びこむまえ、玄関先の階段にも、その階段に至るまでの舗道にさえ、足跡がひとつもなかったことに気づいたかね？　お察しのとおり、私は気づいた。それをはっきり確認するために、うしろに残っていたのだ」

ハドリーはすっと背筋を伸ばし、押し殺した叫びのような声をあげた。「おお！　そのとおりだ！　舗道は一面まっさらの雪だった。あれは――」そこで口を閉じ、マダム・デュモンのほうをゆっくりと振り返って、「するとあれがマダムの話を信じている証拠というわけだ。フェル、あなたも頭がおかしくなったんじゃありませんか？　いま聞いているのは、雪がやんだ十五分後にひとりの男が呼び鈴を鳴らし、鍵のかかったドアを通り抜けたという話だ。しかも――」

フェル博士は眼を開けた。くすくす笑いがチョッキの胸元を駆け上がった。

「そうとも、きみ、何を仰天しているんだね。男がここから足跡ひとつ残さずに出ていったのは明らかだ。同じように入ってきたことがわかったからといって、なぜ動揺しなければならない？」

「それはまあ」ハドリーは意地を張りつつも認めた。「だが、待ってくださいよ、やはりおかしい。密室殺人に関する私の経験では、入るのと出るのはまったく別の話だ。両方が合理的に成り立つ不可能状況があったら、私の宇宙はひっくり返ってしまう。まあそれはいいが、要するに――」

「どうか聞いてください」マダム・デュモンが割りこんだ。顔は青ざめているが、歯を食いしばって顎の両側の筋肉が盛り上がっていた。「わたくしは一点の曇りもない真実だけを話しているのです。どうか神様、お助けを」

「私は信じていますよ」フェル博士が言った。「ハドリーの厳格すぎるスコットランド人の常識に怯んではなりません。私が説明し終えるころには、彼も信じるでしょう。強調したいのはこういうことだ。すでにあなたを心から信用していることは示しました。これまでの話が正しければだけれども、どうです？　たいへんけっこう。この信用をあなたのほうから損ねないでいただきたい。それだけは申し上げておく。あなたがすでに話したことを疑おうとは夢にも思わないが、もうすぐ話すことには重大な疑問を抱きそうな気がしているのでね」

ハドリーは片眼を半分閉じた。「そこが怖いんですよ。あなたが逆説を唱えはじめるときを、いつも心底怖れている。真面目に、さあ――」

「どうぞ続けてください」マダム・デュモンが無関心に言った。

「ふむ。はあ。ありがとう。さて、マダム、グリモーの家政婦になってどのくらいになります？　いや、質問を変えよう。彼と知り合ってどのくらいに？」

「二十五年以上です」彼女は答えた。「家政婦以上の相手だったことも……かつては」

マダム・デュモンは組み合わせた両手の指を見ながら、それを抜き差ししていた。やがて顔を上げると、どこまで思いきって話そうかと悩んでいるように、どんよりした眼をすえた。建物の角から敵をうかがい、いつでも逃げ出せるといった気色だった。

「お話ししましょう」マダム・デュモンは静かに続けた。「内密にすると約束してくださることを期待して。ボウ・ストリートで外国人登録を調べればわかることですし、今回の件とはなんらかかわりのないことでお手を煩わすのも申しわけないので。わたくし自身のためではありません。そこはご理解いただけますね。ロゼット・グリモーはわたくしの娘です。ここで生まれ、登録もしなければなりませんでした。しかし、そのことを本人は知りませんし、誰も知りません。どうかお願いです。秘密を守っていただけますね？」

どんよりした眼の光が、別のものに変わりつつあった。声を荒らげてはいないが、ひどく追いつめられた口調だった。

「いやはや、マダム」フェル博士が眉間にしわを寄せて言った。「それはわれわれとはまったく関係のない話だと思いますよ。ちがいますか。われわれが誰かに話すことはありえません」

「本当ですね？」

「マダム」博士はやさしく言った。「若いお嬢さんのことはわかりませんが、あなたが必要もないのに心配していること、あなたとお嬢さんのふたりが長年無用の心配をしていることに、六ペンス賭けてもよろしい。娘さんはおそらくもう知っていますよ。子供にはわかるものです。そして彼女はそれをあなたに悟られまいとしている。そうして世界全体がねじくれてしまうのです。われわれは、二十歳未満の人間にこれから感情が備わることはない、四十を超えた人間にかつて感情があったことはない、と考えるのが好きですからね。うむ。忘れようじゃありませんか。よろしいか」そこで顔を輝かせた。「うかがいたかったのは、初めてあなたがグリモーに会われたのはどこかということです。イギリスに来るまえですか」

マダム・デュモンは苦しそうに息をしていた。答えるには答えたが、ほかのことを考えているかのように、ぼんやりしていた。

「ええ、パリです」

「あなたはパリジェンヌですか」

「ああ……え？　いいえ、生まれはちがいます。地方の出身です。けれど、パリで働いていたときに彼と出会いました。衣装係《コスチュミエ》をしていたのです」

ハドリーがメモをとっていた手帳から顔を上げた。「衣装係？」とくり返して、「それは裁縫師か何かですか」

「いいえ、言ったままの意味です。オペラやバレエの衣装を作っていたのです。ほかの人たちといっしょに、まさにあのオペラ座で働いていました。記録も見つかるでしょう。時間の節約になるなら申し上げますが、わたくしはずっと未婚ですから、名前はそのままエルネスティーヌ・デュモンです」

「で、グリモーは？」フェル博士が鋭く訊いた。「彼の出身はどこですか」

「南仏だと思います。が、パリで学んでいました。家族はみな亡くなっていますから、お役には立てません。家族の遺産を相続していました」

こうした何気ないやりとりから生じそうにない緊張感が漂っていた。続くフェル博士の三つの質問はあまりにも常軌を逸していたので、ハドリーは手帳から眼を上げた。立ち直っていたエルネスティーヌ・デュモンも不安げに体を動かし、油断なく眼を光らせた。

「あなたの宗派は何ですか、マダム？」

「ユニテリアンですが、なぜですの？」

「ふむ、なるほど。グリモーはアメリカに行ったことがありましたか、あるいは、アメリカに友人がいましたか」

「一度も行ったことはありませんでした。わたくしが知るかぎり、友人もおりません」

「〝七つの塔〟ということばで思い当たることはありませんか」

「ありません！」エルネスティーヌ・デュモンは叫んで、蒼白になった顔に汗を浮かべた。

葉巻に火をつけ終えたフェル博士は、紫煙のなかでまばたきしながら彼女を見た。暖炉のまえから足を踏み出し、ソファをまわりこんできたので、マダム・デュモンは思わずあとずさりした。しかし、博士はたんにステッキで大きな絵を指し示し、背景の白い山の稜線をなぞっただけだった。

「これが何を表わしているかは尋ねません」博士は続けた。「だが、ひとつ訊きたい。グリモーは、なぜこの絵を買ったかあなたに話しませんでしたか。これにどんな魅力があるというのでしょう。銃弾や邪悪な眼をかわすどんな力があるのでしょう。この影響力にはどれほどの重みが――」そこで何か驚くべきことを思い出しているかのように、ことばを切った。ぜいぜい言いながら片手を伸ばし、絵を床から持ち上げて、興味深そうに左右にまわして見ていた。「おお、なんということだ！」フェル博士は上の空から一転、大声をあげた。「おお、神よ！　バッカスよ！　ワオ！」

「どうしました？」ハドリーがさっと進み出て訊いた。「何かわかったとか」

「いや、何もわからない」フェル博士は議論を吹っかけるように言った。「まさにそれが問題なのだ。さて、どうです、マダム？」

「思うのですが」マダム・デュモンは震える声で言った。「あなたは、わたくしがいままで出会ったなかでいちばん変わったかたです。いいえ、その絵が何なのかはわかりません。シャルルは話してくれませんでした。ただうなって、喉の奥で笑っただけで。画家本人に訊いてみたらいかがです？　描いたのはバーナビーです。彼ならわかるでしょう。でも、あなたがたは理屈の通ったことはなさいませんからね。この世に存在しない国の風景に見えますけれど」

　フェル博士は陰気な顔でうなずいた。「残念ながらそのようです、マダム。存在しないでしょうね。だから三人がここに埋められているとしても、見つけるのはむずかしいかもしれない。でしょう？」

「わけのわからないことをしゃべるのは、やめてもらえませんか」ハドリーが叫んだ。ところが驚いたことに、そのわけのわからないことは、エルネスティーヌ・デュモンに拳で殴りつけたような衝撃を与えた。彼女は博士の意味不明のことばから受けた影響を隠そうと、立ち上がった。

「失礼させていただきます。止めようとしても無駄ですよ。あなたがたはみんな頭がどうかしています。ここに坐ってくだらない話をしているあいだに……ピエール・フレイはまんまと逃げてしまう。どうして彼を追わないのですか。どうして何もせずにいるのです」

「それはですね、マダム……グリモー自身が、これをやったのはピエール・フレイではないと言ったからです」マダム・デュモンがまだ睨みつけているあいだに、博士は絵をどんと床に落として、ソファに立てかけた。この世に存在しない国とはいえ、ひん曲がった木々に囲まれて三つの墓石が立っているその風景は、ランポールの心にぞっとする恐怖を呼び起こした。引きつづき絵を見ていると、階段で足音がした。

退屈だが熱心そうなベッツ巡査部長の手斧のように細長い顔が現われたのは、心強かった。ランポールは例のロンドン塔の事件（『帽子収集狂事件』）のときから彼を知っている。ベッツのあとから、陽気な私服の職員ふたりが写真撮影や指紋採取の道具を持ってきた。ミルズに加え、応接間にいたボイド・マンガンと若い娘が現われ、そのうしろに制服警官がひとり立っていた。娘はまわりの人をかき分けて部屋に入ってきた。

「あなたがたが話したがっているとボイドに言われました」彼女は静かだがひどく震える

声で言った。「ですが、救急車につき添っていきたかったのです。おわかりでしょう。エルネスティーヌおばさま、できるだけ早くあちらへ行ってください。もう……助からないということですから」

手袋を脱ぐときでさえ手際よく毅然としたところを見せようとしていたが、うまくいかなかった。娘の断固たる態度は、二十歳そこそこの経験不足と、たしなめる者がいないことから来ていた。ランポールが驚いたことに、濃いめのブロンドの髪を短く切って、耳のうしろにまわしていた。顔は角張り、頬骨はやや高く、美人とは言えないが心をざわつかせるあざやかな印象があり、見る者にいつとわからない遠い昔を思い出させた。横長の唇に暗い赤の口紅を塗っているが、その色合いや顔全体の厳つい感じと対照的に、はしばみ色の切れ長の眼には心細げなやさしさがあった。娘はすばやくあたりを見まわすと、マンガンのほうへあとずさりした。毛皮のコートを体にぴったりと引き寄せ、いまにもヒステリーを起こしそうだった。

「さあ早く、何がお望みか言ってください」彼女は叫んだ。「父が死にかけているのがわからないのですか。エルネスティーヌおばさま……」

「このかたがたの質問が終わったら行きますよ」マダム・デュモンは淡々と言った。「本当に行きます。わかっているでしょう」

ふいに彼女は穏やかになった。しかしそれはなかば挑戦が含まれているような、重苦しい穏やかさだった――まるで制限つきの。ふたりの女性のあいだには、ロゼット・グリモーの眼の不安にもつうじる、穏やかならざる気配が漂っていた。互いに直接見つめ合うことなく、相手にちらちら視線を送っていたが、双方の所作の滑稽な物まねのようになっていることを、どちらも急に意識してやめた。ハドリーは、その沈黙を放っておいた。あたかも警視庁でふたりの容疑者と向かい合っているかのように。そして――

「ミスター・マンガン」彼はてきぱきと言った。「ミス・グリモーを広間の先のミスター・ミルズの部屋まで連れていってもらえるかな。ありがとう。われわれもすぐに行く。ミスター・ミルズ、ちょっと待っていてくれ。さあ……ベッツ！」

「はい？」

「きみに重要な仕事をしてもらいたい。マンガンから、ロープと懐中電灯を持ってこいと言われたかね？……けっこう。これから屋根裏部屋に上がって、足跡なり、なんらかの印なりが残っていないか、隅から隅まで調べてもらいたい。とくにこの部屋の上を。それから外に出て、ここの裏庭と両隣の庭にやはり痕跡はないか調べるのだ。屋根裏への上がり方はミスター・ミルズが教えてくれる……プレストン！　プレストンはいるか」

　鉤鼻の若者が広間からあわてて入ってきた――プレストン巡査部長だ。秘密の場所を探るのが専門で、死時計の事件（『死の時計』）でも壁板のうしろに証拠を見つけたことがある。

「この部屋を見てまわって、秘密の出入口のようなものはないか探してくれ。わかるな？

なんならばらばらに引っぺがしてもかまわない。煙突のなかを誰かがのぼれるかどうかも見てくれ……残りのきみたちは指紋と写真だ。血痕をすべてチョークで囲ってから写真を撮ること。ただし、暖炉で燃えた紙には触らないように……巡査！　巡査はいったいどこにいる？」

「ここです」

「ボウ・ストリートはフレイという男の住所を知らせてきたか――ピエール・フレイだが……そうだ。どこだろうとその住所に行って本人を捕まえ、ここに連れてこい。いなければ、現地で待つ。やつが働いている劇場へは人をやったか……よろしい。以上だ。さあみんな、取りかかれ」

ハドリーは広間に出て、ひとり言をつぶやいた。フェル博士はのそのそついていき、その夜初めて悪鬼めいた熱心さを見せて、シャベル帽で警視の腕をつついた。

「よろしいか、ハドリー」とうながした。「きみは階下におりて職務質問をしたまえ、いいね？　私はここに残って、知恵なしどもの写真撮影を手伝ったほうがずっと役に立てそうだ」

「だめだめ、あなたがこれ以上現場を乱したら、どうしようもなくなってしまう」ハドリーは熱くなって言い返した。「あのフィルムには金がかかるし、証拠も必要です。そのまえに、あなた自身に率直に訊きたい。七つの塔だの、この世に存在しない国に人が埋められているだのと、まったくもってちんぷんかんぷんですが、何なんです。あなたがときどき謎めかしたことを言うのは知っているけれど、これほどひどいのは初めてだ。情報交換しようじゃありませんか。いったい……ああ、なんだね？」

怒って振り返ると、スチュアート・ミルズが彼の袖を引いていた。

「えーと、巡査部長を屋根裏に案内するまえに」ミルズは落ち着き払って言った。「もしミスター・ドレイマンに会いたいということでしたら、家にいますので、お知らせしたほうがいいかと思いまして」

「ドレイマン？　おお、そうか！　いつ戻ってきたんだね？」

ミルズは顔をしかめた。「ぼくの推測では、戻ってきてはいません。おそらくどこにも出かけていませんから。少しまえに彼の部屋をのぞいてみたところ――」

「なぜのぞいた？」フェル博士が急に興味を示して尋ねた。

秘書は無表情にまばたきした。「どこにいるのかなと思って。部屋で見つけたのですが、眠りこんでいて、なかなか起きないのです。睡眠薬を飲んだのだと思います。よく飲んでいますので。依存症とか常習者と言うつもりはありませんが、彼は文字どおりの意味で、睡眠薬を飲むのがとても好きなのです」

「ここは私が聞いたなかでいちばん奇妙な家だ」ややあってハドリーが誰にともなく宣言した。「ほかには？」

「はい。グリモー博士の友人がひとり階下《した》に来ています。いま着いたばかりで、警視に会いたいと言っています。急を要する重要な用件だとは思いませんが、ウォリック酒場の常連客のひとりで、名前はペティス——ミスター・アンソニー・ペティスです」

「ほう、ペティス？」フェル博士が顎をさすりながらくり返した。「幽霊話の収集家で、数々のすばらしい序文を書いているあのペティスかね？　ふむ、ほう、なるほど。ところで彼がこの件にどうかかわる？」

「この件に何がかかわるかは、あなたにこそ訊きたい」ハドリーはこだわった。「いいかね。いまはその人に会えない、よほど重要な話でないかぎりね。住所を訊いて、私が明日訪ねると伝えてもらえないか。よろしくな」そしてフェル博士のほうを向いて、「さあ、七つの塔と、存在しない国について話してもらいましょうか」

博士は、ミルズがベッツ巡査部長を連れて広間を横切り、対面の部屋のドアに達するまで待った。耳に入る音は、グリモーの部屋のなかで交わされる低い声だけになった。階段の大きなアーチの下から相変わらず明るい黄色の光が射して、広間全体を照らしている。フェル博士は天井を見上げたり、床を見おろしたりしながらぶらぶらと歩き、今度は茶色のカーテンのかかった三つの窓に近づいた。それぞれカーテンを開けて、三つの窓すべてにしっかり鍵がかかっていることを確認したあと、ハドリーとランポールに手を振って、階段のほうへ呼び寄せた。

「集まれ」博士は言った。「次の証人に取りかかるまえに多少、情報交換するのもいいだろう。だが、七つの塔に関しては一秒も割《さ》けない。それにはだんだんと近づいていく、騎士ローランのようにね（シェイクスピア『リア王』中の台詞に〝騎士ローランはやってきた、暗い塔までやってきた〟とあり、ロバート・ブラウニングもこれを詩に詠んだ。シャルルマーニュ大帝の十二勇士のひとり）。ハドリー、犠牲者が発したいくつかの切れ切れのことばが、もっとも重要な鍵になるかもしれない。本物の証拠はそれだけだからね。意識を失う直前にグリモーがつぶやいたことばだ。あれをわれわれみんなが聞いているといいが。憶えているかね、きみは彼に、フレイに撃たれたのかと訊いただろう。グリモーは首を振った。次にきみは、誰がやったのだと訊いた。そこで彼はなんと言った？　ひとりずつ、あのとき自分が何を聞いたか思い出してもらいたい」

　博士はランポールを見た。アメリカ人の頭は混乱していた。いくつかの単語ははっきりと憶えているが、血まみれの胸と苦悶にねじれた首の印象が強烈すぎて、全体として意味をなさなかった。ランポールはためらいながら答えた。

「たしか最初のことばは〝宙に浮く《ホヴァー》〟のように聞こえましたが――」

「馬鹿な」ハドリーが割りこんだ。「私はその場ですべて書き留めた。彼の最初のことばは〝風呂《バース》〟だった。定冠詞がついていたかもしれない。だが、手帳を見てみれば――」

「落ち着きなさい。きみのちんぷんかんぷんは私よりひどいくらいだ」フェル博士が言った。「さあ続けて、テッド」

「まあ、どれも確信は持てませんが、〝自殺ではない〟と〝やつはロープを使えなかった〟というのははっきりと聞こえました。そのあと〝屋根〟、〝雪〟、〝狐〟に関して何か言い、最後に〝明るすぎた〟というようなことを言った気がしますけど、すべてこの順番だったかどうかも定かではありません」

ハドリーは寛大に応じた。「ずいぶん取りちがえたね。ひとつふたつは正しく聞いているかもしれないが」と言いながらも不安そうだった。「もっとも、私のメモもそれと似たり寄ったりであることは認めなければならない。〝風呂〟のあとで、彼は〝塩〟と〝ワイン〟と言った。ロープのところは正しいが、私は自殺については聞いていない。屋根と雪は正しい。それから〝明るすぎた〟と来て、次は〝銃を持っていた〟。そしてようやく狐について何か言ったあと、これは血のせいでほとんど聞き取れなかったのだが、最後のことばは〝責めないでくれ、哀れな……〟のようだった。以上だ」

「おお、神よ！」フェル博士がうめき、ふたりを順に見つめた。「ひどいな、きみたちは。こちらは高らかに勝利を宣するつもりだったのに。彼が言ったことを説明しようと思っていたのだが、ふたりの圧倒的な耳のよさに打ちのめされてしまった。あの意味不明のつぶやきから、そこまで聞き取ることはできなかった。あえて言えば、それでも真実からはいくらか離れているがね。ワオ！」

「では、あなたのバージョンは？」ハドリーが訊いた。

博士はどすどすと歩きまわりながら、大声を響かせた。「じつは最初の数語しか聞こえなかった。しかし、正しく聞いていたとすれば、意味はそこそこつうじる。あくまで正しく聞いていればだがね。残りの部分は悪夢だ。雪の積もった屋根の上を狐たちが走りまわっている場面が頭に浮かぶ。狐でなければ——」

「狼憑きとか？」ランポールが言った。「誰か狼男の話をしましたっけ」

「いや。そんな話は誰もしない！」ハドリーが一喝し、いきなり手帳を開いた。「すべてを整理して考えるために、ランポール、きみが聞いたと思っていることを書き留めて、比較してみよう……よし、できた。

きみのリストだ。〝宙に浮く〟、〝自殺ではない〟、〝やつはロープを使えなかった〟、〝屋根〟、〝雪〟、〝狐〟、〝明るすぎた〟。

次に私のリスト。〝風呂〟、〝塩〟、〝ワイン〟、〝やつはロープを使えなかった〟、〝屋根〟、〝雪〟、〝明るすぎた〟、〝銃を持っていた〟、〝責めないでくれ、哀れな……〟。

こういうことだな。さて、フェル、あなたはいつものつむじ曲がりで、いちばん無意味なところにいちばん重きを置くんでしょうね。私としては、後半についてはなんとか説明をひねり出すこともできそうだが、そもそもどうして瀕死の男が風呂や塩やワインなどという手がかりを残す？」

フェル博士はすでに火が消えている葉巻を見つめていた。

「ふむ、然り。そこは少しはっきりさせたほうがいいだろう。それだけではあまりに謎めいている。道をゆっくり進むとしよう……まず訊くが、グリモーが撃たれたあと、あの部屋で何が起きた？」

「わかれば世話はありません。それこそあなたに訊きたいことだ。秘密の入口がないというのなら――」

「ちがう、ちがう。人が消えるトリックについて訊いたのではないよ。きみはそれに取り憑かれている、ハドリー。そればかり気にしているものだから、ほかに何が起きたか、落ち着いて考えてみようとしない。まずは説明のつく明白なことから確認しようじゃないか。ふむ。さて、では、彼が撃たれたあと明らかに起きたことは何か。第一に、あらゆる痕跡は暖炉のまわりに集中している」

「つまり、犯人は煙突から逃げたと？」

「そうではない。断じてちがう」博士は苛立って言った。「あの煙道は狭すぎて、拳も通らないほどだ。自分を抑えて、よく考えなさい。まず、重いソファが暖炉のまえから押しのけられ、その上に大量の血がついていた。あたかもグリモーがすべり落ちたか、寄りかかったかのように。暖炉のまえの敷物も引っ張られたか、足で蹴り上げられたかで、上には血の痕があった。そばの椅子も押しやられていた。そして最後に、暖炉のまえのみならず、なかのほうにまで血が飛び散っていた。その血をたどっていくと、暖炉の火を消してしまうほどの量の紙が燃えさしになっていた。

ではここで、忠実なマダム・デュモンの行動について考えてみよう。彼女はあの部屋に入ったそのときから、暖炉のことをひどく気にかけていた。つねに暖炉を見ていて、私があそこを見ようとするとヒステリーを起こしかけた。きみたちも憶えているだろうが、暖炉に火を入れてほしいとまで言ったのだ。馬鹿げた発言にもほどがある。犯行があったまさにその部屋で、警察が証人を快適にするために石炭や焚きつけをいじったりしないことは、本人も重々承知だろうに。ちがったのだよ、目的が、きみ。誰かがあそこで手紙か書類を燃やそうとした。彼女はそれを確実に燃やしきってしまいたかったのだ」

ハドリーは重々しく言った。「すると、彼女は知っていたということになりますね。それでもあなたは彼女のことばを信じると言ったのですか」

「そう。あのときも信じたし、いまも信じている――訪問者と犯行そのものに関してはね。私が信じていないのは、彼女自身、そして彼女とグリモーとの関係について言ったことだ……さあもう一度、起きたことを考えてみなさい！　侵入者がグリモーを撃つ。しかしグリモーは、まだ意識があったにもかかわらず、助けを求めて叫びもしなければ、殺人者を止めようとも、闘おうともしない。ミルズがドアを叩いているときに、そこを開けようともしないのだ。しかし彼はほかのことをする。医者が言うには肺の傷が広がり裂けてしまうほどの努力で、何かをするのだ。

何をしたのか教えよう。彼は自分が死ぬことを知り、警察が来ると思った。そのまえに消していかなければならないものがたくさんあった。それは自分を撃った人間を捕まえるより、もっと言えば、自分が生き長らえるより大切なことだった。そこで暖炉のまえをよろめきながら往き来して、その証拠を燃やした。だからソファは彼がぶつかったことでずれ、敷物もああなり、血痕が残った……わかったかな？」

明るく寒々とした広間に沈黙が流れた。

「それで、マダム・デュモンは？」ハドリーが暗い声で訊いた。

「彼女はそれを知っていたのだ、もちろん。ふたりの秘密だった。そして彼女はたまたま彼を愛している」

「もしそれが正しいなら」、グリモーが燃やしたものはきわめて重要だったにちがいない」ハドリーが博士を見つめて言った。「どうしてそこまでわかりました？　ところで、彼らはどんな秘密を共有していたのです。どうしてふたりが危険な秘密を持っていると思いました？」

フェル博士は両手をこめかみに押しつけ、髪の毛をぼさぼさにかきまわすと、議論を挑むように言った。

「少しなら話せるかもしれない。まだ絶望的に謎めいた部分はあるがね。見ればわかるだろうが、グリモーもデュモンも、私以上にフランス人からほど遠い。あの頬骨の女性、

〝正直《オネスト》〟の最初のhを発音する女性は、ラテン系ではありえない。だが、そこが重要なのではない。彼らはふたりともマジャール人だ。正確に言えば、グリモーはハンガリー出身。本当の名前はシャルルではなくカーロイ、そしてグリモー・ホルヴァート。おそらく母親がフランス人だったのだろう。かつてハンガリー王国の一部だったが、戦後ルーマニアに併合されたトランシルヴァニア公国で生まれた。一八九〇年代の終わりか一九〇〇年代の初め、カーロイ・グリモー・ホルヴァートとふたりの弟はそろって刑務所に入れられた。弟がふたりいたという話はしたかな？　ひとりは見たこともないが、もうひとりは現在、ピエール・フレイと名乗っている。

ホルヴァート三兄弟がどんな罪を犯したのかは知らないが、彼らはジーベントゥルメン刑務所に送られ、カルパチア山脈のトラジの近くにある岩塩坑で働かされた。シャルルはおそらく脱走したのだ。さて、シャルルの致命的な〝秘密〟というのは、本人が刑務所にいたことはおろか、刑期を終えるまえに脱走したことにすら関係ない。ハンガリー王国は崩壊し、かつての政府は消えてしまったのだから。むしろありそうなのは、彼がふたりの弟に関して腹黒い奸計をめぐらしたということだ。あの三つの棺と、生きながらにして埋葬された人間にかかわる、身の毛もよだつようなこと、真相が明るみに出れば、いまでも絞首刑に処されるようなこと……いまあえて言えるのは、ここまでだ。誰かマッチを持っていないかね？」

6　七つの塔

　この独演のあとにおりた長い沈黙のなかで、ハドリーはマッチ箱を博士に放り、悪意のある視線を送った。

「冗談を言っているのですか」彼は訊いた。「それともこれは黒魔術？」

「この手のことに黒魔術は使えない。使えればと思うがね。あの三つの棺は……いやはや、ハドリー！」フェル博士は拳でこめかみを叩きながらつぶやいた。「ほのかな明かりのひとつも見えればな……何か……」

「すばらしい成果だと思いますが。知りながら黙っていたのですか。でなければ、どうしてそこまでわかったんです。いや待てよ」ハドリーは手帳を見た。「〝宙に浮く《ホヴァー》〟、〝風呂《バース》〟、〝塩《ソルト》〟、〝ワイン〟。つまり、グリモーが言ったことばは、じつは〝ホルヴァート〟と〝岩塩坑《ソルトマイン》〟だったのですか。なんと。頼みますよ。もしそれが根拠なら、残りのことばについても、好き勝手に当て推量ができるじゃありませんか」

「腹を立てたところを見ると、同意したのだな」フェル博士は言った。「ありがとう。きみも鋭く指摘したとおり、瀕死の男はふつう〝浴用塩〟について話したりはしない。きみの解釈が正しいなら、われわれはみな仕事をやめてクッション壁の病室に入ったほうがましだ。彼は本当にそう言ったのだよ、ハドリー。私には聞こえたのだ。きみは名前を訊いただろう？　犯人はフレイですか？　ちがう。それなら誰です？　そこで彼は答えたのだ、ホルヴァートと」

「あなたはそれが彼の本名だと言うんですね」

「そうだ。いいかね」フェル博士は言った。「これは推理方法として公平ではない。それできみの心の傷が癒えるのなら、喜んで認めよう。私があの部屋から得た情報の出所も示していない。それをいまから説明しよう。神のみぞ知ることだが、あの部屋でも説明しようと思ったのだ。

こういうことだ。われわれはテッド・ランポールから、グリモーを脅した奇妙な客の話を聞く。とくに重要なのは〝生き埋めにされた〟人々の話だ。グリモーはこれを真剣に受け止める。相手を以前から知っていて、何をしゃべっているかもわかる。とにかく三つの墓が描かれた絵をなんらかの理由で買っているんだからね。誰に撃たれたのかときみが訊くと、彼は〝ホルヴァート〟という名前を出し、岩塩坑について何か言う。フランス人の教授にしてはおかしなことばだと思うかどうかはともかく、マントルピースの上に飾られた盾にこんな彫刻があるのもおかしい——中央で区切られ、黒色《セーブル》の半身の鷲と、主要部に銀《アージェント》色の月……」

「紋章学は省いてください」ハドリーがどこか意地悪な威厳を示して言った。「つまり、どういう盾なんです」

「トランシルヴァニアの紋章だ。むろん戦後は使われておらず、戦前もイギリス（またはフランス）でよく知られていたとは言いがたい。まずスラヴ系の名前、そしてスラヴ系の紋章。さらには、私がきみに見せたあの本の数々。あれが何だったかわかるかね？　ハンガリー語に訳されたイギリスの本だよ。さすがに読むふりをすることもできなかったが——

——」

「それはよかった」

「——だが少なくともシェイクスピア全集と、スターンの『ヨーリックからイライザへの手紙』、アレクサンダー・ポープの『人間論』はわかった。あまりに驚いたので、蔵書全体を調べてみた」

「どうして驚くんです？」ランポールが尋ねた。「誰の書斎にあっても不思議ではない珍妙な本の数々でしょう。あなたの書斎にもあるだろうに」

「もちろん。だが、フランス人の学者がイギリスの本を読むことを考えてみたまえ。英語でも読むだろうし、フランス語に訳されたものも読むだろう。しかし、まずそれをハンガリーの言語に訳してしっかり味わいたいと主張することは、きわめてまれなはずだ。別の言い方をすれば、あれはハンガリーの本ではなかった。フランス人がハンガリー語を学ぶときに使いそうなフランスの本でもなく、イギリスの本だった。つまり、持ち主が誰であれ、母語はハンガリー語だということだ。名前が見つかればと思って全部見てまわると、ある本の見返しに色褪せた文字で〝カーロイ・グリモー・ホルヴァート、一八九八年〟とあったから、それで決まりだった。

もしホルヴァートが彼の本名だとしたら、なぜこれほど長いあいだ別人のふりをしていたのか。〝生き埋めにされる〟と〝岩塩坑〟ということばを考えると、わかってくる。だが、誰に撃たれたのかときみが訊いたとき、彼はホルヴァートと答えた。あれは人が自分自身について語りたくない唯一のときと言ってもいいだろう。つまり、彼は自分の名前をあげたのではなく、ホルヴァートという名の別人を指していた。私がそう考えていたとき、優秀なミルズがきみに、パブで出会ったフレイという男のことを話していた。ミルズは、そのフレイには一度も会ったことがなかったのに、とても身近に感じるものがあったと言った。フレイのしゃべり方はグリモーのふざけた物まねのようだった、とも。フレイはグリモー本人のことを言っていたのか？　兄弟、兄弟、兄弟だ！　わかるだろう、棺は三つあるが、フレイはふたりの兄弟のことしか話さなかった。どうやら三人目がいそうじゃないか。

そんなことを考えていると、明らかにスラヴ人のマダム・デュモンが入ってきた。もしグリモーをトランシルヴァニア出身と確定できれば、来歴を探るときに調査対象を絞れるが、そこは慎重にやらなければならない。グリモーの机にあったバッファローの彫刻に気づいたかね？　あれから何がわかる？」

「トランシルヴァニア出身だとはわかりませんね。それは確かだ」警視がうなった。「むしろ開拓時代のアメリカ西部かな。バッファロー・ビル、インディアンといった。いや待て！　だからあなたは彼女に、グリモーはアメリカに行ったことがあるのかと訊いたんですか」

フェル博士は気まずそうにうなずいた。「害のない質問に思えたのだ。彼女も答えた。わかるだろう、もし彼があれをアメリカの骨董屋で手に入れたのなら……ふむ、ハドリー。私はハンガリーに行ったことがある。もっと若くてしなやかで、『ドラキュラ』を読んだばかりのころだった。トランシルヴァニアはヨーロッパで唯一、バッファローが飼育されていた国なのだ。バッファローを雄牛のように使っていた。ハンガリーではありとあらゆる宗教が信仰されていたが、トランシルヴァニアはユニテリアン派だった。そこでマダム・エルネスティーヌに訊いてみると、案の定そうだった。そこで私は手榴弾を投げた。もしグリモーがたんに岩塩坑にかかわっていたのなら、たいした問題ではない。しかし、私はトランシルヴァニアでただひとつ、囚人がかつて岩塩坑で働かされていた刑務所の名をあげた。ジーベントゥルメン――〝七つの塔〟という意味だ。あえて刑務所だとも言わなかったが、彼女は卒倒しかけた。これできみにも、私の言った七つの塔と、もうこの世に存在しない国の意味がわかっただろう。とにかくマッチをくれないか?」

「もう持ってるじゃないですか」ハドリーは言って、大股で広間を歩き、にこにこと穏やかな笑みを浮かべているフェル博士から葉巻を一本もらうと、ひとり言のようにつぶやいた。「たしかに、これまでのところ筋は通っている。刑務所について鎌《かま》をかけたのも上出来だった。しかし、あなたの推理の根拠にしろ、問題の三人が兄弟であることにしろ、あくまで推測でしかない。そこがこの説明のいちばん弱いところだと思うけれど……」

「ああ、認めよう。だから何だね?」

「きわめて重要ですよ。グリモーはホルヴァートという男に撃たれたと言いたかったわけではなく、たんに何か自分のことについて言ったのだとしたら? すると殺人者は誰かわからなくなる。しかし、もし三兄弟がいて、グリモーがそのことを言っていたのだとすれば、話は単純だ。ピエール・フレイ、またはその弟が本当に彼を撃ったという説に戻ればいい。フレイはいつでも捕まえることができるし、弟についてては――」

「弟だとわかるのかね?」フェル博士が考えこんで言った。「もし会ったとしたら」

「どういう意味です?」

「グリモーのことを考えていたのだ。彼は英語を完璧に話し、フランス人としても充分通用した。実際にパリで学んだのだろうし、マダム・デュモンもオペラ座の衣装係だったのだろう。そこは疑っていない。いずれにせよ、グリモーはブルームズベリーを三十年近く闊歩《かっぽ》していた。荒々しいが愛想よく、人を傷つけず、口ひげを短く刈って、角張った山高帽をかぶり、激しい気性を抑えつつ、公衆のまえでは穏やかに講義をしていた。誰も彼のなかに悪魔は見なかった。私はなぜか、狡猾で才気煥発な悪魔がいたにちがいないという気がするのだがね。誰も疑ってもみなかった。ひげを剃り、ツイードを着て、ポートワイン好きの赤ら顔といった外見を身につけ、イギリスの大地主、あるいは本人が望むどんな人物としても通るほどだった……ところで、三番目の弟はどうだね？　彼にこそ興味を惹かれるのだ。誰かのふりをして、われわれのなかに紛れこんでいたらどうする？　まさにここにいるのに、誰も彼の正体を知らなかったら？」

「その可能性はありますね。しかし、われわれはその弟について何も知らない」

フェル博士は葉巻に火をつけるのに苦労しながら、異様な熱心さで相手を見上げた。

「わかっておる。そこが悩みなのだ、ハドリー」いきなり声を轟かせて、ふうっとマッチの火を消した。「フランス人の名前を使うことにした理論上の兄弟がふたりいる――シャルルとピエールだ。そして三番目がいる。議論を明確に進めるために、かりに彼をアンリとしよう」

「ちょっと待った。まさか彼についても何か知っているなんて言いませんよね」

「逆だよ」フェル博士はある種獰猛に言い返した。「むしろ彼について、どれほどわずかしか知らないかを強調するつもりだ。われわれも、シャルルとピエールについては知っているが、アンリについては、ほんのちっぽけなヒントすらない。ただし、ピエールは延々と彼のことを話して、脅しの手段に使っているようだがね。たとえば〝もっといろいろやれる弟がいる〟、〝おれはあんたの命など欲しくないが、やつはちがう〟、〝兄弟とかかわるとおれも危険にさらされる〟などなど。しかし、煙のなかから人であれ、子鬼であれ、形を持ったものは現われない。そこが心配なのだ。事件全体の裏に禍々《まがまが》しい存在がいて、糸を引いている。己の目的のために、なかば狂った哀れなピエールを使って。おそらくその存在は、シャルルに対してと同じくらい、ピエールに対しても危険なのだ。ウォリック酒場での一幕も、その何者かが演出していた気がしてならない。われわれのすぐそばにいて一部始終を見ている。そして――」フェル博士は、がらんとした広間で何かが動いたり話したりすると思っているかのように、まわりに眼を凝らし、言い添えた。「わかるだろう。私はきみの部下の巡査がピエールを捕まえ、勾留してくれることを望んでいるのだ。たぶん彼の役割は終わっている」

ハドリーがあいまいに体を動かした。きちんと整えた口ひげの端を噛んで言った。「ええ、わかっています。ですが、事実にこだわりましょう。言っておきますが、事実を掘り出すことだけでも充分むずかしい。私は今晩、ルーマニア警察に電報を打ちます。しかし、トランシルヴァニアが併合されたのだとすれば、混乱と騒動のなかで公式記録はほとんど残っていないかもしれない。戦後すぐにボルシェヴィキがなだれこんできたんでしょう？うむ。いずれにせよ、事実が欲しい！　さあ、早く行って、マンガンとグリモーの娘さんの話を聞きましょう。じつは彼らの行動にもいささか不審な点があると思うので――」

「ほう？　なぜ？」

「まあ、これもマダム・デュモンが真実を語っていると仮定してですが」ハドリーは発言を修正した。「あなたはいまもそう思っているようですが、私が聞いたかぎりでは、マンガンは今晩、来客があるかもしれないからとグリモーに要求されて、ここに来たんじゃありませんでしたか。そうだ。それで結局、番犬としては役に立たなかったようだ。玄関脇の部屋に坐っていた。呼び鈴が鳴り――デュモンが嘘をついていなければですが――謎の訪問者が入ってくる。その間ずっと、マンガンはなんの興味も示さない。ドアを閉めたまま部屋のなかに居坐り、訪問者にはまったく注意を払わず、銃声が聞こえてやっと大騒ぎを始め、部屋から出ようとしてドアに鍵がかかっていることに気づく。これが論理的と言えるかな？」

「論理的なものなどないよ」フェル博士が言った。「あのことでさえ――まあ、それはあとでいい」

彼らは長い広間を歩き、ハドリーはできるだけ専門家らしい冷静な態度をまとってドアを開けた。そこは書斎よりいくらか小さい部屋で、本棚と木製の書類戸棚が整然と並んでいた。床にはすり切れた簡素な絨毯が敷かれ、仕事向きの硬い椅子が置かれて、暖炉で火が弱々しく燃えていた。天井から下がった緑の笠のランプの下で、ミルズのタイプライタ一机がドアとまっすぐ向き合うように動かされていた。タイプライターの片側には、原稿の束がきれいにまとめられて針金の籠に入っている。反対側には、牛乳の入ったグラス、干しプルーンの皿、ウィリアムソンの『微分積分学』。

「彼もミネラルウォーターを飲むにちがいない」フェル博士が興奮気味に言った。「知っているかぎりの神に誓ってもいいが、彼はミネラルウォーターを飲み、こういうものを読んで愉しむのだ。まちがいなく――」ハドリーに激しく肘でつつかれて話をやめた。ハドリーは部屋の奥にいるロゼット・グリモーに話しかけていた。まず自分たち三人を紹介した。

「当然ですが、ミス・グリモー、こんなときにご迷惑をかけたくはありません――」

「何もおっしゃらないでください」彼女は言った。暖炉のまえに坐っていたが、緊張のあまり椅子から少し跳び上がるほどだった。「つまり……あのことについては、もう何もおっしゃらないで。おわかりでしょう。わたしは父が好きですが、胸がひどく痛むほど好きというわけでもありません。ただ、誰かがあのことについて話すと……話を聞くと、考えてしまうのです」

そう言って両手をこめかみに当てた。毛皮のコートの襟を開いて、火明かりに照らされ、またしても眼と顔の対照が際立っている。が、その対照は次々と移り変わった。ブロンドの髪、厳つい顔、荒々しさを感じさせるスラヴ的な美しさのなかに、母親譲りの強い個性が現われている。あるときには顔が強張り、はしばみ色の切れ長の眼がやさしく不安げになって、牧師の娘を思わせる。ところが次の瞬間には、顔の表情が和らぎ、眼が明るく硬い光を放って、さながら悪魔の娘になる。細い眉は眉尻できりっと持ち上がっているが、口は横に広くてユーモラスだ。ロゼット・グリモーは落ち着きがなく、洗練され、不可解だった。そのうしろには、マンガンが暗くやるせない表情で立っていた。

「ですが、ひとつだけ」彼女は拳をゆっくりと椅子の肘かけに打ちつけながら続けた。「厳しい尋問を始められるまえに、ひとつだけ、どうしても教えていただかなければならないことがあります」部屋の奥の小さなドアのほうに首を振り、息をあえがせて言った。「スチュアートが……刑事さんを屋根の上に案内しています。わたしたちの耳に入ってくることは本当ですの？　本当に男の人が入ってきて……父を殺し……出ていって……その間まったく……まったく……」

「ここは私が話したほうがよさそうだ、ハドリー」フェル博士が小声で言った。

ランポールは、博士がみずからを機転の達人と信じこんでいることを知っていた。ほとんどの場合、それは天窓から煉瓦をどさどさ落とすようなものなのだが、本人はすばらしく機転が利くと思っているし、きわめて明朗で純朴な性格も相俟って、最高の機転もなしえないような効果が生まれる。たとえるなら、落ちて積もった煉瓦の上を博士がすべりおりてきて、同情を示したり手を握ったりするのだ。すると相手は即座に自分のことを洗いざらい話してしまう。

「おっほん！」博士は鼻を鳴らして言った。「もちろん本当ではありませんよ、ミス・グリモー。われわれには悪党がどんな芸当をやってのけたのか、すべてわかっている。たとえあなたの聞いたこともない人間がやったのだとしても」彼女ははっと顔を上げた。「さらに言えば、厳しい尋問などありませんし、あなたの父上にもまだ生き延びるチャンスはある。ところで、ミス・グリモー、以前どこかでお目にかかったことはありませんかな？」

「あら。わたしの気持ちを楽にしようとしていらっしゃるのね。わかっています」かすかな笑みを浮かべて言った。「ボイドからあなたのお話はうかがっています。ですが――」

「いや、本気で言っておる」フェル博士は真顔で息をぜいぜい言わせ、眼を細めて思い出していた。「ふむ、そうだ。わかった！　あなたはロンドン大学の学生ですな。それだ。そして弁論部のようなものに入っている？　私が議長を務めた会で、あなたのチームが世界の女性の権利について討論したような気がするが、どうです？」

「まさにロゼットです」マンガンが暗い顔で同意した。「筋金入りのフェミニストなので。彼女は――」

「へっ、へっ、へっ」フェル博士は言った。「思い出した」顔を輝かせ、大きな手で指差した。「たしかにフェミニストかもしれないが、きみ、彼女はときに驚くほど脇道にそれるよ。その討論会は、平和主義者の会合以外では聞いたこともないような、あきれかえるほどすばらしい騒ぎになったのを憶えている。あなたは女性の権利を擁護し、男性の暴虐に反対する立場だった、ミス・グリモー。そう、そうだ。部屋に入ってきたときから顔面蒼白で、真剣で、厳粛。あなたのチームの弁論が始まるまでそんな感じだった。相手チームがひどいことを言い、あなたはうれしそうではなかった。そこでひとりの痩せた女性が二十分にわたって、女性が理想的な存在になるために必要なことを述べ立てたが、あなたはますます腹を立てたようだった。で、自分が論じる番になると立ち上がって、冴えわたる声でひと言、女性が理想的な存在になるために必要なのは、議論を減らして性交を増やすことだと言い放ったのだ」

「うわっ！」マンガンが跳び上がった。

「そんなふうに感じたのです——あのときには」ロゼットがかっとなって言った。「でもわざわざそんなことを——」

「あるいは、性交とは言わなかったかもしれない」フェル博士は思い出しながら言った。「いずれにせよ、その怖ろしいことばの効果は絶大でしたよ。放火魔の集団に〝石綿〟と囁いたかのようだった。残念ながら私は水を飲んで、平然とした表情を保たなければならなかった。そういう対処の仕方には慣れていなくてね。ともあれ全体的な結果は、眼と耳にとって金魚鉢で爆弾が炸裂したようなものだったが、もしかすると、あなたとミスター・マンガンはこういうことをしょっちゅう話しているのではありませんか。さぞや蒙を啓かれる話でしょうな。たとえば、今晩の話題は何でした？」

マンガンとロゼットが同時に話そうとして、わけがわからなくなった。フェル博士がにっこり笑うと、ふたりとも驚いて口をつぐんだ。

「さよう」博士はうなずいた。「もうわかったでしょう。警察と話すことなど何も怖くはない。好きなように話せることがわかりましたか。そのほうがいい。正面から向き合って、きちんと説明をつけようじゃありませんか、われわれのあいだで、どうです？」

「そうね」ロゼットが言った。「どなたか煙草をお持ちじゃありません？」

ハドリーがランポールを見て言った。「古狸がまたやりおった」

古狸がまた葉巻に火をつけているあいだに、マンガンがあわてて煙草を取り出した。フェル博士は指摘した。

「さて、ひとつ奇妙なことについて知りたいのだが、きみたちふたりはあまりにもお互いに夢中で、今晩、騒ぎが起きるまで何も気づかなかったのかな。聞いたところでは、マンガン、きみが今晩ここにいたのは、もめごとがあるかもしれないから用心のため家にいてほしいとグリモー教授から頼まれたからだというではないか。どうして役目を果たさなかった？　呼び鈴が聞こえなかったのかな？」

　マンガンは浅黒い顔を曇らせ、両手を激しく振った。

「ええ、認めますよ。ぼくが悪いんです。でもあのときには考えてもみなかった。どうしてああなるってわかります？　もちろん呼び鈴は聞こえました。それに、ぼくたちふたりは彼と話もして――」

「なんだって？」ハドリーがフェル博士のまえに進み出た。

「話したんです。でなきゃ、みすみすなかに入れて階段を上がらせるわけがないでしょう？　でも彼は、友人のペティスだと名乗ったんです――ほら、アンソニー・ペティスですよ」

7　ガイ・フォークスの訪問者

「もちろんいまは、あれはペティスじゃなかったとわかっています」マンガンは怒ったようにライターの蓋を開け、ロゼットの煙草に火をつけてやりながら続けた。「ペティスは身長百六十数センチぐらいですからね。それに、いま思い返すと、声もそれほど似ていませんでした。とはいえ、ペティスがいつも使うことばをすらすらと口にして――」

フェル博士は顔をしかめた。「だが、おかしいとは思わなかったのかね。幽霊話の収集家が十一月五日のガイの恰好をして、うろうろ歩きまわっているのに？　彼はそういういたずらに凝っているのかな？」

ロゼット・グリモーがはっと顔を上げた。何かを指差すように煙草を水平に持ったまま動かなかったが、やがて体をひねってマンガンを見た。また向き直ったときには、切れ長の眼が細く光っていた。呼吸が深くなったのは、怒りからか、残忍さか、それとも何か閃いたことでもあるのか。若者ふたりは同じことを考えていて、マンガンのほうがはるかに動揺していた。世の中が認めてくれるなら、世の中と折り合っていく善き人間でいたいという雰囲気だった。ランポールは、その秘密の考えはまったくペティスにかかわることではないと感じた。マンガンが博士の質問の意味を汲むのに手間取ったからだ。

「いたずら？」彼はことばをくり返し、強《こわ》い黒髪を不安そうにひとなでした。「ああ、ペティスがですか？　いいえ、まさか！　こむずかしい堅物《かたぶつ》ですよ。でも、おわかりでしょう、ぼくたちは彼の顔を見ませんでしたから。こんな感じだったのです。

夕食後すぐに、あの玄関脇の部屋に入って坐っていました――」

「ちょっと待った」ハドリーが口を出した。「そのとき玄関ホールに出るドアは開いていたのかね？」

「いいえ。そんな！」マンガンは弁解するように言い、体をもぞもぞと動かした。「雪の夜、隙間風の入る部屋でドアを開けて坐っていられますか。集中暖房もない部屋で。呼び鈴が鳴れば聞こえるのはわかっていましたし、それに……正直言って、何か起きるとは思ってなかったんです。夕食時には教授もわれわれに、これは悪ふざけだと仄《ほの》めかしていました。なんらかの方法でもう解決したことだ、自分は何もないところによく波風を立ててしまう、と……」

ハドリーは明るく鋭い眼でマンガンを見ていた。「あなたも同じ印象を持ちましたか、ミス・グリモー？」

「ええ、なんとなく……わかりません！　読み取るのが本当にむずかしいのです」かすかに怒り（それとも反抗心？）をにじませて答えた。「父が困っているのか、愉しんでいるのか、あるいはたんに両方のふりをしているのか。とても変わったユーモアの感覚を持っていて、ドラマティックな演出が大好きですから。わたしを小さい子供みたいに扱って。父が何かに怯えるのは生まれて一度も見たことがないと思います。だから、わかりません。ただ、この三日間はいつになく態度がおかしかったので、ボイドからパブで会った男の話を聞いたときには……」と両肩をすくめた。

「どんなふうに態度がおかしかったのですか」

「たとえば、何かひとりでつぶやいていたり。あるいは、ちょっとしたことで突然怒りを爆発させたり。そんなことはめったにないのですけれど。かと思うと、大声で笑いすぎることもあって。でもいちばん変だったのは、手紙の件ですね。配達があるたびに自分で取りにいくのです。何が入っていたかなんて訊かないでください。本人が全部燃やしてしまいましたから。どれも安っぽい封筒に入っていて……父のいつもの癖がなかったら、わたしも気づかなかったにちがいありません」そこでためらって、「たぶん想像がつきますでしょう。父は人前で手紙を受け取ると、何が書かれているかはもちろん、ときには差出人まで即座に知らせてしまう人でした。〝この詐欺師め！〟とか〝あんたにしちゃ軽率だな！〟とか叫ぶものですから。〝ほほう、これは懐かしい誰それからの便りだ〟とにこやかに言うこともあります。それほど驚くようなことでもないのに、リヴァプールやバーミンガムにいる誰かが、まるで月の裏側から便りをよこしたように。おわかりいただけるかどうかわかりませんが……」

「わかりますよ。どうか続けてください」

「ですが今回、手紙かどうかはともかく、それらを受け取ったときには、まったく何も言わなかったのです。顔の筋ひとつ動かしませんでした。ただ、他人がいるまえであからさまに捨てたのは、昨日の朝、朝食のテーブルについていたときだけでした。一瞥《いちべつ》してくしゃくしゃに丸めると、椅子から立ち上がり、何か考えながら暖炉に歩いていって、火のなかに放りこみました。ちょうどそのとき、おば――」ロゼットはハドリーをちらっと見やって、自分がためらっていることに気づいたらしく、ことばに詰まった。「ミセス……マダム……あの、つまり、エルネスティーヌおばさまです！　ちょうどそのとき、おばさまが父にもっとベーコンをお持ちしましょうかと尋ねたのです。父はさっと火から振り返って、〝地獄へ墜ちろ！〟と叫びました。あまりに唐突で、こちらが呆気にとられているあいだに、父は大股で部屋から出ていきました。平和な気持ちになどなれないものだな、とつぶやきながら。それはもう鬼のような顔でした。同じ日にあの絵を持って帰ったのです。そのときにはまた機嫌がよくなっていました。騒々しく戻ってきて、笑いながらタクシーの運転手とほかの誰かに手を貸して、絵を三階に運び上げました。わたし……わたしが……」複雑な人柄のロゼットに、思い出が押し寄せてきたようだった。考えに沈んで、つらそうだった。やがて震える声でつけ加えた。「わたしが父を嫌っているとは思わないでください」

ハドリーは個人の気持ちには触れなかった。「パブで会った男について、本人は何か言っていましたか」

「ただの食わせ者だとぶっきらぼうに答えただけです――魔術の歴史を馬鹿にしやがって、とよく脅しをかけてくる輩《やから》のひとりだと。もちろん、ただの食わせ者でないことはわかりました」

「なぜです、ミス・グリモー？」

口を閉じているあいだ、彼女はまじろぎもせずハドリーを見ていた。

「これは本物だとわかったからです。それと、父の過去の人生には、いつかこういうことをもたらす何かがあると感じることが、幾度となくあったからです」

それは真っ向からの挑戦だった。長い沈黙ができた。小さな軋みと、屋根を揺らす平板で重い足音が聞こえた。ちらちらと躍る火影のようにロゼットの顔が変化した――恐怖、憎悪、苦痛、あるいは疑念か。野性的な幻影が戻ってきて、ミンクのコートがヒョウ皮のコートのように見えた。脚を組んで椅子に色っぽくもたれ、腰をくねらせた。背もたれに頭をあずけると、喉と半開きの眼で暖炉の火がきらめいた。ロゼットはかすかに引きつった笑みを浮かべて、彼らを見た。頬骨が影で縁取られていた。それでもランポールには、彼女が震えているのがわかった。それにしても、どうして彼女の顔は長さより幅があるように見えるのだろう。

「で、どう思われます？」ロゼットはうながした。

ハドリーは少し驚いたようだった。「こういうことをもたらす何か？　よくわかりませんね。そう考えるべき理由があったのですか」

「いいえ、理由などありません！　そう考えているわけでもないのです。いろいろ空想してしまうだけで——」否定はすばやかったが、胸が激しく上下するのはおさまっていた。

「おそらく父の趣味とともに生活しているからですね。母は——亡くなりました、わたしがまだ幼いころに——その母は千里眼だと言われていました」ロゼットはまた煙草を持ち上げた。「でも、ご質問をなさっていたのでしたね？」

「まず今晩のことをうかがいたい。父上の過去を調べることが役に立つとお考えなら、警視庁はいつでもあなたの提案にしたがいます」

彼女は煙草をすっと唇から離した。

「しかし」ハドリーは同じ無表情な声で続けた。「ミスター・マンガンがしていた話を続けましょう。あなたがたふたりは食事のあと応接間に入り、玄関ホールに面したドアは閉められた。さて、グリモー教授は何時に危険な訪問者が来ると言ったのかな？」

「あー、そうだ」マンガンが言った。ハンカチを取り出して額に当てている。暖炉の火に横から照らされると、骨張って落ち窪んだ細面には小じわがたくさんあった。「それもまた、あれが誰か思い当たらない理由なのです。早く来すぎたんですよ。教授は十時だと言っていたのに、あの男は九時四十五分に来た」

「十時だね、わかった。教授がそう言ったのは確かかね？」

「ええ、はい！　少なくともぼくはそう思いました。十時ごろだと。ちがうかい、ロゼット？」

「どうかしら。わたしには何も言わなかったから」

「なる……ほど。どうぞ先を、ミスター・マンガン」

「ラジオをつけてたんです。あれはよくなかった。音楽が大きかったので。そうして暖炉のまえでカードをやっていました。それでも呼び鈴は聞こえたので、マントルピースの上の時計を見ると、九時四十五分でした。立ち上がろうとしたところで、玄関のドアが開く音がした。そこでミセス・デュモンが〝お待ちください、訊いてきますから〟というようなことを言って、ドアがバタンと閉まるような音がしました。ぼくは〝おい、誰だい〟と呼びかけたんですが、ラジオの音が大きすぎたので、当たりまえだけど歩いていって消しました。そのすぐあとです。ペティスが――当然ながら、ぼくたちふたりとも彼はペティスだと思ったので――こっちに声をかけました。〝やあ、ガキども！　ペティスだ。大将に会うくらいでなんだ、この堅苦しい取り次ぎは。階上《うえ》に上がって話をさせてもらうよ〟

と」

「そのとおりのことばだった？」

「ええ。ペティスはいつもグリモー博士を〝大将〟と呼んでいました。それほど度胸がある人間はほかにいなくて。バーナビーだけは〝親父さん〟と呼びますが……そこでぼくたちも〝了解《ライトゥ》〟と言って、それきり気にせず、またふたりで坐りました。でも十時が近いのに気がついて、そろそろ時間だから注意していなければと、そわそわしてきたんです……」

ハドリーは手帳の隅に落書きをしていた。

「すると、ペティスと名乗る男が」と考えながら言った。「きみたちに顔を見せずに、ドアの向こうから話しかけたというのかね？　どうしてふたりが部屋のなかにいることがわかったと思う？」

マンガンは眉を寄せた。「窓から見たんだと思います。玄関前の階段をのぼるときに、最寄りの窓から応接間が丸見えですから。自分でもよくそう思います。誰かがいるのが見えると、いつも呼び鈴を鳴らす代わりに窓に顔を近づけて叩くんです」

警視はまだ考えこんで絵を描いていた。質問しようとして、自分を抑えた。ロゼットはまばたきもせずに、鋭い視線を送っていた。ハドリーはたんに言った。

「続けて。きみは十時になるのを待っていた――」

「ところが、何も起きませんでした」マンガンが主張した。「ですが不思議なことに、十時から一分すぎるごとに、安心するというより不安になってきたのです。すでに言ったとおり、ぼくは問題の男が本当に来るとは思っていませんでした。何か厄介なことが起きるとも。でも暗い玄関ホールと、面のついた甲冑が頭から離れず、考えれば考えるほど嫌な予感がして……」

「言いたいことはよくわかる」ロゼットが言った。奇妙な驚いたような表情でマンガンを見ていた。「わたしも同じことを考えていたの。でもあなたに愚か者呼ばわりされたくなかったから、言わなかった」

「そういう発作的な心理状態になることがあって」マンガンは苦々しげに言った。「そのせいでこんなに何度も仕事を馘《くび》になるのかもしれない。今晩この話を電話で伝えなかったことでも、たぶん馘にされるんだ。報道編集長なんてくそくらえ。ぼくはユダじゃない」椅子の上で体を動かした。「とにかく、十時をすぎて十分ほどたつと、もう我慢できなくなりました。手札をバンと机に叩きつけて、ロゼットに言ったんです。〝酒でも飲んで、玄関ホールの明かりを全部つけよう。あるいは何か別のことでも〟と。アニーを呼び出そうとして、今日が土曜でアニーが非番なのを思い出しました……」

「アニー？　メイドかね？　忘れていたよ。それで？」

「それで、自分で行ってドアを開けようとすると、外から鍵がかかっていたのです。まるで……こんなふうに。寝室に人目を惹くものがある、たとえば、絵とか装飾品とか。あって当たりまえなので、ふだんはあまり意識していない。でもある日、寝室に入ると、なかがなんとなくおかしいと感じる。理由がわからないのでイライラして気持ちが乱れる。そのとき突然、ちがいが眼に飛びこんできて、衝撃とともに、そのものが取り去られていることに気づく。わかります？　そんな感じだったのです。何かがおかしいのはわかっていた。あの男が玄関ホールから呼びかけたときからずっと変だと感じていたのに、ドアの鍵がかかっているのを発見するまでピンと来なかったんです。で、馬鹿みたいにドアノブを引っ張りはじめたときに、銃声が聞こえました。

屋内で撃ったから、ものすごい音だった。だから最上階でも聞こえたんです。ロゼットが叫んで――」

「叫んでないわ！」

「こちらを指差して、ぼくが考えていたことを口にしました。〝あれはペティスなんかじゃない。あの男が入ってきたのよ〟と」

「その時刻を特定できますか」

「ええ。十時十分すぎです。ぼくはドアを打ち壊そうとしました」その情景を思い起こしながら、マンガンの眼は皮肉をあざ笑うように光っていた。話したくはないが、言わずにはいられないという感じだった。「小説のなかでドアを打ち壊すのがどれほど簡単か考えたことがあります？　ああいう小説は大工の楽園です。なかにいる人間が気軽な質問に答えないといったつまらないことで、次から次へとドアが叩き壊されるんですから。でも試しに一度やってみてください！　やるだけ無駄です。しばらく肩をぶつけてみましたが埒《らち》が明かず、窓から外に出て玄関か地下の勝手口から入ってこようと思ったところ、外であなたがたに出くわして、あとはご承知のとおりです」

ハドリーは鉛筆で手帳をトントンと叩いた。「玄関のドアは通常、鍵がかかっていないのかね、ミスター・マンガン？」

「そんなこと、わかりませんよ！　でもそれしか思いつかなかったんです。とにかく、鍵はかかっていませんでした」

「そう、かかっていなかった。何かつけ加えることはありませんか、ミス・グリモー？」

彼女のまぶたが垂れ下がった。「何も――いえ、正確に言うとちがいます。ボイドは起きたことをそのまますべて話しましたが、あなたがたはつねに、ありとあらゆる奇妙なことを聞きたいんじゃありません？　たとえそれが今回の件とはなんの関係もなさそうでも。本当に無関係かもしれませんが、お話ししましょう……呼び鈴が鳴る少しまえ、わたしはテーブルから離れて、窓と窓のあいだに置いた煙草を取りにいきました。ボイドが言うとおり、ラジオがついていましたが、外の通りのどこかから聞こえたのです。玄関前の舗道だったのかもしれません。とにかく、ドスンという大きな音でした――重いものが高いところから落ちたような。通りでふつう聞こえる音じゃありません、おわかりでしょう。人が落ちたような」

ランポールは、気づくと落ち着きなく体を動かしていた。ハドリーが訊いた。

「ドスンという音ですか。ふむ。なんだろうと外を確かめましたか」

「ええ。ですが何も見えませんでした。もちろんブラインドをちょっと手前に引いて、横からのぞいただけですが。誓って外には誰も――」はっと身を引いて、ことばを切った。唇が少し開き、眼が突然ぴたりと動かなくなった。「ああ、なんてこと！」

「そうだ、ミス・グリモー」ハドリーが抑揚のない声で言った。「あなたが言うとおり、ブラインドはみな閉まっていた。私がなぜそれに気づいたかというと、ミスター・マンガンが窓から出るときに、ブラインドに引っかかって苦労していたからです。だから私は、訪問者があの部屋のどの窓からなかを見ることができたのだろうと思った。とはいえ、つねにブラインドが閉まっているとはかぎらないわけですね？」

沈黙が流れた。聞こえるのは屋根のかすかな音だけになった。ランポールがフェル博士をちらっと見ると、打ち壊せないドアのひとつにもたれて立ち、顎に手を当て、シャベル帽を目深にかぶっていた。次にランポールは無表情なハドリーを見、娘に眼を戻した。

「彼はわたしたちが嘘をついていると思ってるみたい、ボイド」ロゼット・グリモーが平然と言った。「これ以上何も話さないほうがよさそう」

そこでハドリーが微笑んだ。「そんなことはまったく思っていませんよ、ミス・グリモー。理由を言いましょう。われわれを助けることができるのは、あなただけだからです。本当に起きたことをあなたに説明してもいい……フェル！」

「は？」フェル博士が驚いて顔を上げ、大声を響かせた。

「聞いてください」警視は険しい表情で続けた。「さっきまで、あなたはミルズとミセス・デュモンのちょっと信じられないような話を信じると言って、大いに愉しみ、謎を増やしていた。どうして信じるのか、理由はいっさい述べずにね。お返ししましょう。私は彼らだけでなく、このおふたりの話も信じますよ。その理由を説明しながら、同時に不可能状況も解き明かしてみせる」

さすがにフェル博士もびくっと動いて、放心状態からわれに返った。両頬をぷっとふくらまし、闘うならいつでも受けて立つというふうにハドリーを睨んだ。

「すべて解明できないのは認めます」ハドリーは続けた。「が、容疑者の範囲を数人に絞ったうえ、雪のなかに足跡がなかった理由も説明できます」

「なんだ、そこかね！」フェル博士は蔑むように言った。ひと声うなって、緊張を解いた。「一瞬、きみが何かつかんだのかと期待したのだがね。しかし、そこのところは明白だ」

ハドリーは懸命な努力で怒りを抑えた。「われわれが捕まえたい男は、舗道にも階段にも足跡を残さなかった。それは雪がやんだあと、舗道も階段も歩かなかったからです。彼はずっと家のなかにいた。しばらくなかにいたのです。つまり（a）家の住人か、（b）もっとありそうなのは、その夜のもっと早い時間に玄関の鍵を使ってなかに入り、隠れていた誰か、ということになる。それで全員の話の矛盾が説明できます。彼は適当な時間に派手な装備を身につけ、玄関から雪を掃いた階段まで出て、呼び鈴を鳴らした。ブラインドのおりた応接間にミス・グリモーとミスター・マンガンがいたことを知っていたのも、それで説明がつく——ふたりが入るところを見ていたのです。玄関のドアが眼のまえで閉まって、待てと言われたにもかかわらず、たやすくなかに入ってこられたのも説明できる——鍵を持っていたのです」

フェル博士はゆっくりとかぶりを振り、ぶつぶつとつぶやいていたが、議論を吹っかけるように腕を組んだ。

「ふむ、なるほど。だが、少々頭のおかしい人間だとしても、どうしてこれほど手のこんだ演出を考えるんだね。この家に住んでいる者というのなら、いまの推理も悪くない。訪問者は外部の人間だったと思わせたいだろうから。しかし、犯人が本当に外部から来たのだとしたら、なぜ行動を起こすまえにわざわざ危険を冒して、なかで待っていなければならない？　ちょうどいい時間に堂々と入ってくればいいではないか」

「第一に」几帳面なハドリーは指で数えながら言った。「妨害されないように、人々がどこにいるのかを事前に知っておかなければならなかった。第二に、これはもっと重要なことですが、姿を消すトリックの最後の仕上げとして、雪のどこにも足跡を残したくなかった。その狂った人間――弟のアンリとしておきましょうか――にとっては、消えるトリックがすべてだった。だから激しく雪が降っているあいだに忍びこんで、やむまで待っていたのです」

「弟のアンリとは誰ですの？」ロゼットが鋭い声で訊いた。

「ただの名前ですよ」フェル博士が愛想よく言った。「あなたの知らない人物だとすでに申し上げた……さて、ハドリー、私がこの奇妙な事件全体に、穏やかながら確固たる反論を加えたいのはその点なのだ。われわれは雪が降ったりやんだりするのを、まるで水道の蛇口か何かのように自由に調節できるものとして話しつづけているが、そもそも、いつ雪が降ったりやんだりするかということを、どうやって知るのかね。〝よし、土曜の夜に決行しよう。その日はきっかり午後五時に雪が降りはじめ、九時半にやむようだから、家に忍びこんで雪がやむまでにトリックの準備を整える時間は充分ある〟とつぶやく人間はめったにいない。ちっ、ちっ。きみの説明は問題そのものよりわけがわからないな。犯人がいつ雪の上を歩くことになるか知っていたと信じるより、足跡をつけずに雪の上を歩いたと信じるほうが、ずっと簡単ではないか」

警視は苛立った。「これから全体にかかわる主要な点を論じようと思っていたのに、どうしてもそこに文句をつけるのなら――いまの説明で最後の問題が解決するのがわかりませんか？」

「どの問題？」

「訪問者は十時に家を訪ねると脅した、とここにいる友人のマンガンが言っている件ですよ。ミセス・デュモンとミルズは九時半だったと言っている。待った！」ハドリーはマンガンが大声を発しそうになるのを止めた。「Aが嘘をついているのか、それともBか。まず、犯人が家を訪ねると脅していた時刻について、事後に嘘をつくことにどんなまともな理由があるだろう。第二に、もしAが十時、Bが九時半と言うのなら、有罪か無罪かはともかく、どちらか一方が事前に訪問者の到着時刻を知っていたはずだ。で、実際に到着した時間を見てみると、どちらが正しかったか」

「どちらもまちがいでした」マンガンがハドリーを見すえて言った。「両方の中間、九時四十五分だったので」

「そう。それがどちらも嘘をついていないことの証だ。要するに、グリモーに対する訪問者の脅しには時間の幅があったのです。〝九時半か十時か、そのあたり〟だった。そしてグリモーは、脅しなど歯牙にもかけないふりを必死でしながらも、用心深くふたつの時刻を告げ、その時間帯にみなが家のなかにいるようにした。うちの家内もブリッジの集まりに人を誘うときには同じことをしますよ……まあ、それはいいが、どうして弟のアンリは時刻を特定しなかったのか。それはまさにフェルが言うとおり、水道の蛇口を締めるように雪を止められないからだ。ここ数夜と同じく、今夜も雪が降ることに賭けて辛抱強く待つことはできたけれど、とにかく真夜中までかかっても雪がやむまで待たなければならなかった。実際にはそれほど待たなかった。九時半にやみましたから。そして犯人はああいう狂人がやりそうなことをやった――十五分間、議論の余地がなくなるまで待ったあとで、呼び鈴を鳴らしたのです」

フェル博士は何か話そうとしたが、ロゼットとマンガンの真剣な表情を抜け目なく見て、口を閉じた。

「さてこれで」ハドリーが胸を張って言った。「あなたがたふたりの話をすべて信じていることを示した。そこから導き出されるもっとも大切なことについて、あなたがたに助けてもらいたいからです……われわれが捕まえたい男は、ちょっとした知り合いなどではない。この家を隅から隅まで知っている。部屋も、ふだんの生活も、住人の習慣も。あなたがたの口癖や、渾名まで。ミスター・ペティスがふだんグリモー博士にどう話すかだけでなく、あなたにどう話すかも知っていた。つまり、あなたが会ったことのない、グリモー博士の仕事上の友人などではなかった。ですから、この家をそれなりに訪ねたことのある客全員について、あらゆることを知りたい。グリモー博士と親しく、犯人の描写に一致する全員です」

ロゼットははっとして、不安げに体を動かした。「つまりあなたは……そういう誰かがそっくりだった）「そんな人はいません、ひとりも！」

「どうしてそう言えるのです」ハドリーが鋭く訊いた。「もしかして、誰が父上を撃ったか知っているとか？」

突然の厳しいことばに彼女は跳び上がった。「いいえ、もちろん知りません！」

「あるいは、犯人に心当たりがある？」

「ありません。ただ」彼女の歯が光った。「どうしてずっと家の外に犯人を探しておられるのかわかりません。話していただいた推理には学ぶべきすばらしい点があって、とても感謝していますけれど、もし犯人が家の住人で、おっしゃるとおりに行動したとすれば、何もかもすんなり説明できるんじゃありません？　そちらのほうがずっとよく当てはまると思います」

「誰に？」

「それは、その……あなたのお仕事でしょう。ちがいます？」（ハドリーはこのしなやかな山猫を興奮させたらしく、猫のほうはそれを愉しんでいた）「もちろん、あなたがたはまだ住人全員に会っていません。アニーに会っていないし……思えばミスター・ドレイマンにも。あなたの別の推理はまったく馬鹿げています。そもそも父にはほとんど友人がいないのです。この家にいる人間を除くと、条件に合うのはたったふたり。そのふたりについても、物理的な特徴がまったく当てはまりません。ひとりはアンソニー・ペティス本人。彼の背丈はわたしと変わらないくらいですし、そのわたしはアマゾネスじゃありません。もうひとりはジェローム・バーナビー、あの変な絵を描いた画家です。体に障害があって、わずかとはいえ隠すことはできず、どんなに遠くからでも見分けられます。エルネスティーヌおばさまでも、スチュアートでも、すぐに彼だとわかりますわ」

「それはさておき、ふたりについて知っていることをうかがえますか」

ロゼットは肩をすくめた。「ふたりとも中年で、裕福で、のんびりと趣味を愉しんでいます。ペティスは頭が禿げていて、気むずかしくて……でも小うるさくはないし、男性からはいいやつだと言われそうなタイプで、とても頭がいいんです。まったく！ どうして男の人ってもっとがんばらないんでしょうね！」両手を握りしめ、マンガンをちらっと見上げると、計算しているような、何かを企んでいるような、夢うつつで心地よさそうな表情がゆっくりと浮かび上がった。「バーナビー――そう、ジェロームはがんばりましたよ、ある意味で。画家として名をなしていますが、むしろ犯罪学者として知られています。大男で開けっぴろげ。犯罪について語るのが好きで、昔運動ができたのが自慢。あの人なりに魅力的です。わたしのことが大好きで、ボイドはものすごく嫉妬しています」笑みを広げた。

「あいつは虫が好かない」マンガンが静かに言った。「というか、毒みたいに嫌ってる。

それはお互いわかっています。でも、ロゼットは少なくともひとつ正しいことを言った。彼は決してあんなことはしません」

ハドリーはまた落書きをしていた。「彼の障害というのは、どういうものですか」

「内反足です。どうして隠せないかわかるでしょう」

「ありがとうございました」ハドリーは手帳を閉じて言った。「いまのところ質問は以上です。どうぞ病院に行ってください。ただし……あー……質問はあるかな、フェル?」

博士は巨体をまえに進めた。娘を見おろしてそびえ立ち、頭をちょっと傾げた。

「最後にひとつだけ」蠅でも払うように眼鏡の黒いリボンをうしろにやった。「おっほん! はっ! さて、ミス・グリモー。どうしてあなたは犯人がミスター・ドレイマンだとそこまで確信しているのかな?」

8　銃　弾

その質問に答えは得られなかったが、かすかな光明は見られた。ランポールが気づいたときには、すべてが終わっていた。博士があくまでさり気なく〝ドレイマン〟の名を出したので、ランポールはなんの引っかかりも感じなかったし、ロゼットのほうを見てすらいなかったのだ。昔から知っている、威勢がよくて饒舌で陽気なマンガンが、どうしたわけで前言を撤回し、反駁し、ぎこちなく話す木偶《でく》の坊《ぼう》になってしまったのか、不安に駆られてしばらく考えていた。かつてのマンガンは、馬鹿げたことは話しても、本物のまぬけのように話すことは決してなかった。だがいまは――

「この悪魔！」ロゼット・グリモーが叫んだ。

黒板をチョークで引っ掻いたような声だった。ランポールがさっと振り返ると、彼女の口が開いて、高い頬骨がいっそう高くなっていた。怒りで眼の色までなくなったように見えた。ほんの一瞬見ただけだが、ロゼットはミンクのコートを翻《ひるがえ》してフェル博士のまえを走りすぎ、広間に出ていった。マンガンがあとを追った。ドアが一度勢いよく閉まり、マンガンがまたちょっと顔を出して「えー、失礼！」と言ったあと、すぐにまた閉まった。入口に立った彼は背中を曲げ、頭を下げて、ほとんどグロテスクだった。しわだらけの額と、鋭く輝く神経質そうな黒い眼だけが際立ち、聴衆を黙らせようとするかのように掌を下にして両手を伸ばし、「えー、失礼！」と言ってドアを閉めたのだった。

フェル博士は眼をぱちくりさせていた。

「あの父にしてあの娘ありだな、ハドリー」博士は息をぜいぜい言わせて、ゆっくりと首を振った。「おっほん、さよう。彼女は感情に過大な圧力を受けていた。非常に静かに、火薬が薬莢に詰まっていて、ごく些細なことでも敏感な引き金に触れると――バン。おそらくは、ことばどおりの意味で病的なのだろうが、本人は理由があってそうなると思っている。いったいどこまで知っているのだろうね」

「いやまあ、彼女は外国人だが、そこは重要ではありません。思うに」ハドリーが幾分刺々《とげとげ》しく言った。「あなたはいつも曲芸の射撃手のようにライフルを撃ちまくって、誰かがくわえた煙草をはじき飛ばしていますからね。ドレイマンがなんだというんです」

フェル博士は悩んでいるようだった。

「すぐに説明する。すぐに……彼女をどう思ったね、ハドリー？　それからマンガンは？」今度はランポールのほうを向いて、「少し考えが混乱しているのだ。きみから聞いた感じでは、マンガンは私がよく知っていて大好きな、荒々しいアイルランド人のようだったが」

「昔はそうでした」ランポールが言った。「わかります？」

「彼女について考えると」ハドリーが言った。「好きなだけここに冷静に坐って、父親の生活を分析していられそうだったが（それにしても、あの頭のよさには感心する）、いまごろ病院に駆けつけながら、父親に対する思いやりが足りなかったと泣いてヒステリーを起こしているだろうね。彼女は基本的にまともだが、心のなかに悪魔がいますよ、フェル。男に、家の主人と性的な主人というふたつの意味を求めている。あのふたりは、マンガンが思慮分別を働かせて彼女の頭をがつんとやるか、ロンドン大学の討論会で彼女自身が出した提案にしたがわないかぎり、うまくいかないだろうね」

「犯罪捜査部の警視になってからというもの」フェル博士がハドリーに眼をすがめて宣言した。「きみが少々がさつになった気がして、心苦しくもあり驚いてもいるのだよ。いいかね、好色漢、きみはさっき口にした戯言を心から信じているのかね？　殺人者が家に忍びこんで雪嵐がやむまで待っていたということを」

ハドリーはここぞとばかりに微笑んだ。「いまのところ最高の説明ですよ、よりよい説明を思いつくまでは。それに、あれで彼らの頭はいっぱいになる。証人の頭はつねにいっぱいにしておくべきです。少なくとも私は彼らの話を信じている……屋根の上の足跡については、これから何か見つかるでしょう。ご心配なく。だが、それはあとでいい。ドレイマンがどうしたんです」

「まず、マダム・デュモンの奇妙な発言が気になっていたのだ。あまりにも奇妙で、突出して聞こえた。あれは計算ずくのことばではない。ヒステリーが最高潮に達したときに思わず叫んだのだ。なぜ殺人者が馬鹿げた恰好で事に及ぶのかわからないと話していたときに、彼女はこう言った。(もし誰かを殺したくなっても)〝わざわざ色つきの仮面なんてつけません。ガイ・フォークスの夜祭に、老いぼれドレイマンが子供のまえでする扮装じゃあるまいし〟と。私はどういう意味だろうと思いながら、このガイ・フォークスの亡霊を記憶の隅に追いやっていたのだが、ふとした拍子に、ペティスに関する質問で――ロゼットと話していたときだ――〝十一月五日のガイの恰好をして〟ということばを使った。あのときのロゼットの表情に気づいたかね、ハドリー? 訪問者がそんな恰好をしていたと私が言ったことで、思い当たる節があったようだが、驚くと同時に喜んでもいた。何も言わずに考え、思いついた人物を憎んでいた。それは誰だろう」

ハドリーは部屋の向こうを見た。「ええ、憶えています。自分が疑っているか、われわれに疑わしいと思ってもらいたい誰かについて、仄めかそうとしているのがわかった。だから直接訊いてみたのです。するとロゼットはこの家に住む人間に注目させようとした。正直言って」――手で額をこすりながら――「一風変わった住人ばかりですから、一瞬、彼女が自分の母親を指しているのかと思いましたよ」

「それはドレイマンを引きずりこんだやり方とはちがったな。ドレイマンのときには、〝アニーに会っていないし……思えばミスター・ドレイマンにも〟だったから。重要な知らせは最後のつけ足しのほうだった……」フェル博士はタイプライター机のまわりをどすどす歩き、牛乳の入ったグラスに憎らしげな視線を送った。「彼を叩き起こさなければな。じつに興味深い。このドレイマンという男は何者なのだ。グリモーの旧友で居候、睡眠薬を飲み、十一月五日の仮面をつけるというが。この家でどういう役割を果たしているのだ。そもそも何をしている？」

「まさか……強請《ゆすり》とか？」

「たわけたことを。教師が強請屋になる話など聞いたことがあるかね？　ありえない。彼らは自分の正体を見破られることを心配しすぎている。教師という職業にも問題はあるよ。私も身に覚えがある。だが、あれから強請屋は生まれない……強請などではなく、おそらくグリモーがふとした親切心で迎え入れたのだろうが――」

冷たい風がマントに吹きつけて、博士はことばを切った。屋根裏部屋と外の屋根につながる階段室のドアが開いて、閉まった。ミルズが飛びこんできた。唇が青ざめ、首には大きな羊毛のマフラーを巻いているが、うれしさで体は温まっているようだった。グラスの牛乳をあおり（表情を変えず、剣を呑む曲芸のようにぐいと頭をのけぞらせて）、両手を暖炉の火にかざした。

ミルズはぺらぺらとしゃべった。「皆さん、ぼくは跳ね上げ戸の上の見晴らしのいいところから、あの刑事さんをずっと見てたんです。彼は何度か雪の塊を落としましたが……いや失礼！　何かぼくに頼みたい仕事があるとおっしゃいませんでした？　ええ、喜んでお手伝いしますよ。でも、残念ながら忘れてしまって――」

「ミスター・ドレイマンを起こしてくれ」ハドリーが言った。「なんなら水をぶっかけてもかまわん。それから……そう！　ペティスだ。もしミスター・ペティスがまだこの家にいるなら、話したいと伝えてもらえるかな。屋根の上でベッツ巡査部長は何を見つけた？」

それにはベッツ自身が答えた。スキーのジャンプで頭から雪に飛びこんだような姿だった。息も荒く、足を踏み鳴らし、服の雪を手で払い落とし、体を揺すりながら暖炉に近づいた。

「誓って申し上げます」ベッツは宣言した。「あの屋根の上には鳥がちょっと舞いおりたあとすらありませんでした。どこにも、なんの印もありません。隅から隅まで見てまわりました」びしょ濡れの手袋を脱いだ。「煙突の一本一本にロープをかけてこの体につなぎましたので、雨樋までおりて、ずっと這っていくことができました。屋根の縁のあたりにも、煙突のまわりにも、どこにも何もありませんでした。今晩誰かがあの屋根に上がったのだとすれば、空気より軽かったにちがいありません。これから階下におりて、裏庭を見てみます――」

「しかし――！」ハドリーが叫んだ。

「だろうね」フェル博士が言った。「さて、われわれもあちらの部屋に戻って、きみの部下の猟犬たちが何をしているか見たほうがよさそうだ。あの優秀なプレストンが――」

プレストン巡査部長が、まるで呼ばれたかのように、いくらか苛立って広間側のドアを開けた。まずベッツを、次にハドリーを見て、報告した。

「少々時間がかかりました。本棚をすべて引き出して、またもとに戻さなければならなかったもので。答えはゼロです！　秘密の出入口のようなものは何もありません。煙突は頑丈で妙な細工はできませんし、煙道はせいぜい五センチから七センチで、斜めに上がっていて……以上でよろしいですか。全員作業を終えましたが」

「指紋は？」

「たくさんついていました。ただ……あの窓を警視自身が上げ下げされましたか。窓枠の上のほうのガラスに指をつけて？　警視の指紋が検出されました」

「ふだんはそういうことがないように注意している」ハドリーがぴしりと言い返した。

「それで？」

「ガラスにはそれ以外何も。あの窓の木の部分は、枠も桟もすべてニスでぴかぴかに仕上げてあるので、手袋の跡も指紋と同じくらいはっきり残りますが、そういう跡すらまったくありません。もし誰かがあそこから出たのなら、一度うしろに下がって、どこにも触れずに頭から飛び出したと考えるしかありません」

「よろしい。ありがとう」ハドリーが言った。「階下《した》で待機してくれ。そのあと裏庭に出てもらう。ベッツ……いや、待ってくれ、ミスター・ミルズ。ミスター・ペティスが残っているなら、プレストンに連れてきてもらうから。まだきみと話したいことがある」

「どうやら、またぼくの話が疑わしいということになったようですね」プレストンとベッツが出ていくと、ミルズが甲高い声で言った。「本当に嘘はついていません。ここがぼくの坐っていた場所です。ご自身で見てください」

ハドリーはドアを開けた。眼のまえは天井が高く暗い広間で、十メートルほど先に向かいの書斎のドアがあり、アーチの下からの光で明るく照らし出されていた。

「見まちがいという可能性はないだろうね」警視はつぶやいた。「犯人がじつはなかに入らなかったというような。入口のあわただしいやりとりの最中に、いかさまを仕組もうと思えば、いくらでもできそうだ。その手の話は聞いたことがある。あのマダムがいかさまに加わるとは思えないがね、たとえば彼女自身が仮面をつけるとか——いや、きみはふたりがいっしょにいるところを見たんだったな、とにかく……くそっ！」

「あなたの言ういいかさまらしきことは、まったくありませんでした」ミルズは言った。汗をかくほどの熱心さで、嫌悪をこめて〝いかさま〟ということばを発した。「三人が別々に立っているところを、この眼ではっきりと見ましたから。マダム・デュモンはたしかにドアのまえにいましたが、やや右寄りでした。背の高い男は左寄りで、グリモー博士はふたりのあいだ。背の高い男は本当になかに入って、ドアを閉め、それきり出てこなかった。薄暗いなかでの出来事だったわけでもありません。あのやたら大きな背丈の男を見まちがえる可能性は皆無です」

「疑う余地はないと思うね、ハドリー」ややあって、フェル博士が言った。「あのドアも除外しなければならんな」くるりと体の向きを変えて、「きみはドレイマンについて何を知っている？」

ミルズは眼を細めた。単調な声に用心深さが加わった。

「知的好奇心をくすぐられる人物であることは確かです。おほん！　ですが、ぼくはわずかしか知りません。この家に数年来いると聞いています。とにかく、ぼくが来るまえから。眼がほとんど見えなくなったために教師の職を続けられなくなったようです。治療の甲斐なく、いまもほとんど見えませんが、それは眼の……えー……外見からはわかりません。グリモー博士に助けを求めてきたのです」

「グリモー博士に、何か貸しがあったとか」

秘書は眉をひそめた。「そこはなんとも。聞いたところでは、グリモー博士はパリで学んでいたときに彼と知り合ったようです。ぼくが知っているのはそれだけで、あとはグリモー博士の発言しかありません。言うなれば、愉快な酒のグラスを傾けていたときの発言です」ミルズの閉じた口元に、優越感から来るらしい笑みが漂った。眼が細くなり、やんわりと皮肉をこめて輝いた。「おほん。グリモー博士は言いました。ミスター・ドレイマンに一度命を救ってもらったことがある、彼は世界にまたとない、最高にすばらしい友人だ、と。もちろん、こういう状況ですから……」

ミルズには、一方の足をまえに出し、体を揺すりながら、うしろの靴の爪先をまえの靴の踵に打ちつける癖があった。そのせわしない動き、小柄な体格、ぼさぼさの髪は、まるで詩人アルジャーノン・チャールズ・スウィンバーンの戯画だった。フェル博士は、そんな彼を興味深そうに見ていたが、ただこう言った。

「それで？　どうしてきみは彼が嫌いなのだね？」

「好きでも嫌いでもありません。言うなれば、彼は何もしないのです」

「ミス・グリモーが彼を嫌っている理由もそれかな？」

「ミス・グリモーが嫌っている？」ミルズは眼を見開き、また細めた。「ええ、ぼくもなんとなくそう感じたことがあります。観察していましたが、確信は持てませんでした」

「ふん。それから、彼がガイ・フォークスの夜祭にひどく関心を抱いている理由は？」

「ガイ・フォ――ああ！」ミルズは言いかけて驚き、急に平板な大声で笑いだした。「それですか！　よくわからなかった。ほら、あの人は子供が大好きなんですよ。わが子もふたりいたけれど、ふたりとも亡くなったらしくて——何年かまえに屋根が落ちてきたと聞いています。将来、もっと大きくて立派で広々とした世界ができたら、なくなるような、愚かでつまらない悲劇です」ミルズの話のこの時点で、フェル博士の顔は人殺しのように残忍になっていたが、ミルズは続けた。「奥さんもそのあとさほどたたずに他界して、彼自身も視力を失いはじめ……子供の遊びに加わって盛り上げてやるのが好きなんです。なかなか頭のいい人でありながら、どこか子供みたいな心の持ち主で」魚のような唇が少し持ち上がった。「なかでもいちばん好きなのが、不幸なわが子のひとりの誕生日でもあった十一月五日のようです。一年かけて貯めた金で明かりや装飾品を買って、行列に加えるガイの人形を作り——」鋭いノックの音がして、プレストン巡査部長が現われた。

「階下《した》には誰もいません」彼は報告した。「警視が会いたい人物は立ち去ったにちがいありません……それから、病院から戻ってきた男が警視にと、これを」

封筒と、宝石店で使うような四角い紙の箱を手渡した。ハドリーは封筒を破り開け、手紙をちらっと見て悪態をついた。

「あの世に行ってしまった」ハドリーは吐き捨てるように言った。「肝心なことは何ひとつ言わず……さあ、読んでください」

フェル博士が手紙を読みはじめ、ランポールはそれを博士の肩越しに見た。

ハドリー警視殿

気の毒なグリモーは十一時三十分に死亡しました。銃弾をそちらに送ります。予想どおり、三八口径でした。そちらの警察医に連絡をとりましたが、別の事件にたずさわっているとのことでしたので、直接送ります。

グリモーは息を引き取る寸前に意識を取り戻しました。多少のことばを残し、内容については看護師ふたりと私が証言できますが、うわ言かもしれず、扱いには注意を要します。私は彼をよく知っていましたが、弟がいたというのは初耳でした。

まずグリモーは事件について話したいと言い、正確にこう言いました。

「やったのは私の弟だ。あいつが撃つとは思ってもみなかった。どうしてあの部屋から出られたのか、神のみぞ知る。あそこにいたと思ったら、次の瞬間にはいなかった。鉛筆と紙をくれ、早く！　弟の正体をあなたに話したい。頭が変になったと思われないように」

叫んだことで最後の大出血が生じ、グリモーはそれきり何も言わずに死にました。あなたの指示があるまで遺体はこちらで保管しておきます。もし何か役に立てることがあったら、ご連絡ください。

E・M・ピーターソン、医学博士

一同は互いに顔を見合わせた。謎は深まり、完成した。事実は確かめられ、証人は真実を述べていることがわかった。けれども、姿なき男の恐怖は残った。沈黙のあと、警視が重々しい声で言った。「〝神のみぞ知る〟」と手紙のことばを引用した。「〝どうしてあの部屋から出られたのか〟」

第二の棺　カリオストロ通りの問題

9　口が開く墓

フェル博士はうろうろと歩きまわり、ため息をつき、いちばん大きな椅子にどすんと腰をおろして落ち着いた。「弟のアンリ――」彼は言った。「ふむ、さよう。また弟のアンリに戻らなければならないようだ」

「忌々しいアンリめ」ハドリーが抑揚のない声で言った。「まず弟のピエールを追いましょう。彼は知っている！　巡査からなんの連絡もないのはどうしたわけだ。劇場で彼を捕まえるはずだった男はどこにいる？　どいつもこいつも使い物にならん連中ばかりだ。さっさと家に帰って寝やがる――」

「このことであまり苛立ってはいけない」ハドリーが地団駄踏んで激しく非難しはじめたところへ、博士が割りこんだ。「それこそ弟のアンリの思うつぼだ。グリモーの末期《まつご》のことばがわかったのだから、少なくともひとつ手がかりは得られた……」

「なんの手がかりです」

「彼がわれわれに言ったことばに関する手がかりだよ。意味がわからなかったあのことばだ。いまや意味を推し量ることができるようになったわけだが、不幸なことに、あのことばはもうわれわれを助けてくれないかもしれない。この新しい証拠によると、どうやらわれわれはグリモーが袋小路に走りこんでいく足音を聞いていたようだ。彼は何かを告げようとしていたのではない。たんに尋ねようとしていたのだ」

「どういうことです」

「そうにちがいないのだ。わからないかね？　最後のことばだ。〝どうしてあの部屋から出られたのか、神のみぞ知る。あそこにいたと思ったら、次の瞬間にはいなかった〟。きみのそのありがたい手帳から単語を拾って、整理してみようじゃないか。きみのものと、友人のテッドのものは少し異なっていたが、まずふたりが一致していた単語、つまり正しく聞き取っているはずの単語から始めよう。最初の謎の部分を脇に置くと、〝ホルヴァート〟と〝岩塩坑〟という単語はあったと言っていいだろう。ふたりが一致しない単語もとりあえずはずすと、何が残る？」

ハドリーは指を鳴らした。「まず……そうだ！　〝やつはロープを使えなかった〟、〝屋根〟、〝雪〟、〝狐〟、そして〝明るすぎた〟。これらをつなげて、さっきのことばと合成し、なんとか意味が通るようにすると、〝どうしてあの部屋から出られたのか、神のみぞ知る。やつはロープを使えなかった、屋根の上でも、下の地面の雪のなかでも。あそこにいたと思ったら、次の瞬間にはいなかった。明るすぎたから、私が彼の動きを見落とすことはありえない――〟。いや待て！　ここにないのは……」

「では次に」フェル博士はうんざりしたようにうなった。「異なる部分をうまく調整できないか考えてみよう。テッドが聞いたのは〝自殺ではない〟だ。これはほかの表現と合わせて、念を押していると解釈できる。〝これは自殺ではない。私は自殺をしたのではない〟。きみが聞いたのは〝銃を持っていた〟。これを手紙のなかの一文、〝あいつが撃つとは思ってもみなかった〟と組み合わせるのはむずかしくない。ふん！　すべての手がかりがくるりとひとまわりして、質問になるのだ。殺された男がほかのみなと同じくらい熱心に質問したがる事件は、私も初めてだな」

「でも〝狐《フォックス》〟という単語はどうなるんです。どこにも当てはまらないが」

フェル博士は眼を不機嫌そうに輝かせて警視を見た。

「いやいや、当てはまるとも。それが全体のなかでいちばん簡単なのだ。いちばん引っかかりやすいところかもしれないし、筋が通るからと結論に飛びついてはいけないがね。単語がいちいち綴りのアルファベットで発音されなかったときに、耳にどう入ってくるかという問題だよ。いろいろな人に言語連想検査（あのけしからんもの）をしたとする。馬乗りにいきなり〝狐！〟と囁けば、おそらく答えは〝猟犬！〟になるだろうが、同じ単語を歴史家に与えれば、彼はおそらく……おや、どうしたね?」

「ガイだ」ハドリーが言って、悪態をついた。身の毛のよだつ間のあとで、警視は訊いた。「またあの与太話に戻ったということですか? ガイ・フォークスの仮面だとか、それに似ているという仮面の話題に?」

「その与太話はみんながさんざんしていたがね」博士は額を掻きながら指摘した。「近くで見た者にそれが強い印象を残しても私は驚かないな。さて、このことはきみに何を語る?」

「ミスター・ドレイマンと少々話さなければなりませんね」警視は厳しい顔つきで言った。ドアのほうに歩く途中で、ミルズが骨張った顔を突き出して、厚いガラス越しに熱心に聞き入っているのに気がついて、驚いた。

「落ち着きなさい、ハドリー」怒りを爆発させそうになっている警視を見て、フェル博士が声をかけた。「きみにはおかしなところがある。謎がそこらじゅうを飛びまわっているときには近衛兵のように落ち着いていられるのに、真実が見えてきたとたんに冷静を保てなくなる。若い友人にはそこにいてもらおうじゃないか。彼もすべて聞いておくべきだ、もし最後まで聞いていられるなら」くすくす笑いながら、「ドレイマンが怪しいと思いはじめたかね? ぷはっ! 逆だよ。むしろ逆であるべきだ。いいかね、われわれはまだジグソーパズルのピースをすべて組み合わせていないのだ。最後にひとつ説明していないピースがある。それはきみ自身が耳にしたことだ。例のピンク色の仮面はグリモーにドレイマンを連想させた。ほかの何人かもやはりドレイマンを連想した。しかしグリモーは、仮面の裏に誰の顔があるのか知っていた。だから、きみが手帳に書き留めた最後のことば、〝責めないでくれ、哀れな……〟にはかなり納得のいく説明ができる。グリモーはずいぶんドレイマンのことが気に入っていたようだ」沈黙のあとで、フェル博士はミルズのほうを向いた。「さあ、彼をここに連れてきてくれ、きみ」

ドアが閉まると、ハドリーはくたびれたように椅子に坐り、胸のポケットからまだ一度も火をつけていないよれよれの葉巻を取り出した。そして悪意のこもった落胆の表情で、服の襟の内側に指を走らせた。人が心配しすぎて襟がきついと感じるときの表情だった。「またしても華麗な謎解きですか」彼は言った。「またしても推理の綱渡り。で、大胆な若者が――いかん！」床を見つめ、腹立たしげにうなった。「気力が衰えているにちがいない。いまみたいな夢想に耽っても何も得るものはない。具体的な捜査の提案はありますか」

「ある。よろしければ、あとでグロスの検査をしてみよう」

「なんの検査ですって？」

「グロス博士の検査法だよ。忘れたかね？　今晩それについて話したではないか。あの暖炉で燃えた紙、燃え残っている紙を、すべてきわめて慎重に収集して、グロスの検査を用い、書いてあった内容を復元できるか試してみよう。静かに！　よろしいか」ハドリーが見下すように鼻をふんと鳴らしたので、博士は吠えた。「すべて復元できるとは言ってらんぞ。半分できるかどうかもわからない。だが、一、二行でも判明すれば、グリモーにとって己の命より大切だったことは何か、多少のヒントは得られるというものだ。ふう！はあ！　そのとおり」

「どんなふうにするんです？」

「いずれわかる。いいかね、完全に燃えてしまった紙からは、たいしたものは得られないだろうが、何か残っているはずだ。とくに燃えさしのあいだに挟まって、たんに黒く焼け焦げているだけのところに。そこはきっと読める……それを除けばとくに提案はないよ。ただ、訊きたいのは――ああ、なんだね？」

今回はさほど雪にまみれていないベッツ巡査部長が、かしこまって報告に現われた。一度うしろを振り返ってから、ドアを閉めた。

「裏庭はすべて確認しました。両隣の庭と、塀の上もすべて。足跡もその他の痕跡もいっさい残っていません……が、プレストンといっしょに、怪しい男を捕まえました。家のなかに戻ってくると、背の高い老人が片手を手すりにかけて階段を駆けおりてきました。クロゼットまで走っていって、使い慣れていないかのように扉をバンバンやっていましたが、コートと帽子を取り出して身につけると、玄関に向かいました。名前はドレイマンで、ここに住んでいると言っていましたが、われわれは――」

「眼があまりよくないのだと思うよ」フェル博士が言った。「連れてきてもらえるか」

入ってきた男は、それなりに印象に残る姿だった。面長の穏やかな顔は両方のこめかみのところで窪んでいる。白髪混じりの髪が上のほうまで後退し、狭くてしわの寄った額の高さが際立っていた。明るく青い眼は、まわりにしわこそあるものの、少しも弱っているようには見えず、静かに当惑しているようだった。鉤鼻《かぎばな》からやさしく頼りなげな口元まで、深い法令線が伸びている。額にいっそうしわを寄せて、片方の眉をわずかに持ち上げる癖があるために、なおさら自信のなさそうな顔に見えた。猫背でありながら身長は高く、骨張っていてもろそうなのに、力強かった。さながら年老いた兵士か、だらしなくなった伊達男《だておとこ》だ。顔からユーモアはまったく感じ取れないが、戸惑ってすまなそうにしている人のよさは、ひしひしと伝わってきた。黒いコートを着て、喉元までボタンをとめている。部屋の入口に立ち、眉根を寄せて必死で彼らのほうをうかがいながら、山高帽を胸に押し当て、ためらっていた。

「申しわけありません、皆さん。本当に、心からお詫びします」彼は言った。その深い声には、話し慣れていないような不思議な響きがあった。「あちらに行くまえに皆さんに会わなければならないのはわかっていたのですが、若いミスター・マンガンに起こされて事件のことを聞くと、グリモーに会わなければと、いても立ってもいられなくなったのです。

私にできることが何かあるのではないかと――」

ランポールには、睡眠か睡眠薬の影響でまだ彼の頭が働いておらず、上の空でしゃべっているように思われた。彼らを見つめるドレイマンの明るい眼はガラスのように無表情だった。ドレイマンは進み出て、片手で椅子の背を探り当てたが、ハドリーに勧められるまで坐らなかった。

「ミスター・マンガンが話してくれたのです」彼は言った。「グリモー博士が――」

「グリモー博士は亡くなった」ハドリーが言った。

ドレイマンは猫背な人間に可能なかぎり背筋を伸ばして坐り、帽子を抱えるように手を組み合わせていた。部屋のなかに重苦しい沈黙ができた。ドレイマンは眼を閉じ、また開けた。そのまま長いこと遠くのどこかを見つめ、笛のような音を立てて、重く弱々しい呼吸をしていた。

「彼の魂の安らかならんことを」ドレイマンは消え入るような声で言った。「シャルル・グリモーはよき友人でした」

「死因はご存知ですか」

「はい。ミスター・マンガンが話してくれました」

ハドリーは彼をまじまじと見た。「ではおわかりでしょう。偶然知ったことであれ、なんであれ、とにかくあなたの知っていることをすべて話していただくことが、ご友人を殺した犯人を捕まえる唯一の力添えなのです」

「それは……ええ、わかります」

「くれぐれもそのことをお忘れなく、ミスター・ドレイマン！　肝に銘じてください。われわれは彼の過去の生活にかかわる何かを知りたい。あなたは彼をよく知っていた。最初に知り合ったのはどこでした？」

ドレイマンの長い顔は混乱しているようだった。錯覚にせよ、眼や鼻が本来の位置からずれているように見えた。「パリです。彼は一九〇五年に大学で博士号を取得しました。同じ年に私は……同じ年に私は彼と知り合ったのです」事実をしっかりと思い出せないらしい。片手で眼を覆った。誰かが隠した襟留めの場所を尋ねるかのような、不満をにおわす口調だった。「グリモーは非常に優秀でした。翌年にはディジョンの大学で准教授の職についていましたが、親戚の誰かが亡くなったとかで、大きな遺産が手に入ったのです。そこで……仕事を辞めて、ほどなくイギリスにやってきました。少なくとも私はそう聞いています。彼とはそれから何年も会っていませんでした。こういうことが知りたいのですか」

「一九〇五年のまえに知っていたということは？」

「ありません」

ハドリーは身を乗り出し、「あなたはどこで彼の命を救ったのです」と鋭く訊いた。

「命を救う？　意味がわかりませんが」

「ハンガリーに行ったことはありますか、ミスター・ドレイマン？」

「その……大陸に旅行したことはあります。ハンガリーにも行ったかもしれませんが、まだ若かった大昔のことなので、憶えていません」

ここはハドリーが華麗な謎解きをしてみせる番だった。

「あなたは彼の命を救った」彼は宣告した。「カルパチア山脈にある、ジーベントゥルメン刑務所で、彼が脱獄を図ったときに。ちがいますか？」

相手は背筋を伸ばし、骨張った両手を帽子の上で握りしめた。ランポールは、ここ十数年のどのときより断固たる力がドレイマンのなかにこみ上げているような気がした。

「そうなのですか？」彼は言った。

「とぼけても無駄ですよ。すべてわかっている——いつだったかということまで。あなたがいま教えてくれた。カーロイ・ホルヴァートは自由の身になったあと、一八九八年に本に日付を書きこんでいる。最終学歴までの準備期間を考えると、パリで博士号を取得するのに少なくとも四年はかかったはずだ。そうして彼の有罪判決から脱獄までの期間を三年の範囲に絞りこむことができる。その情報をもとに」ハドリーは淡々と話しつづけた。「ブカレストに電報を打って確認すれば、十二時間以内にすべての詳細が判明する。だからいまのうちに本当のことを言ったほうがいい。カーロイ・ホルヴァート、そして彼のふたりの兄弟について知っていることを、すべて教えてもらいたい。ふたりのうちのどちらかが彼を殺したのです。最後に言っておきますが、この種の情報を隠蔽すると重罪になりますよ。さあ、どうします?」

ドレイマンはしばらく手で眼を隠し、足で絨毯をとんとん叩いていた。やがて面《おもて》を上げると、一同が驚いたことに、まわりにしわの寄った青いガラスのような眼はそのままに、穏やかな笑みを浮かべていた。

「重罪」とくり返して、うなずいた。「そうなのですか? 正直に申し上げれば、あなたの脅しなどなんとも思いません。皿にのったポーチドエッグのように人の輪郭しか見えない人間を動揺させたり、怒らせたり、怖がらせたりできるものはごくわずかしかないのです。世の中のほとんどの恐怖は(野望もですが)、眼や身ぶりや外観といった、形あるものによって引き起こされます。若い人には理解できないかもしれませんが、あなたならわかるでしょう。ごらんのとおり、私は全盲ではありません。眼の見えない者が恋い焦がれると詩人が言ってやまない人の顔や、朝の空や、ほかのあらゆるものも見ることができます。ただ、読むことはできないし、何人かのどうしても見たい顔の持ち主は、みなものの見えない世界に入って、八年になります。このふたつの上に全人生が形作られていくと、やがて自分を動揺させるものなどめったにないことに気づくのです」また部屋の向こうを見つめながらうなずいた。額にしわが寄った。「シャルル・グリモーのためになるのなら、希望されるどんな情報でも喜んで提供します。ですが、昔の醜聞を掘り返すことに意味があるとは思えません」

「彼を殺した弟を見つけるためでも、ですか?」

ドレイマンは眉をひそめて、小さく手を動かした。「よろしいですか、あなたの役に立つかどうかはわかりませんが、心から申し上げる。そんな考えはお捨てなさい。どこでどう思いついたのやら。たしかに彼には弟がふたりいて、ふたりとも刑務所に入れられました」また微笑んだ。「しかし、なんら恥ずかしいことではありません。彼らは政治犯として投獄されたのです。当時の喧嘩っ早い若者の半分はそういう目に遭ったのではありませんか……あの兄弟のことは忘れなさい。ふたりとも、ずいぶん昔に死んだのですから」

部屋のなかが森閑と静まり、ランポールの耳に、暖炉の薪が最後に崩れる音と、フェル博士のぜいぜい言う呼吸が聞こえた。ハドリーがフェル博士を見ると、眼を閉じていた。次いでハドリーは、まるで視力のすぐれた相手であるかのように、ドレイマンを無表情に見た。

「どうしてそれを知っているのです」

「グリモーが話してくれました」ドレイマンは名前を強調して言った。「それに当時は、ブダペストからブラッソまでのあらゆる新聞がそのことを書き立てていましたから。すべて簡単に確かめられます」平然と言った。「ふたりは黒死病で死んだのです」

ハドリーは態度を和らげた。「もちろん、もしそれが疑いの余地なく証明できるのなら……」

「もう古い醜聞は掘り返さないと約束していただけますか」（じっと見つめる明るい青い眼と視線を合わせるのはむずかしかった。ドレイマンは骨張った手を握り合わせたり、ゆるめたりしていた）「もし私がありのままを話し、あなたが証拠を受け取ったら、死者をそっとしておいてもらえますか」

「それがどんな情報かによる」

「けっこうです。では、私自身が見たことをお話ししましょう」ドレイマンは真剣に思い出していたが、少し不安そうだとランポールは思った。「ほかに類のない怖ろしい出来事でした。グリモーと私は以後二度とその話をしませんでした。ふたりでそう決めたのです。ただ、忘れてしまったと嘘をつくつもりはありません。細かいことまですべて憶えています」

指をこめかみにとんとん当てながら、そのまま長いこと黙っていた。あまりに長いので、辛抱強いハドリーですら、先をうながそうと思ったほどだった。ようやくドレイマンは話を再開した。

「失礼しました、皆さん。あとですべて確認できるように、正確な日付を思い出そうとしていたもので。いちばん可能性が高いのは一九〇〇年の八月か九月で……いや、一九〇一年だったかな。とにかく、ふと思ったのは、フランスの現代小説の様式で始めるのがよろしかろうと。真実のみを語ります。こんなふうに。〝一九ＸＸ年九月のうそ寒いある日、黄昏が近づくころに、ひとりの男が馬に乗って道を急ぐのが見られた〟——しかし、なんというひどい道でしょう！——〝そこはカルパチア山脈南東部の険しい渓谷だった〟。それから荒々しい景観その他の描写に入るのです。馬に乗っていたのは私、雨になりそうな雲行きで、私は暗くなるまえにトラジにたどり着こうとしています」

ドレイマンは微笑んだ。ハドリーはじれったそうに体を動かしていたが、フェル博士は眼を開けた。ドレイマンはすぐさまそれに応えた。

「こういう小説的な雰囲気がどうしても必要なのです。私の気分にも合うし、説明できることも多いので。私はバイロンのロマン主義の時代にいて、政治的自由の思想に燃えていました」「歩く代わりに馬に乗っているのは、そのほうが見映えがすると思ったからです。興が乗って（想像上の）盗賊よけに、拳銃まで持っています。幽霊よけに、お守りの数珠も。幽霊も盗賊も姿は見せないにしろ、どこかにいたにちがいありません。両方の存在を感じて、ぞくっとしたことがたしかに何度かありましたので。あの寒々しい森や谷には、一種のお伽噺のような荒々しさと暗さがありました。人の手が加わっている場所も何かしら奇妙で。ご承知のとおり、トランシルヴァニアは三方を山に囲まれています。急な山の斜面のずっと上のほうまでライ麦畑やブドウ畑が作られているのをイギリス人が見ると、眼を丸くします。赤と黄色の衣装、ニンニク臭い宿屋、さらに荒涼とした地域には純粋な塩でできた丘もあります。

いずれにしろ私は、そのいちばん荒れ果てたところにある、曲がりくねった道を進んでいました。嵐が吹きはじめ、宿屋は何キロも先までありませんでした。人々は道端のどんな茂みにも悪魔がひそんでいると思っていて、私は鳥肌が立ちましたが、鳥肌が立つのにはもっと怖ろしい理由がありました。暑い夏のあとで疫病が流行り、涼しくなってからもブヨの大群のように一帯を覆い尽くしていたのです。最後に通りすぎた村では——名前は忘れてしまいましたが——道の先の岩塩坑で疫病が猛威を振るっていると言われました。けれども私は、トラジで同じ旅行者であるイギリスの友人に会おうと思っていたのです。町の背景をなす、低い山並みのような七つの白い丘にちなんで名づけられた刑務所をひと目見たいとも。そこで、やはり行くと言いました。

前方に白い丘が見えてきたので、刑務所に近づいているのがわかりました。しかし、ほどなく暗くなって何も見えなくなり、風が木々を引き裂いてしまうのではというほど強く吹きはじめたので、窪地へおりていくと、途中で三つの墓のまえを通りすぎました。三つとも、まわりにまだ足跡が残っていましたから、掘られてまもないようでしたが、見渡すかぎり人の姿はありませんでした」

ドレイマンの夢見るような声が作り出しかけた異様な雰囲気を、ハドリーが断ち切った。

りなのかな」

「その場所は、グリモー博士がミスター・バーナビーから買った絵のなかの風景とそっく

「そ……それはわかりません」ドレイマンは明らかに動揺して答えた。「そうなのです

か？　気がつきませんでした」

「気がつかなかった？　あの絵を見ていないのですか」

「しっかりとは見ていません。ちょっと眺めただけで——木々とか、ふつうの風景を——

——」

「三つの墓石は……？」

「バーナビーがどこで着想を得たのかはわかりません」ドレイマンは気が抜けたように、

額をこすりながら言った。「私が教えたのでないことだけは確かです。偶然の一致でしょ

う。あの三つの墓の上に墓石はありませんでした。わざわざそこまでしなかったのです。

たんに木の棒の十字架が三つ刺してあるだけでした。

話の途中でしたね。私は馬の上からその墓を見て、少し嫌な感じを抱きました。まわり

は緑がかった黒い景色で、奥には白い丘があり、それだけでもこの世ならざる雰囲気でし

たが、それが原因ではありません。もし刑務所の墓だとしたら、どうしてこれほど離れた

ところに作ったのだろうと思ったのです。はっと気づくと、馬が棒立ちになり、私を振り

落とすところでした。立木をまわりこむように向きを変えて振り返ると、なぜ馬がそうな

ったのかがわかりました。ひとつの墓の土が盛り上がって、まわりにぱらぱらと落ちているところでした。バキッという音がしました。何かがもがき、うごめきだしました。そして、黒い色のものが、土のなかから空《くう》をつかむように出てきたのです。それは指を動かしているただの手でした——しかし、いまに至るまで、あれほど怖ろしいものを見たことは一度もないと思います」

10 上着の血

「そのころには」ドレイマンは続けた。「私自身も具合が悪くなっていました。あえて馬からはおりませんでした。馬が逃げ去ってしまうと思ったからですが、自分自身も逃げ去ってしまいそうなのが恥ずかしかったのです。薄闇のなかから吸血鬼や、語り継がれたあらゆる地獄の使者が出てくるところを想像しました。正直言って、恐怖で生きた心地もしなかったのです。馬上で独楽《こま》のようにじたばたして、片手で馬をどうにかなだめながら、リボルバーを取り出したのを憶えています。もう一度振り返ると、そのものは墓穴から完全に外に出て、私のほうへ向かってきていました。

そんなふうにして、皆さん、私は無二の親友と初めて出会ったのです。その男は屈んでシャベルをつかみました。墓を掘った人間が置き忘れていったものでしょう。そしてさらに近づいてきました。私は英語で〝なんの用だ〟と叫びました。あまりに頭が混乱して、ほかの言語は一語たりとも思い出せなかったのです。男は止まりました。一瞬考えて、英語で答えましたが、外国ふうの訛りがありました。〝助けてくれ〟と言いました。〝助けてくれ、旅のかた。怖がらないで〟とか、そういったことを。そしてシャベルを投げ捨てました。馬は少し落ち着きましたが、私はまだ動揺していました。男は、背は高くありませんが、非常にたくましい体つきでした。顔は黒くむくんでいて、あちこちにかさぶたのような部分があるため、黄昏のなかでいくらかピンク色に見えました。男がそうして立って両手を振っているうちに、雨が降りだしました。

彼は雨のなかに立って私に叫びました。そのままのことばではありませんが、〝旅のかた、私はここにいる哀れなふたりのように疫病で死んだのではない〟と言って、墓を指差しました。〝私はまったく疫病にかかっていない。雨に洗われたこの姿を見てくれ。これは自分で皮膚を引っ掻いて出した血だ〟。煤で黒く汚れた舌まで出して、雨で洗い流してみせました。男の姿も場所も含めて、尋常でない光景でした。彼はさらに、自分は犯罪者ではなく政治活動家で、収監された刑務所から逃げてきたのだと言いました」

ドレイマンは額にしわを寄せ、また微笑んだ。

「彼を助けたか？　当然です。助けなければという思いに突き動かされました。ふたりで計画を練るあいだ、彼は状況を説明してくれました。自分は三兄弟のひとりで、三人ともクラウゼンブルク大学で学んでいたが――一八六〇年よりまえのことでしたから――オーストリアの直轄領だったトランシルヴァニアの独立のために、暴動を企てた科で逮捕された。三人は同じ監房に入れられ、ふたりは疫病で死んでしまった。自分はやはり囚人だった刑務所医の協力を得て、同じ症状が出たことにしてもらい、死んだふりをした。医師の見立てにあえて異を唱える者は、なかなかいなかったようです。刑務所じゅうが病に対する恐怖でてんやわんやでしたから。三人を埋葬した人々でさえ、遺体を松材の棺に納め、蓋に釘を打つときには、みな顔を背けていたといいます。だから埋葬したのも刑務所から遠く離れた場所でした。なかんずく、蓋に釘を打つ作業もあわてて手抜きでした。医師はこっそり釘切りを棺に入れてくれたらしく、甦ったわが友人は私にそれを見せました。力の強い男が、狼狽せず、埋められたあとの空気を使いきらなければ、頭で蓋を無理やり押し上げて、隙間に釘切りをこじ入れることができるでしょう。力の強い男なら、そこからまだ柔らかい上の土を掘り進むことも可能です。

さて、グリモーと出会ったとき私はパリの学生でしたので、会話は簡単でした。彼は母親がフランス人だったので、完璧にフランス語が話せたのです。ふたりで話し合い、彼はフランスに行って、疑われるおそれのない新しい人物になるのがよかろうということになりました。いくらかの金も隠し持っていて、生まれ故郷の町に知り合いの娘がいたので——

——」

ドレイマンはふいに口を閉じた。言ってはいけないことだったのを思い出したかのように。ハドリーはたんにうなずいた。

「その娘が誰か、わかったと思う」警視は言った。「とりあえず〝マダム・デュモン〟はあとまわしにしましょう。それで？」

「信頼できるその娘が金を持ってきて、パリまでついてきました。騒ぎになるとは考えにくく、実際になりませんでした。グリモーは死んだと見なされたのです。もちろん本人は怖がって、ひげを剃ったり、私が持っていた服に着替えたりするまえに、できるだけ早くそこから遠ざかりましたが。われわれは誰にも疑われませんでした。当時、旅券などというものはなく、グリモーはハンガリーを出る際に、私がトラジで会うはずだったイギリスの友人のふりをしました。そして無事フランスに入ると……あとはすべてご存知でしょう。さあ、皆さん！」ドレイマンはいきなり震えながら息を大きく吸い、身を強張らせて、無表情で鋭い眼を彼らに向けた。「いま言ったことは、調べればすべて確認できます――」

「バキッという音は何だったのだね？」

その質問はあるかなきかの声で発せられたが、あまりに予想外だったので、ハドリーがさっと振り向いた。ドレイマンの視線さえ、博士を探してさまよった。フェル博士の赤ら顔は困惑して上の空だった。ぜいぜいと呼吸しながら、ステッキで絨毯をついていた。

「きわめて重要なことだと思うのだ」誰かに反論されたかのように、暖炉の火に宣言した。

「きわめて重要だ、本当に。ふう。はっ。よろしいか、ミスター・ドレイマン、あなたにふたつだけ訊きたいことがある。あなたはバキッという音を聞いた。棺の蓋が剝がされる音だろう、え？　そう。すると、グリモーが這い出た墓は、わりあい浅かったということになるかね？」

「ええ、かなり浅かったのでしょう。でなければ出られませんから」

「ふたつめの質問だ。その刑務所は……きちんと運営されていたのかね、それともいい加減だった？」

ドレイマンは戸惑ったが、険しい表情で顎を引き締めた。「わかりません。ただ、そのころ多くの役人から槍玉にあげられていたことは知っています。刑務所を管理する上層部が疫病の発生を防げなかったことに腹を立てていたのだと思います。岩塩坑の便利な働き手が減ってしまいましたから。ちなみに、死んだ兄弟の名前は公表されて、私も見ました。ですので、もう一度うかがいます。古い醜聞を掘り返してどんな得があるのです？　あなたがたの役には立ちません。グリモーの評判をとくに落とすことでもないのはおわかりでしょうが――」

「そう、そのとおり」フェル博士が興味深そうにドレイマンを見ながら、大声で言った。「そこを私も強調したいのだ。なんら不名誉なことではない。それなのに、過去の人生の痕跡をすべて地中に埋めてしまいたいと思うのはなぜだね？」

「――とはいえ、エルネスティーヌ・デュモンの評判を落とすことになるかもしれません」ドレイマンは激しい口調で声を張り上げた。「私の言いたいことがわかりませんか。グリモーの娘さんはどうなります？　それに、ややこしい過去をあれこれほじくり返すと、彼の両方かどちらか一方が生きているかもしれないなどという当てずっぽうに行き着くことになります。ふたりは死んだのです。そして死人は墓から出てきません。グリモーの弟のひとりが彼を殺したなどと、どこでそんな考えを吹きこまれたのか、うかがってもかまいませんか」

「グリモー自身からだよ」ハドリーが言った。

一瞬、ランポールはドレイマンが理解していないと思った。しかし、ドレイマンは呼吸ができなくなったかのように、震えながら椅子から立ち上がった。覚束《おぼつか》ない手つきでコートのボタンをはずし、喉に手を当てて、また坐った。ガラスのような眼だけが変わらなかった。

「嘘をついているのですか?」彼は訊いた。厳粛な身構えから出てきた声は震え、不満をこぼす子供のようだった。「どうして私に嘘を?」

「たまたま真実なのです。これを読んでみなさい」

ハドリーはピーターソン医師の手紙をさっと突き出した。ドレイマンは取ろうと手を伸ばし、やはり引っこめて首を振った。

「それを読んでも何もわかりません。その……つまり……彼は何か言ったということですか、いまわの際に……」

「犯人は彼の弟だと言った」

「ほかにも何か？」ドレイマンはためらいがちに訊いた。ハドリーはしばらく相手に想像させておき、答えなかった。ドレイマンは続けた。「ですが、あまりに突飛です！　彼を脅迫したペテン師、彼が生涯一度も会ったことのなかったその男が、実の弟だったとおっしゃる？　そういうことなのでしょうね。わけがわかりません。彼が刺されたと聞いたときから――」

「刺、い、い、刺された？」

「ええ、ですから――」

「彼は撃たれたのです」ハドリーが言った。「どうして刺されたなどと？」

ドレイマンは肩をすくめた。あきらめたような皮肉な苦笑いが、しわの寄った顔ににじみ出た。

「どうやら私はまったく当てにならない証人のようです、皆さん」抑揚のない声で言った。「あなたがたにとって信じられない話をしながら、誠意を尽くしたつもりですが、結論に飛びついてしまったのかもしれません。ミスター・マンガンは、グリモーが襲われて瀕死の重傷だと言ったのです。犯人は例の絵をずたずたに切り裂いて姿を消したと。ですので、勝手に想像して――」鼻梁をもんだ。「ほかに私に訊きたいことはありますか」

「今夜はどうされていました？」

「寝ていました。つまり……おわかりでしょう、痛みがありまして。眼球の奥に。夕食のときにあまりに痛くなったので、外出はやめて(アルバート・ホールのコンサートに行く予定だったのですが)、睡眠薬を飲み、横になりました。残念ながら、七時半からミスター・マンガンに起こされるまで、何も憶えていません」

ハドリーはドレイマンの開いたコートをじっと見ていた。自分を抑えて静かにしているが、これから相手に襲いかかる男のような危険な表情を浮かべていた。

「なるほど。ベッドに入るときに服を脱ぎましたか、ミスター・ドレイマン?」

「なんですって――服を脱ぐ? いいえ。靴は脱ぎましたが、それだけです。なぜですか?」

「いつかの時点で部屋を離れましたか」

「いいえ」

「ではどうしてその上着に血が?……そう、そこだ。立ちなさい! 逃げないように。いまいるところに立って。さあ、コートを脱いで」

ランポールが見ていると、ドレイマンは坐っていた椅子の横に不安げに立ち、コートを脱いだ。手を胸に持っていき、床の上でも探るように動かした。薄い灰色のスーツを着ていたが、そこに液体が飛び散ったような跡があった。上着の脇から右のポケットの下まで、暗い色の染みがついている。ドレイマンの指がそこを見つけて止まった。染みを指でこすり、もみ合わせた。

「血なんてありえない」彼はつぶやいた。声にまた不満げな調子が加わった。「何かはわかりませんが、血ではありません、ぜったいに！」

「それは調べてみないと。上着を脱いでください。申しわけないが、こちらであずからなければならない。ポケットのなかに何か取り出したいものがありますか」

「ですが――」

「その染みはどこでつきました？」

「わかりません。神に誓って知りません。想像もつかない。血ではありません。どうしてそう思うのですか」

「さあ、上着をお願いします。けっこう」ハドリーに鋭い眼を向けられて、ドレイマンは震える指でポケットから小銭と、コンサートのチケット、ハンカチ、〈ウッドバイン〉の煙草の巻き紙、マッチ箱を取り出した。そのあとハドリーは上着を受け取って、両膝の上で広げた。「部屋を捜索させてもらってかまいませんか。公平を期すために言うと、あなたが拒めば、こちらに捜索する権限はありません」

「どうぞご自由に」相手は力なく言った。額をこすっていた。「どうしてそんなものがついたのか教えていただけるのなら、警視！　わからないのです。これまでずっと正しいことをしようと心がけてきたのに……そう、正しいことを……事件にかかわるものは何も持っていません」そこで口を閉じ、皮肉のこもったひどく苦々しい笑みを浮かべたので、見ていたランポールは怪しむというより当惑した。「私は逮捕されるのですか。ならばそれもご自由に」

ランポールは、何かがまちがっている、このまちがい方はいけないと思った。彼が見たところ、ハドリーもこの理屈では説明できない思いを共有していた。ここに、あやふやで誤った供述をいくつかした男がいる。彼がしたおぞましい話は事実かもしれないし、そうでないかもしれないが、どこか芝居がかっていて、薄っぺらだった。おまけに上着には血がついていた。それでもランポールは、自分でもわからない理由から、この男の話を信じたかった。少なくとも、男が自分の話を信じているのは確かだった。完全に（明らかに）裏表のない、あまりにも単純な性格ということなのかもしれない。彼はそこに立ち、背が伸び、シャツ姿で痩せて骨張ったように見えた。青いシャツは色褪せて、汚れた白になっており、筋張った腕に袖をまくり上げている。ネクタイは曲がり、片方の手からコートが垂れ下がっていた。そして彼は微笑んでいた。

ハドリーは小声で毒づいた。「ベッツ！」と呼んだ。「ベッツ！　プレストン」ふたりが答えるまで、イライラと靴の踵を床に打ちつけていた。「ベッツ、この上着を鑑識に持っていって、分析してもらってくれ。この染みだ、わかるな？　明日の朝、報告するように。今夜はそれだけだ。プレストン、ミスター・ドレイマンと階下におりて、彼の部屋を捜索してくれ。何を探せばいいか、わかるだろう。仮面のようなものも見逃さないように。

私もすぐにおりていく……よく考えてみてください、ミスター・ドレイマン。明日の朝は警視庁に来てもらうことになります。以上」

ドレイマンはまったく注意を払わなかった。コウモリのように見えない眼で、首を振り振り、コートの裾を引きずって出ていった。あろうことかプレストンの袖まで引っ張り、「あの血はどこでついたんでしょうかね」と熱心に尋ねた。「本当におかしなことですが、いったいどこであんな血がつくというのでしょう」

「わかりません」プレストンが言った。「ドアにぶつかりますよ！」

寒々しい部屋が静かになった。ハドリーはゆっくりと首を振った。

「私の手に負えませんよ、フェル」と認めた。「どこへ向かっているのかもわからない。あの男をどう判断します？　穏やかで、こちらの言うことは聞くし、人当たりもいい。だが、パンチバッグみたいにめった打ちにしても、結局は同じところでゆらゆらしている。他人が何を思おうと、これっぽっちも気にしていない。もっと言えば、他人が彼に何をしようと。だから若い連中に嫌われてるんじゃないかな」

「ふむ、そうだな。暖炉からあの紙を回収したら」フェル博士はうなった。「家に帰って考えてみよう。なぜなら、いま考えていることは……」

「はい？」

「単純に怖ろしいからだ」

突風のような勢いでフェル博士は椅子から立ち上がると、シャベル帽を目深にかぶり、ステッキを振りまわした。

「いろいろな推理に飛びつきたくない。電報を打って正真正銘の事実を確認すべきだ。はっ！　さよう。しかし、私が信じられないのは、三つの棺に関する話だ――ドレイマン自身は信じているのかもしれないがね。誰にわかる？　いままでの推理全体が吹き飛ばされないかぎりは、ふたりのホルヴァート兄弟は死んでいないと想定するしかない。だろう？」

「問題は……」

「彼らに何が起きたかだ。おっほん、さよう。思うに、それを考える際の基礎になっているのは、ドレイマンが真実を述べているとみずから信じていることだ。まず第一点！　私は三兄弟が政治犯として刑務所に送られたということを、これっぽっちも信じていない。グリモーは〝多少の貯え〟を使って刑務所から逃げ出す。それから五年以上、まったく別の名前で身をひそめていて、突然、われわれが聞いたこともない誰かから、かなりの額の〝遺産〟を相続する。とたんにフランスを抜け出して、何も言わずにその金を使いはじめるのだ。そして追い討ちの第二点！　もしそれがすべて真実だとしたら、グリモーの人生の何が危険な秘密なのだね？　たいていの人はモンテ・クリスト伯の脱獄を、たんにわくわくしてロマンティックなものと考えるだろう。それに、彼の犯罪についてイギリス人が聞けば、おぞましさと不名誉の度合いにおいて、ボートレースの夜に歩行者横断標識を盗んだり、警官の眼を殴りつけたりする程度でしかないと思うはずだ。ハドリー、筋が通らない！」

「要するに――？」

「要するに」フェル博士は非常に静かな声で言った。「グリモーは棺の蓋に釘が打たれたとき、生きていた。残るふたりも生きていたとしたら？　三人の〝死〟がすべてグリモー自身と同じ見せかけだったとしたら？　グリモーが棺から這い出したとき、残るふたつの棺にも生きた人間が入っていたとしたら？　しかし彼らは出られなかった……グリモーが釘切りを持っていて、ほかの棺には使おうとしなかったからだ。釘切りがふたつ以上あったとは考えにくい。グリモーがいちばん力が強かったので、それを持っていた。外に出てしまえば、あとのふたりを出してやるのはたやすかったし、取り決めではそうなっていた。が、彼はよくよく考えて、ふたりを埋めたままにしておこうと決めた。三人で盗んだ金を山分けしないですむからだ。すばらしい犯罪だ、わかるだろう。じつにすばらしい」

沈黙がおりた。ハドリーは小声で何かつぶやいた。信じられないという怒り気味の顔つきで立ち上がった。

「禍々しい犯罪だということはわかっておる！」フェル博士が声を轟かせた。「あとで夢見が悪くなりそうな、禍々しい罰当たりな犯罪だ。しかし、このとんでもない事件を説明する方法はそれしかないのだよ。なぜひとりの男がしつこく追われることになったのかも説明できる、もしふたりの兄弟が墓から出られたとすればだが……なぜグリモーはさっさと囚人服を脱ぎ捨てもせず、それほど必死にドレイマンを急かしてその場を去ろうとしたのか。疫病にやられた者の墓のそばに隠れていれば、地元の人間がおいそれと近づくはずがないものを、なぜわざわざ道で見られる危険を冒したのか。いいかね。その墓は非常に浅かった。もし時間がたって、地中の兄弟が窒息死しそうになり……それでも誰も出してくれないとわかったら……棺のなかで悲鳴をあげて、蓋をバンバン叩きはじめるかもしれない。ドレイマンがそのせいで震える土を見たり、地面からもれる断末魔の叫びを聞いたりすることもありえた」

ハドリーはハンカチを取り出して、顔をふいた。

「それほどの豚畜生が――」信じられないというような声は、小さくなって消えた。「いや、われわれは脱線してますよ、フェル。すべて想像でしかない。ありえない！　それに、彼らが墓から出られなかったとしたら、もう死んでいる」

「そうかな？」フェル博士はぼんやりと言った。「きみはシャベルのことを忘れている」

「なんのシャベル？」

「どこかの哀れな男が墓を掘ったあと、怯えたか急いでいたかで置き忘れていったシャベルだよ。刑務所は、たとえ管理がなってない刑務所でも、ぜったいにその種の不注意は許さないものだ。あとから人を遣って回収させる。きみ、私にはそのときのことが手に取るようにわかるのだ、正しいことを示す証拠ひとつないにしても！　ウォリック酒場で、あの頭のおかしいピエール・フレイがグリモーに言ったことを、逐一思い出して、当てはまらないことがあるか考えてみるといい……武装したしっかり者の看守がふたり、その置き忘れたシャベルを取りに戻ってくる。彼らは、グリモーがドレイマンに見せたくない、聞かせたくないと怖れていたものを見聞きする。そして、三人の企みに気づいたか、たんに人としての思いやりから棺を掘り出して叩き割る。と、兄弟ふたりが転がり出て、血まみれで気を失いかけているが、まだ生きている」

「なのにグリモーの大捜索はおこなわれなかったというのですか。脱獄犯を捕まえようと、ハンガリーじゅうがひっくり返るほどの騒ぎになってもおかしくないのに――」

「ふむ、さよう。私もそのことは考えたし、それに関する質問もした。刑務所当局もそうしたかもしれん……もし当時、さんざん攻撃されて自分たちの首が危うくなっていなければね。自分たちの不注意で脱獄されてしまったことが世に知れたら、攻撃者たちはどう言うと思う？　黙っておくほうがはるかによかろう？　ふたりをどこかにしっかり閉じこめておいて、三人目についてはロをつぐんでおくほうが、はるかにいい」

「すべて憶測にすぎない」沈黙のあと、ハドリーが言った。「だが、もしそれが本当なら、悪霊がいることも信じたくなる気分ですよ。グリモーが彼にふさわしい報いを受けたのかどうかはわかりません。いずれにせよ、われわれは彼を殺した犯人を見つけなければならない。話がこれで終わりなら――」

「むろん終わりではない！」フェル博士が言った。「たとえ本当だとしても、終わりではない。そこが最悪なのだ。きみはいま悪霊と言った。ある意味でグリモーを上まわる悪霊がいるのかどうか、私には量りかねる。それがX、見えない男、弟アンリなのだ」博士はステッキで指し示した。「なぜだね？　なぜピエール・フレイは彼を怖れていると言う？　グリモーが敵を怖れるならわかるが、なぜフレイまで弟を怖れなければならない？　共通の敵を狙う協力者であるはずなのに。なぜ熟練の魔術師が魔術を怖れる？　この心やさしい弟アンリが狂った犯罪者のように弄舌で、悪魔のように狡猾でないとすれば？」

ハドリーは手帳をポケットに戻し、上着のボタンをかけた。

「よろしければ、あなたは家に帰ってください」彼は言った。「ここはひとまず終わりですが、私はこれからフレイを追います。もうひとりの弟が誰であるにしろ、フレイが知っている。フレイにしゃべらせる。約束します。ドレイマンの部屋も一応見るが、たいした発見はないでしょう。この暗号を解く鍵はフレイだ。彼がわれわれを犯人に導いてくれる。行きますか」

彼らが知るのは翌朝になるが、じつのところ、フレイはすでに死んでいた。グリモーを殺したのと同じ拳銃で撃たれて倒れた。そして犯人は、目撃者のまえにいながら姿が見えず、またしても雪の上に足跡を残さなかった。

11　魔術の殺人

翌朝九時にフェル博士がドアを叩いたとき、客のランポール夫妻はまだ眠そうだった。ランポールは前夜ほとんど寝ていなかった。彼と博士が午前一時半に帰宅すると、すでにドロシーは、くわしいことを全部聞かせてと意欲満々で、夫のランポールも話したい気分だった。煙草とビールを用意してふたりで部屋に引きあげると、ドロシーはシャーロック・ホームズのようにソファのクッションを床に積み上げ、ビールのグラスを片手に、不穏で知的な表情を浮かべて坐った。夫のほうは部屋のなかを歩きまわって熱弁を振るった。ドロシーの見解は威勢こそいいものの、あいまいだった。マダム・デュモンとドレイマンの説明は気に入っていたが、ロゼット・グリモーには露骨な嫌悪を示した。討論会でのロゼットの発言をランポールが引用したときにも、趣旨にはふたりとも賛同したが、ドロシーの怒りはおさまらなかった。

「でも憶えておいて」彼女は諭すように煙草をランポールに向けて言った。「そのおかしな顔のブロンドはぜったい何かにかかわってるわ。まちがいなく、クロよ。血を欲してる。

賭けてもいいけど、彼女自身は——えー——高級娼婦にもなれないでしょう、ご本人の言い方をまねれば。彼女がボイド・マンガンにしたような仕打ちを、もしわたしがあなたにしてしまって、あなたから顎にガツンとやられなかったら、わたしは金輪際、あなたにも自分にも話ができなくなる……言いたいことわかる？」

「自分たちの話はやめよう」ランポールは言った。「それに、彼女がマンガンに何をした？　ぼくが知るかぎり、何もしていない。きみだって、彼女が父親を殺すと本気で思ってるわけじゃないだろう？　たとえ応接間に閉じこめられなかったとしても」

「ま……あね。彼女がどうやってその奇妙な衣装でミセス・デュモンをだましたか、わからないから」ドロシーは明るい黒眼に深い知性をのぞかせて言った。「でも真相を教えてあげる。ミセス・デュモンとドレイマンはふたりとも無実。ミルズについては……まあ、学者気取りに思えなくもないけれど、あなたの見解は偏ってるから。だって、科学とか未来の話が嫌いでしょう？　それに、ミルズが本当のことを言っている気がしたのは認めるわね？」

「ああ」

ドロシーは考えながら煙草を吸った。「あ、すごいことを思いついた。わたしがいちばん怪しいと思う人、いちばんこの事件の説明がしやすい犯人は、あなたがまだ会ってないふたり、ペティスとバーナビーよ」

「はあ？」

「こういうこと。ペティスが除外される理由は、背が低すぎるってことでしょう？　フェル博士の叡智をもってすれば、そんなことはたちまち解決できると気づくべきだった。ある話を思い出したの……どこで読んだのかは忘れたけれど、中世の物語のいくつかに、似たような話が出てくる。思い出さない？　つねに甲冑を身につけ、面頬をおろした巨大な人物が、一騎打ちの競技会に出てきては、次から次へと相手を倒していた。そこにやってきたのが当代一強い騎士で、馬を駆ってぶつかると、大男のチャンピオンの兜を面頬のまんなかですぱっと切り、首をはね飛ばして、観客を震え上がらせた。すると残された鎧のなかから声が聞こえてきて、胴部の大きさにも満たないほど小柄な見目麗しい若者が出てきた……」

ランポールは妻を見た。「わが愛するきみ」と威厳をもって言った。「まったくありえない話だ。疑問の余地なく、いままでいちばんいかれた考え……ねえ、きみは本気で、ペティスが張り子の肩と頭をのっけて歩きまわるかもしれないと言ってるのかい？」

「あなたは考えが古すぎ」ドロシーは鼻にしわを寄せた。「わたしはすばらしい考えだと思うけど。確証が欲しい？　いいわ！　男の頭のうしろが輝いて、頭全体が張り子のように見えた、とミルズが言ってたでしょう。あなたはそれをどう思うの？」

「悪い夢だと思うよ。もっと現実味のある意見はないのかい」

「あるわ！」ドロシーは体の位置を変えた。ついさっき閃いたことを、もう古い考えとして退けていた。「不可能な状況についてよ。なぜ殺人者は足跡を残したくなかったのか。あなたたちはわざわざ、ややこしすぎる理由を探そうとしている。で、結局いつも、殺人者はただ警察をからかいたかったのだという結論に達する。ちがうの、ダーリン！　唯一本当の理由はなんだと思う？　殺人事件でなければ、誰もが最初に思いつく理由よ。なぜ人は足跡を残したくないと思うのか。なぜなら、足跡があまりにもほかとちがっていて、犯人がすぐわかってしまうから！　つまり、体に障害のようなものがあって、足跡を残したとたんに彼が捕まってしまう……」

「それで？」

「あなたがわたしに話したのよ」ドロシーは言った。「バーナビーは内反足だって」

明け方、ランポールはようやく眠りについた。張り子の頭部をかぶった男より、バーナビーの脚のイメージが頭から離れなかった。どちらも戯言だが、それは三つの棺の謎をめぐる夢に入り混じって心をかき乱す戯言だった。

日曜の朝九時になるころ、フェル博士がドアを叩き、ランポールはベッドから這い出た。あわててひげを剃り、服を着て、静かな家のなかをよろよろと歩いた。フェル博士にとって（あるいは、誰にとっても）活動を始めるには早すぎる時間だったので、ランポールには、夜のあいだにまたおぞましい事件が起きたのがわかった。廊下は寒かった。暖炉で火が燃え盛っている広々とした図書室も、列車に乗るために夜明けに起きると、あらゆるものがそう感じられるように、あの現実離れした雰囲気を漂わせていた。テラスを見晴らす出窓のまえのテーブルに、朝食三人分が用意されていた。空は鉛色で、すでに雪がちらついていた。フェル博士はすっかり身支度を調えてテーブルにつき、頭を両手で抱え、新聞をしげしげと見ていた。

「弟のアンリだ――」博士は大声で言い、新聞をぱしんと叩いた。「さよう。彼がまた仕事に励んでいる。ハドリーがいま電話をかけてきて、くわしいことを話してくれた。もうすぐここに来る。とりあえずこれを読んでみたまえ。われわれが昨晩、厄介な問題を抱えたと思っていたのなら――おお、バッカス、これはどうだ！　私は昨日のドレイマンのようだ――信じられない。これがグリモーの殺害事件を一面から押し出してしまった。幸い彼らはふたつの事件のつながりに気づいていないようだがね。あるいはハドリーが口止めをしたか。さあ、これだ！」

コーヒーがつがれているあいだに、ランポールは見出しを読んだ。〈魔術師、魔術で殺さる！〉。気の利いた言いまわしに書き手も大喜びしているにちがいない。〈カリオストロ通りの謎〉。〈「二発目はおまえに！」〉。

「カリオストロ通り？」アメリカ人は読み上げた。「カリオストロなんて、正気とも思えない名前の通りはどこにあるのですか。変わった名前の通りはいくつか聞いたことがあるけれど、これはまた――」

「ふつうは耳にしない通りだ」フェル博士がうなった。「ほかの通りの裏に隠れていて、近道を探しているときにふと迷いこみ、その一帯がロンドンのまんなかで忘れ去られていることに驚くような……いずれにせよ、カリオストロ通りはグリモーの家から歩いて三分とかからない。ラッセル・スクウェアの反対側、ギルフォード通りの裏の袋小路だ。私の記憶では、ラムズ・コンデュイット通りからあふれ出した商店が立ち並んでいて、あとは下宿屋……弟のアンリはグリモーを撃ったあと、そこまで歩いていき、しばらく時間をつぶしてから、仕事をやりとげたのだ」（カリオストロは十八世紀の詐欺師。医師や錬金術師のふりをしてヨーロッパの上流階級に取り入った）

ランポールは新聞記事に眼を走らせた。

昨夜、ウェスト・セントラル一区のカリオストロ通りで殺害されているのが見つかった死体は、フランスの魔術師・奇術師のピエール・フレイ氏だったことが確認された。氏は数カ月間、イースト・セントラルのコマーシャル・ロードにある演芸場に出演しており、二週間前にカリオストロ通りの下宿屋に移り住んだ。昨夜十時半ごろ、撃ち殺された氏が発見されたが、現場の状況は魔術師が魔術で殺害されたとしか言いようのないものだった。三人の目撃者の証言によると、何も見えなかったし、痕跡も何ひとつ残っていない。ただ三人とも、「二発目はおまえに」と言う声をはっきりと聞いた。

　カリオストロ通りは長さ百八十メートルあまりで、何もない煉瓦の壁に突き当たる。通りの入口付近に数軒の店があり、その時刻には閉まっていたが、常夜灯がいくつかついていて、店のまえの歩道は雪が取り除かれていた。しかし、二十メートルほど入ってからは、歩道にも車道にも手つかずの雪が積もっていた。

　バーミンガムからロンドンに来たジェシー・ショート氏とR・G・ブラックウィン氏は、通りの奥の下宿屋に住む友人を訪ねるところだった。ふたりとも右側の歩道を歩き、通りの入口に背を向けていた。ブラックウィン氏が家のドアに書かれた番地を確認しようと振り返ったとき、少しうしろを歩いてくる男に気づいた。男は誰かが近くにいるのを期待するようにまわりを見ながら、ゆっくりと、緊張した様子で通りのなかほどを歩いていた。しかし明かりが暗かったため、ショート氏とブラックウィン氏には、男の背が高くて、つば広の帽子をかぶっていたことしかわからなかった。同じころ、ラムズ・コンデュイット通りの警邏担当であるヘンリー・ウィザーズ巡査がカリオストロ通りの入口に達し、同じ男が雪のなかを歩いているのを見たが、気にも留めずに視線を戻した。そこから三、四秒のうちに事は起きた。

　ショート氏とブラックウィン氏は、うしろで悲鳴に近い叫び声を聞いた。そのあと誰かがはっきりと「二発目はおまえに」ということばを口にし、笑い声に続いて、くぐもった銃声が聞こえた。両氏があわてて振り返ると、うしろにいた男がよろめき、また叫んで、突っ伏すように倒れた。

両氏が見たかぎり、通りは端から端まで完全に空《から》だった。しかも男は通りの中央を歩いていて、雪の上には彼の足跡しかなかったと供述が一致している。このことは、通りの入口から駆け寄ってきたウィザーズ巡査によっても確かめられた。宝石店の窓の明かりで、三人は、犠牲者が両手を広げてうつぶせに倒れ、左の肩胛骨にあいた銃創から血が噴き出しているのを見た。凶器は——銃身の長い三八口径のコルトのリボルバーで、三十年前の型——三メートルほどうしろに投げ捨てられていた。

目撃者はみな声を聞いたし、銃も少し離れた場所に落ちていたが、通りに誰もいなかったため、男が自分で撃ったにちがいないと思った。まだ息があったので、通りの突き当たりの近くにあるM・R・ジェンキンス医師の診療所に彼を運びこんだ。その間、巡査は雪のどこにも本人以外の足跡がないことを確認した。犠牲者はしかし、ほどなく何も言わずに死亡した。

その後、もっとも驚くべき発見があった。犠牲者の着ていたコートの傷のまわりの生地が、黒く焼け焦げていたのだ。凶器が背中に押しつけられていたか、せいぜい十センチほどしか離れていなかったことの証左である。けれども、自殺はありえないとジェンキンス医師が所見を述べ、のちに警察も同意した。いかなる種類の拳銃であれ、自分の背中に銃口を当ててあの角度で撃つことはできない、今回使われた銃身の長いものならなおさらである、というのが医師の見解だった。したがって殺人ということになるが、とても信じられない殺人だった。もし犠牲者が窓なり戸口なり、少し離れたところから撃たれたのなら、殺人者が見当たらなかったことも、さらには足跡がなかったことも不思議ではない。ところが彼は、すぐそばに立っていた誰かに撃たれたのだ。殺人者は彼に話しかけて、消えた。

犠牲者の服のなかに、本人の身元を明らかにする書類や物品はなく、付近に誰も知り合いはいないようだった。少し遅れて、彼は遺体安置所に送られた――

「彼を捕まえるためにハドリー警視が送りこんだ警官はどうしたんです?」ランポールが訊いた。「身元を確認できなかったのですか」

「確認したのだ、あとでな」フェル博士がうなった。「だが、警官が着いたときには騒動は終わっていた。ハドリーが言うには、ちょうど目撃者のウィザーズがいて、一戸ずつ職務質問をしていたそうだ。同じころ、ハドリーが演芸場に送りこんだ男も、フレイはいなかったと電話をかけてきていた。フレイは支配人に、今夜は出番からはずしてもらうと平然と告げ、何やら不可解なことばを残して去ったそうだ……なぜわかったかと言うと、警察が犠牲者の身元確認のために、遺体安置所にカリオストロ通りの下宿屋の主人を呼び、念のため、演芸場からも誰か来てもらうことにしたのだ。すると出演者のなかに、イタリアの名前を持つアイルランド人がいて、これは昨夜何かの怪我で舞台に立てなかったのだが、自分が行きましょうと言った。おっほん、さよう。死体はフレイにまちがいなかった。彼は死んでしまい、われわれはとんでもない混乱に巻きこまれてしまった。はっ！」

「そしてこの記事は」ランポールは叫んだ。「本当に正しいのですか」

それに答えたのはハドリーだった。喧嘩腰で呼び鈴を鳴らし、ブリーフケースを手斧《トマホーク》のように振りかざしてどかどか入ってくると、ベーコンと卵に手をつけるまえに苛立ちをぶつけた。

「ああ、正しいとも」警視は顔をしかめ、暖炉の火のまえで踵を打ちつけながら言った。「あえて大きく報道させて、とにかくピエール・フレイ——あるいは弟のアンリ——を知っている人間から情報を集めたかったのだ。ああもう！　フェル、気が変になりそうですよ。あなたがつけたあの忌々しい渾名《あだな》がどうしても頭から離れなくて。まるでやつの本名であるかのように使ってしまう。気づくと弟アンリの姿をあれこれ想像している。少なくとも本名はもうすぐわかるはずだ。ブカレストに電報を打ちましたから。弟アンリ！　弟アンリ！　せっかく尻尾を捕まえたのに、また逃げられた。弟——」

「こらこら、落ち着きたまえ」フェル博士がせわしげな呼吸の音を立ててたしなめた。「興奮しないように。ただでさえひどい状況なのだから。きみはほとんどひと晩じゅう働いていたのだね？　さらに情報を得た？　ふむ、そうだな。さあ、坐って、心を静めなさい。そうすれば――おほん――哲学的精神で問題に立ち向かうことができる、だろう？」

ハドリーは何も食べたくないと言ったが、朝食をふた皿平らげ、コーヒーを何杯か飲み、葉巻に火をつけたあとは、緊張を解いて、いくらかふだんの調子に戻った。

「では、始めましょうか」と意を決して姿勢を改め、ブリーフケースから書類を取り出した。「新聞記事の内容をひとつずつ確認していくと――書かれていないことも含めて――ふむ、まず、ブラックウィンとショートのふたりは信用できます。また、どちらも弟アンリでないことは明らかだ。バーミンガムに電報を打ったところ、両人とも生まれたときから当地でよく知られていました。成功を収めた健全な人たちで、この種のことを目撃しても動転しないでしょう。ウィザーズ巡査も完全に信頼でき、欠点にもなるほど注意深い男です。彼らが誰も見なかったと言うのなら、だまされている可能性はあるものの、少なくともわかる範囲では真実を述べている」

「だまされている……どんなふうに？」

「し、い、知りませんよ」ハドリーはうなり、大きく息を吸って、険しい表情で首を振った。「ただ、だまされたことはまちがいないでしょう。私も通りをざっと検分しましたが、フレイの部屋までは見ていません。明かりについて言えば、さすがにピカデリーサーカスのようにはいかないけれど、五感を持つ人間が、見たものをまちがえるほど暗くはなかった。幽霊……わかりません。足跡に関しては、ウィザーズが何もなかったと断言するなら、私はそのことばを信じる。こんなところです」

フェル博士はただうなり声をあげた。ハドリーは続けた。

「次は凶器だ。フレイが撃たれたのはコルトの三八口径。グリモーと同じでした。薬室に残っていた空薬莢はふたつ。発射したのはたった二発で、弟――いや、殺人者はどちらも命中させたのです。いまのリボルバーはオートマティックのように空薬莢を排出しますが、こいつはひどく旧式なので、発射した場所をたどることができない。作動には問題がなく、鉄被甲の弾も撃てるが、長年誰かが隠しておいたようです」

「本当に抜かりがないな、悪魔め。ところで、フレイの足取りはたどったのかね？」

「ええ、彼はアンリを訪ねる予定でした」

フェル博士の眼がかっと開いた。「ほう？　なんと、手がかりをつかんだということか」

「唯一の手がかりです。そして」ハドリーはひどく満足して言った。「あと数時間のうちに結果が出なければ、このブリーフケースを食ってみせますよ。憶えてますか、電話で話したでしょう、昨晩フレイは舞台に立たないと言って劇場から出ていったと。そうなんです。部下の私服警官ふたりが、劇場のアイザックスタインという支配人と、オルークという曲芸師からそう聞きました。オルークはフレイといちばん仲がよくて、そのあとフレイの遺体の確認をした男です。

当然ですが、土曜の午後はライムハウス界隈の書き入れ時ですから、その劇場も昼一時から夜十一時までぶっ通しでバラエティ・ショーを上演しています。夕方からはことに大忙しで、フレイの最初の夜の出番は八時十五分でした。その約五分前、手首の骨を折って当夜は出られなかったオルークが、煙草を吸おうとこっそり地下室におりていった。パイプに熱湯を流すための石炭炉が地下室にあるのです」

ハドリーは細かい文字がびっしりと書かれた紙を開いた。

「部下のソマーズが書き留めたあと、オルーク自身がイニシャルで署名した供述です。〝石綿のドアを開けて階下におりはじめるとすぐに、誰かが薪割りをしてるような音が聞こえたんです。驚いたことに、石炭炉の扉が開いていて、仕事仲間のルーニーが斧を持ち、彼自身の数少ない持ち物を叩き壊して、火にくべてた。私が『どうした、ルーニー、何してる?』と訊くと、彼はいつもの妙なしゃべり方で『商売道具を壊してるのさ、シニョール・パリアッチ』と答えた（私は舞台でパリアッチ大王という芸名を使ってるんですが、彼はいつもそういう呼び方をする、困ったことに）。そして『仕事は終わりだ。こんなのはもういらない』と言って、また、ぽん！　仕掛けロープと、節を抜いた竹竿を火に放りこんだ。『おいおい、ルーニー、落ち着けよ。あと数分で出番なのに、まだ衣装も着てないじゃないか』と私が言うと、彼は答えました。『言わなかったか？　これから兄弟に会うんだ。やつがおれたちふたりのために、昔のことにけりをつけてくれる』

そしてルーニーは階段の下まで行くと、鋭く振り返りました。こう言っちゃかわいそうだが、白い馬みたいな顔をしてた。ぞっとするほど不気味な表情が、石炭炉の火で輝いてた。彼は言いました。『あいつが仕事をしたあと、おれに何か起きたら、おれがいま住んでる通りでやつを見つけてくれ。やつはそこに本当に住んでるわけじゃないが、部屋をひとつ借りてる』ちょうどそこでアイザックスタインが、彼を探しにおりてきた。ルーニーが辞めたいと言うと、アイザックスタインはわが耳を疑いました。口論になって、アイザックスタインが『もし出なかったら、どうなるかわかってるな』と怒鳴った。するとルーニーは、スリーカードをそろえた男のように愉快な声で『ああ、わかってる』と応じ、じつに礼儀正しく帽子を持ち上げて、『おやすみ、おふたりさん。おれは墓に帰る』とだけ言い残し、あのおかしな歩き方で階段を上がっていきました〟

ハドリーは紙をたたみ、またブリーフケースにしまった。

「そう、彼は腕のいい芸人だった」フェル博士がパイプに苦労して火を入れながら言った。「残念だよ、弟アンリがあんなことを……それで、どうする？」

「カリオストロ通りでアンリを捜すことに意味があるかどうかはわからないけれど、少なくとも一時的な隠れ家はわかるでしょうね」ハドリーは続けた。「ひとつ疑問に思うことがある。フレイは撃たれたとき、どこに向かっていたのか。どこをめざして歩いていたのか。自分の部屋ではない。フレイは通りの入口の2Bに住んでいましたが、そこから逆に進んでいた。撃たれたときには、通りの半分を少し越えた、右の家が18番で左が21番のところにいて、しかも知ってのとおり、道のまんなかを歩いていた。これは重要な手がかりで、ソマーズを送りこんで追わせています。通りのなかほどから向こうの全戸を訪問して、新しいか、怪しいか、あるいはほかの点で目立つ間借人を洗い出しています。家主の女たちは総じて詮索好きですから、おそらく何十人も候補が出てくるでしょうが、それでもかまわない」

重い巨体が許すかぎり深々と大きな椅子に沈みこんでいたフェル博士は、髪をかきまわした。

「よかろう。だが、通りのどちらの端にも集中すべきではない。すべての家を隈《くま》なく調べるのだ。たとえば、フレイが誰かから逃げていたのだとしたら？　撃たれたときに、誰かから離れようとしていたとか？」

「逃げようとしてわざわざ袋小路に入るのですか？」

「ちがう！　まったくちがう！」博士は椅子のなかで体を引き上げ、大声で吠えた。「たいへんにどこにも手がかりや筋道が見えないからではない（それは素直に認めるが）。この事件の単純さがあまりにも悩ましいからだ。これは四方を壁に囲まれた奇術ではないぞ。通りがある。男が雪のなか、そこを歩いている。叫び声、囁かれることば、そしてバン！

目撃者が振り返ると、犯人はいなくなっている。どこへ？　投げナイフのように拳銃が飛んできて、フレイの背中で発砲し、また飛びのいたのか」

「痴《し》れ言《ごと》を！」

「わかっとる。だが、それでも質問するぞ」フェル博士はうなずき、眼鏡をはずして、両手を眼に押し当てた。「この新たな展開はラッセル・スクウェアのあの連中にどう影響する？　つまり、あの家の全員が公式には容疑者であることを考えると、これで何人かは除外できるのではないか。たとえグリモーの家で嘘をついていたとしても、わざわざカリオストロ通りのまんなかまでコルトのリボルバーを投げ捨てにいったりはするまい？」

警視の顔が皮肉にゆがんだ。「ああ、これまた運がよかった。ありがたや。忘れてました！　ひとり、ふたりははずせますよ、もしカリオストロ通りの事件が少しあとに起きたのだとすれば――いや、少しまえでも大丈夫だ。しかし、実際にはちがった。フレイが撃たれたのは十時二十五分ちょうどです。言い換えれば、グリモーの約十五分あとだ。弟アンリは安全策をとった。われわれの行動を正確に予期していた。つまり、事が発覚すればすぐに警官を送って、フレイを連行しようとするだろうと。弟アンリ（または誰か）だけが両方の現場でわれわれの登場を予期し、ささやかな消えるトリックを用意していた」

「〝または誰か〟？」フェル博士はくり返した。「きみの思考プロセスは興味深いね。どうして〝または誰か〟なのだ」

「グリモー殺害後のあいにく未確認の十五分間から、そういう結論になりそうな気がするのです。犯罪の新しいコツを学んでいるところですよ、フェル。手のこんだ殺人を二件やってのけたいなら、まずひとつやったあと、劇的な瞬間を待って二件目に取りかかってはいけない。まず殺し、見る者がその事件で混乱しているあいだに、すぐまた殺さなければならないのです。そうすれば、問題の時間に誰がどこにいたのか、警察も含めて誰ひとりはっきりと憶えていないことになる。でしょう？」

「おいおい」フェル博士は、自分もそうなることをごまかそうと、うなるように言った。「タイムテーブルを作れば簡単に理解できるはずだ。いいかね、われわれがグリモー宅に着いたのは……いつだった？」

ハドリーは紙にすらすらと書いていた。「マンガンが窓から飛び出たときですから、銃撃のあと二分とたっていない。十時十二分としておきましょう。私たちは三階に上がり、ドアが施錠されていたので、プライヤーで開けた。それで三分追加というところかな」

「ちょっとその時間は短すぎませんか」ランポールが割りこんだ。「もっと長いあいだ、バタバタしていたように思えるけど」

「みなよくそうなるのだよ」ハドリーが言った。「私自身もキナストンの刺殺事件（憶えていますか、フェル？）を扱うまでそう思っていた。あのときには、目撃者がつねに時間を長めに体感しがちなのを、忌々しいほど頭のいい殺人者がアリバイ工作に利用したのだ。

要するに、われわれは秒ではなく分で時間を考えるからね。いつか試してみるといい。机に時計を置き、眼を閉じて、一分たったと思うところで眼を開ける。おそらく三十秒ほど早く眼を開けてしまうだろう。だから、そう、ここは三分だ！」ハドリーは顔をしかめた。

「マンガンが電話をかけ、さっそく救急車が駆けつけた。例の病院の住所は知っていますか、フェル？」

「いや、そういう煩わしい細部はきみにまかせている」フェル博士は胸を張って答えた。

「たしか誰かが、近くの角を曲がったところだと言っていたようだが。ふむ。はあ」

「ギルフォード通りの小児病院の隣です」ハドリーが言った。「じつはカリオストロ通りのすぐ裏にあって、裏庭が接しているほどで……まあ、救急車がラッセル・スクウェアに来るまでに五分としましょうか。つまり十時二十分。続く五分間、すなわち第二の殺人が起きるまでの五分間と、同じくらい重要なその後の五分、十分、ないし十五分はどうか。ロゼット・グリモーだけが父親につき添って救急車に乗りこみ、しばらく帰ってこなかった。マンガンはひとりで一階にいて、私の代わりにいろいろ電話をかけ、ロゼットが帰宅するまで階上《うえ》に上がってこなかった。ふたりのどちらかが怪しいとはとくに思いませんが、議論のために全員について考えましょう。ドレイマンは？　この間ずっと、さらにその後も長いこと誰もドレイマンを見ていない。ミルズとデュモンについては……ふむ。そう。彼らも除外されますね。ミルズは、この時間のまえのほうはわれわれと話していた、少なくとも十時半までは。そのあとすぐにマダム・デュモンが加わって、ふたりはしばらくわれわれといた。腹立たしくも」

　フェル博士がくすくす笑った。

「むしろ」と考えながら言った。「すでにわかっていたことがそのまま確かめられたわけだ。足し引きなしで、正確にそのまま。これで除外されるのは、すでにぜったい無実とわかっていた連中、今回の話をいくらかでもまっとうに解釈するならば、真実を語っているとしか考えられない連中だけだ。ハドリー、私が脱帽するのはこの事件全体のねじ曲がり方だよ。ところで、昨夜、ドレイマンの部屋の捜索で何か見つかったかね。あの血は何だった？」

「ああ、人の血でしたよ、ずばり。ですが、ドレイマンの部屋に手がかりになるものはありませんでした――血以外のことについても。たしかに厚紙の仮面はあったが、どれも頬ひげやギョロ眼が丹念に作りこまれたもので、どちらかと言うと子供向けでした。とにかく、ピンク色の単純なものはひとつもなくて。子供向けの素人演芸の道具はたくさんありましたよ、キラキラ光るものとか、風車とか、トイ・シアター（劇場に見立てた箱のなかに紙の人形を並べて遊ぶ）なんかも……」

「色なしは一ペニー、色つきは二ペンス」フェル博士が昔を懐かしみ、ぜいぜい息をしながら言った。「幼き日々の輝きは永遠に去りぬ。おお！　偉大なるトイ・シアター！　私が栄光の雲をたなびかせておった無邪気な子供時代には（まあ、それについて両親は激しく議論するかもしれんがな）、ハドリー、十六種類の場面が作れるトイ・シアターを持っていたのだ。打ち明けると、半分は牢獄の場面だったがね。なぜ幼い想像力は牢獄の場面に向かってしまうのだろう。不思議だ。なぜ――」

「いったいどうしたんです」ハドリーが相手を見つめて訊いた。「どうしてそんなに感傷的に」

「突然思いついたからだよ」フェル博士は穏やかに言った。「そう、それにしても、いやはや、なんという思いつきだ！」相変わらず眼をぱちくりさせてハドリーを見ていた。「ドレイマンはどうする？　逮捕するのかね？」

「いいえ。第一どうやったのかがわかりませんし、逮捕令状も出してもらえません。第二に――」

「彼が犯人だとは思わない？」

「うーむ」ハドリーはうなった。生来、誰かの無実は一応疑ってみるほうだった。「思わないとは言いきれませんが、咎められるべきことは、ほかの誰より少ない気がしますね。ともかくまえに進まなければ！　まずカリオストロ通り、そのあと何人かに職務質問します。そして最後に――」

玄関の呼び鈴が鳴り、眠そうなメイドがドアを開けにいった。

「階下《した》に紳士がお見えです」ヴィダが部屋に顔をのぞかせて言った。「旦那様か警視にお目にかかりたいとのことで。アンソニー・ペティスとおっしゃるかたです」

12 絵

フェル博士が大声をあげ、くすくす笑い、火山の精のごとくパイプから灰を散らしながら、のっそりと訪問者を迎えに出た。博士のきわめて丁重な物腰に、ミスター・アンソニー・ペティスはずいぶん気が楽になったらしく、みなに軽く会釈した。

「こんなに早い時間にお邪魔したことを、どうかお赦《ゆる》しください」彼は言った。「ですが、どうしても胸のつかえをおろしたかったのです。そうするまで気が休まりません。昨晩、あなたがたが私を——えー——探していたと聞きました。私にとっても不愉快な夜でした、おわかりでしょうが」そこで微笑んだ。「かつて私が犯罪にいちばん近づいたのは、犬の鑑札の更新を忘れたときでした。そのときわが良心がどれほど痛んだことか。その困った犬と散歩に出るたびに、ロンドンじゅうの警官が意地悪な眼でこちらを見ている気がしたものです。こそこそ逃げるように歩きましたよ。ですから、今回の事件では自分からあなたがたを見つけるほうがいいと思ったのです。警視庁に問い合わせたところ、こちらの住所を教えてもらいました」

フェル博士は、すでにミスター・ペティスをあわてさせるほどの手つきでコートを脱がせ、椅子へと追い立てていた。ミスター・ペティスは苦笑した。小柄で、こざっぱりしていて、しかつめらしい態度の男だった。つるつるの禿頭で、驚くほど野太い声が響く。飛び出した眼は、眉間にしわが寄っているので利口そうに見え、口元にはユーモアが漂い、顎は割れて角張っていた。ごつごつした顔だ。想像力に富み、禁欲的で、神経質そうだった。話すときには椅子から身を乗り出し、両手を握りしめ、床に向かって顔をしかめる癖があった。

「グリモーのことは残念でした」ペティスは言って、ためらった。「当然、慣例にしたがって、お役に立てることがあればなんでもすると申し上げます。たまたま今回はそれが実現しました」また微笑んだ。「えー、顔を明るいほうに向けて坐ったほうがよろしいですか？　小説を除いて、警察とかかわるのは初めてなもので」

「どうでもよろしい」フェル博士がみなを紹介しながら言った。「ここしばらく、あなたに会いたいと思っていたのだよ。私たちはいくつか同じテーマの文章を書いているようだ。何を飲まれるかな。ウイスキー？　ブランデーのソーダ割り？」

「まだ早い時間ですがね」ペティスは、いいのかなという顔で言った。「まあ、勧めてくださるのなら、いただきます！　イギリスの小説における超常現象について書かれたあなたの本は熟読しました、博士。私などよりはるかに高名でいらっしゃる。しかも健全だ」

そこで眉を寄せて、「非常に健全ですが、あなた（またはジェイムズ博士）の意見には同意しかねるところもありますね。物語に出てくる幽霊はつねに悪であるという点で――」

「むろん悪でなければ」フェル博士は雷鳴さながらの声で言い、顔をできるだけおどろおどろしくゆがめた。「悪ければ悪いほどよろしい。私のカウチのまわりに、やさしいため息のような気配は必要ない。エデンの甘い囁きは不要だ。私は血が欲しい！」とペティスを見たが、その目つきはペティスに、彼の血のことを言っているという不愉快な考えを抱かせた。「おっほん。はっ。ルールを教えてあげよう。幽霊は悪であるべきだ。幽霊は話してはならない。透明ではなく、実体が必要だ。舞台の上に長くとどまってはならず、通りの角から顔を突き出すなど、短時間で鮮明な印象を残さなければならない。明るすぎるところに現われてもいけない。学問的またはキリスト教会的な古めかしい背景を持つべきだ。つまり、修道院とかラテン語の写本といった味わいだな。このごろ、古い図書館や古代の遺跡をあざ笑う不幸な風潮がある。本当に怖ろしい幽霊は、菓子屋やレモネードの屋台に現われると言ったりしてね。いわゆる〝現代の試練〟というやつだ。大いにけっこう。現実の生活の試練を与えたまえ。ところが、現実の生活を送る連中も、古代の遺跡や教会の墓地に心の底から震え上がったことがある。それは誰も否定しないだろう。現実の生活を送る誰かがレモネードの屋台で何かを見て（むろん飲み物ではない）悲鳴をあげるか気絶するまで、現代の理論はただのゴミと言うしかない」

「こう言う人もいるでしょうね」ペティスは片方の眉を上げて意見を述べた。「古代遺跡はゴミだと。いまやすぐれた怪談を書くことはできないとお考えですか」

「いや、できるとも。それに書き手は昔より聡明になっている……本人が書く気になればだが。問題は、できた作品が〝メロドラマ〟と呼ばれるのを作家が怖れていることだ。メロドラマがこの世からなくならないかぎり、彼らは何の話をしているのかいっさい悟られないように、あくまで迂遠なややこしい書き方をして隠そうとするだろう。登場人物が見たり聞いたりしたことを直接示す代わりに、〝印象〟を伝えようとする。執事が客間のドアをさっと開けて、舞踏会の招待客が到着したことを大声でこう伝えるのと似たようなものだ——〝シルクハットが一瞬、ぼんやりと見えました。それとも、傘立てがかすかに輝いていたのを、強迫観念ゆえに取りちがえたのでしょうか〟。これでは家の主人は満足しないだろう。いったい誰が到着したのか知りたいだろうね。代数の問題のように扱われれば、恐怖も恐怖でなくなる。土曜の夜に冗談を聞かされ、翌朝、教会でようやく意味がわかっていきなり大笑いするのは、嘆かわしいことかもしれない。しかし、いっそう嘆かわしいのは、土曜の夜に怖ろしい怪談を読んで、二週間後に指をパチンと鳴らし、本当は怖い話だったのだとわかることだ。要するに——」

ロンドン警視庁の警視はしばらくイライラしながら煙草を吸い、うしろで咳払いをしていたが、テーブルにどんと拳を叩きつけて事態を打開した。

「もう切り上げてもらえませんか」ハドリーは要求した。「いま講義は聞きたくない。話したいのはミスター・ペティスのほうです。だから——」フェル博士がパイプをぷかぷかふかす手を止め、笑みを浮かべるのを見て、なめらかに続けた。「偶然ながら、私が話したいのは土曜の夜、昨日の夜のことです」

「幽霊について、ですか？」ペティスはからかうように訊いた。フェル博士の大演説ですっかりくつろいだ気分になったようだった。「気の毒なグリモーを訪ねた幽霊について？」

「ええ……まず、たんに形式上の手続きとして、あなたの昨晩の行動を説明してもらわなければなりません。とくに、そうですね、九時半から十時半まで何をしていたか」

ペティスはグラスを置いた。またその顔が曇った。「だとすると、ミスター・ハドリー、つまるところ私は容疑者ということですか」

「幽霊はあなただと名乗ったのです。それはご存知ない？」

「そんなことを……いいえ、ちがいます！」ペティスは叫んで、びっくり箱のなかにいた禿頭のように跳び上がった。「幽霊は私だと言った？　つまり——えー——幽霊は私——ああもう、文法などかまわん！　なんの話をしているのか知りたい。どういう意味ですか」静かに腰をおろし、ハドリーをじっと見て説明に聞き入った。とはいえ、袖口をいじったりネクタイに触れたりして、何度か口を挟みかけた。

「ですから、昨晩の行動を説明して、反証を示してもらえればありがたいと……」ハドリーは手帳を取り出した。

「昨日の夜は、誰もそのことを話してくれませんでした。グリモーが撃たれたあと彼の家に行ったのですが、誰も」ペティスは困惑して言った。「昨日の夜は劇場に出かけました――ヒズ・マジェスティーズ劇場に」

「当然、証明できますね？」

ペティスは顔をしかめた。「どうかな。できればいいと心から思いますけど。劇の内容は話せますが、それじゃたいした証明になりませんよね。あ、そうだ。どこかに半券かプログラムが残っているはずです。でも、劇場で知り合いに会ったかどうかを知りたいんですよね？　残念ながら会いませんでした。誰か私を見かけて憶えている人がいれば別ですが。ひとりで行ったのです。つまり、数少ない私の友人にはおのおの決まった娯楽があって、たいていどこにいるか、お互いわかっています。ことに土曜の夜はそれが決まっていて、みな習慣を変えようとしない」ペティスの眼が皮肉たっぷりに輝いた。「まあ、品のいい自由奔放主義といったところです、古臭い自由奔放主義ではなく」

「それは」ハドリーが言った。「殺人者が興味を持ちそうだ。どういう習慣ですか」

「グリモーはいつも十一時まで働きます……失礼、いまも彼が亡くなったことに慣れなくて。そのあとはいくらでもつき合ってくれる。宵っ張りですから。でも十一時まではいけません。バーナビーはいつも行きつけのクラブでポーカー。マンガンは教会の侍祭みたいなもので、グリモーの娘さんといっしょ。それを言えば、たいていの夜はいっしょですが。私は演劇か映画に出かけますが、いつもではない。仲間のなかでは例外です」

「なるほど。それで昨夜は観劇のあとどうしました？　劇場を出たのは何時ですか」

「十一時近くか、少しすぎていたかもしれません。じっとしていられない気分だったので、グリモーの家に寄って一杯やろうかと思いました。すると――どうなったかはおわかりですね。ミルズから話を聞いて、あなたかほかの担当のかたに会いたいと申し出ました。一階で長いこと待っていましたが、誰も何も言ってこなかったので」――不機嫌な口調――「グリモーがどうしているか、病院に様子を見にいきました。あちらに着いたとき、ちょうど彼が亡くなったのです。ミスター・ハドリー、これはじつに怖ろしい事件ですが、私は誓って――」

「どうして私に会いたいと思ったのです？」

「例のフレイという男がパブに脅しにきたときに同席していましたから、何かお役に立てるのではないかと。もちろん最初は、グリモーを撃ったのはフレイだと思いましたが、今朝の新聞を見ると――」

「ちょっと待った！　そこに移るまえに、誰であれ、あなたのふりをした人物が使った住所その他は正確な情報だったのですね？　であれば、あなたの仲間で（またはそれ以外でも）そういうことができるのは誰だと思います？」

「あるいは、ああいうことをしたがる人間ですね」ペティスは鋭く言い足した。

彼は椅子の背にもたれ、ナイフのようにぴしっとついたズボンの折り目を気にしていた。明らかに先ほどまでの緊張が、冷静で好奇に満ちた、飽くことなき知性の働きに変わりつつあった。抽象的な問題に興味をそそられたのだ。ペティスは両手の指を合わせ、高窓の外を見つめた。

「質問から逃れようとしていると思わないでください、ミスター・ハドリー」ふいに小さな咳をひとつして言った。「正直なところ、誰も思い当たりません。わが身に及ぶ、ある意味での危険も気になりますが、この謎も頭が痛い。細かいことにこだわりすぎるとか、ただのナンセンスに近づいているとお考えなら、私はフェル博士にお話しします。議論のために、私が犯人と仮定してみましょうか」

からかうような眼でハドリーを見ると、ハドリーはすっと背筋を伸ばした。

「落ち着いて！　私は犯人じゃありませんよ。仮定するだけです。私は途方もない扮装でグリモーを殺しにいく（ちなみに、その恰好を見られるくらいなら人を殺すほうがましと思えるような扮装です）。ふむ！　そしてほかの馬鹿げた準備を最後まで整える。それほど手間暇かけたあとで、わざわざはっきりと、あの若い人たちに自分の名前を告げると思いますか？」

指を打ち合わせながら、間を置いた。

「それが第一印象、近視眼的な見方です。しかし、非常に抜け目ない探偵は、こう答えるかもしれない。〝そう、賢い犯人なら、まさにそうするかもしれませんよ。全員をだまして最初の結論に飛びつかせる、いちばん効果的な方法だから。犯人は、あとでみんなが思い出せるように、声をほんの少し変えた。ペティスとしてしゃべったのは、あれはペティスではなかったと思わせたかったからです〟と。それは考えてみましたか？」

「そのとおり」フェル博士が満面の笑顔で言った。「私の頭に最初に浮かんだのもそれだ」

ペティスはうなずいた。「ならばあなたは、それに対してこんな答えを思いつくでしょう。いずれにしろ、私は潔白ということになるわけですが。もし私があああいうことをするなら、少し変えるべきなのは声ではない。聞いた人が気づいたとしても、あとでこちらが望む疑いを抱いてくれないかもしれませんから。むしろ」と指を立て、「変えるべきだったのは、話の内容です。言いまちがいが必要でした。何か異常なこと、まちがっていて、ぜったいに私らしくないことを口走って、あとで思い出してもらうべきだった。それを訪問者はしませんでした。物まねが徹底しすぎていた。それで私は除外されると思います。それを素直に考えようが、細かく詰めて考えようが、私は無実だと主張できる。愚か者ではない、または愚か者であるというどちらかの理由によって」

ハドリーが笑った。興を覚えた視線がペティスからフェル博士に移り、もはや心配顔を続けていられなくなった。

「ふたりは似たもの同士だ」彼は言った。「めくるめく推理もけっこうだけれど、私が実地の経験で学んだことを教えましょう、ミスター・ペティス。この手のことを試みる犯罪者は、いずれ窮地に陥ります。愚か者だろうと、そうでなかろうと、警察は捜査をやめない。素直な見解にしたがって——絞首刑にするのです」

「私も絞首刑にされるということですか」ペティスが言った。「それに値する証拠が見つかれば？」

「まさしく」

「ふむ——それはまた——ずいぶん正直な」ペティスは答えたが、急に不安になり、怖じ気づいたようだった。「えー——続けてもかまいませんか。出鼻をくじかれた気がしますが」

「どうぞ続けて」警視は愛想のいい仕種でうながした。「たとえずる賢い人間からだって、アイデアは得られますからね。ほかに何がありますか」

わざと嫌味を言ったのかどうかは別として、そのことばは誰も予想していなかった結果をもたらした。ペティスは微笑んだが、眼がすわり、顔はますます骨張って見えた。

「そう、得られるでしょうね」と同意した。「本来あなたが思いつくべきだったアイデアも。ひとつ例をあげましょう。今朝の新聞各紙に、グリモー殺害について、あなたか別の誰かの発言がかなり長く引用されていました。消えるトリックとかなんとか、そのために犯人は注意深く雪に足跡を残さなかった、と。彼は昨夜雪が降ることを確実に知り、それにしたがって綿密な計画を立て、想定した効果をあげるために、雪がやむことを願って待っていた。詳細はともかく、いくらか雪が降ることはある程度期待できた。そういうことでした？」

「たしかに、そんなことを言ったね。それが何か？」

「であれば、そのとき思い出すべきでしたね」ペティスは抑揚のない声で答えた。「天気予報がまったく彼の期待に添えなかったことを。昨日の天気予報では、雪など端《はな》から降らないことになっていました」

「おお、バッカス！」フェル博士がしばらくペティスを見たあと、大声をあげ、拳をテーブルに叩きつけた。「すばらしい！　それは考えてもみなかった。ハドリー、これで事件の様相ががらりと変わるぞ！　これで――」

ペティスはほっとした様子で煙草ケースを取り出し、開けた。「もちろん、反論はできます。天気予報が雪は降らないと言ったからこそ、犯人には、降るはずだとわかった。明らかにそう言い返せます。が、その場合には、犯人の細かい手配を喜劇にしてしまうのはあなただということになる。そこまでは賛同できません。じつのところ、天気予報は電話サービスと同じく、いわれのない非難を浴びすぎていると思いますし。たしかに今回ははずれたわけですが……それは関係ない。信じられませんか？　昨日の夕刊を見てみればわかります」

ハドリーは悪態をついて、にやりとした。

「失礼した。あなたに無遠慮なことを言うつもりはなかったのですが、言ってよかった。そう、たしかに事件の様相は変わる。忌々しいことだが、たしかに、雪に頼った犯罪を企てるときには、まちがいなく天気予報を多少は考慮するでしょうな」ハドリーはテーブルを指でとんとんと叩いた。「ご心配なく。この問題にはまたあとで触れます。いまはぜひ、あなたの考えを聞かせてもらいたい」

「以上です、残念ながら。犯罪学は、どちらかと言うと私よりバーナビーの専門でして。私はたまたま気づいただけです」ペティスはあざ笑うような視線を自分の服に向けて、認めた。「オーバーシューズをはくべきかどうか考えたときにね。習慣です！……ところで、私の声をまねた人物は、なぜ私を巻きこもうとしたんでしょうね。こんな人畜無害の偏屈老人を。請け合いますが、私に凶暴な復讐者の役柄は向いていません。思いつく唯一の理由は、仲間内で私だけに土曜の夜の決まった行事がなく、アリバイが成り立たない場合があるということですが、まねのできる人間について考えると……腕のいい物まね師ならできるかもしれませんが、私が仲間と話すときの口ぶりを誰が知っているというのです」

「ウォリック酒場の客は？　これまで名前のあがった人のほかにもいるでしょう」

「ああ、そうですね。常連でない客がふたりいますが、どちらも候補者とは思えません。ひとりはモーニングトン、博物館で五十年以上働いている老人です。あのひび割れた高い声で私のまねはできないでしょう。もうひとりはスウェイルですが、昨日の夜はラジオでアリの生活か何かについて話していたはずですから、アリバイがあります……」

「話していたのは何時ごろですか」

「九時四十五分とか、そのあたりです、断言はできませんが。それにふたりとも、グリモーの家を訪ねたことは一度もありません。もっと出入りの少ない客となると、何人かが店の奥で聞いていたり、坐っていたりするかもしれませんが、誰もわれわれの会話に加わったことはありません。とはいえ、それが精いっぱいの手がかりでしょうね、非常に頼りないけれども」ペティスは煙草を一本ケースから出して、蓋をパチンと閉めた。「そう、犯人は得体の知れない人物だと決めてかかったほうがいい。でないと、どうしようもない窮地に陥ってしまう。グリモーと本当に親しかったのは、バーナビーと私だけでした。しかし、私はやっていないし、バーナビーはカードで遊んでいた」

ハドリーが彼を見た。「ミスター・バーナビーは本当にカードをしていたのでしょうな？」

「わかりません」ペティスは正直に認めた。「でも、ちがうと思いますよ。バーナビーはまぬけじゃない。ある集団に自分がいないと目立つ夜を、わざわざ選んで殺人を犯すようなやつは、かなりのまぬけでしょう」

警視はペティスがそれまで言ったことのなかで、これにいちばん感心した。相変わらずしかめっ面でテーブルをとんとん叩きつづけていた。フェル博士は眼を寄せて、本人にしかわからない不明瞭なことを夢中で考えていた。ペティスは興味深そうにふたりを交互に見やった。

「もしおふたりに考える材料を与えたのでしたら、次に――」ペティスが言いかけると、ハドリーが活気づいた。

「そう、そうです！　大いに！　さて、バーナビーについてうかがいたい。彼が描いた絵を、グリモー博士が身を守るために買ったのはご存知かな？」

「身を守る？　どうやって？　何から守るのですか？」

「そこはわからない。あなたなら説明できるのではないかと期待していたのです」ハドリーは相手を観察した。「謎めいたことばを残すのは、あの家族伝来の趣味だったようでしてね。ところで、グリモーの家族について何か知っていますか」

ペティスは見るからにまごついた。「さあ。ロゼットはとても魅力的な娘さんですが。えー――ただ彼女に、謎めいたことばを残す趣味はありません。むしろ逆で、私の趣味からすると、ちょっと現代的すぎるくらいです」額にしわが寄った。「グリモーの奥さんは知りません。ずっと昔に亡くなりました。ですが、まだわからないのは――」

「お気になさらず。ドレイマンについてはどう思います？」

ペティスはくすっと笑った。「老いぼれヒューバート・ドレイマンは、私が会ったなかでいちばん容疑者から遠い男ですよ。あまりにも怪しいところがないから、心の奥底に悪魔はだしの奸智を隠しているのではないかと言う人もいるほどで。失礼、もう職務質問されたのですか。であれば、忘れてください」

「バーナビーに戻りましょう。どういういきさつでバーナビーがあの絵を描くことになったのか、いつ描いたのか、あるいはほかのことでも、何か知りませんか」

「一、二年前に描いたのだと思います。なぜ憶えているかというと、あれが彼のアトリエで最大のキャンバスだったからです。目隠しや仕切りが必要なときには、あれを立てて代用していました。何を表わしているのかと本人に尋ねたことがあります。答えは〝見たことのないものを想像して描いた〟でした。フランス語の題がついていました。〈塩の山《ダン・ロンブル・》の陰にて《デ・モンターニュ・デュ・セル》〉とかなんとか」そこで、まだ火のついていない煙草をケースに打ち当てる手を止めた。詮索好きの活発な頭脳がまた働きだしていた。「そうだ、思い出した！バーナビーはこう言ったんです。〝気に入らないか？ グリモーはこれを見たとき、ぎょっとしてたよ〟」

「なぜ？」

「考えもしませんでした。何かの冗談か自慢話だろうと思ったのです。そう言いながら笑っていたので。バーナビーはそういう男です。しかし、その絵はアトリエに長いこと置きっぱなしで、塵が積もっていました。だから、グリモーが金曜の朝に飛びこんできて、欲しいと言ったときには驚いたのです」

ハドリーがすかさず身を乗り出した。「あなたはそこにいたのですね？」

「アトリエに？　ええ。別の理由で立ち寄っていたのです。どんな理由か忘れましたが、とにかくグリモーが乗りこんできて――」

「あわてた様子で？」

「そうですね、いや、ちがうか。興奮して、というほうが近いかな」ペティスは思い出しながら、ハドリーのほうをこっそりうかがった。「グリモーは、あの機関銃のような勢いで〝バーナビー、きみの塩の山の絵はどこだ？　あれが欲しい。値段はいくらだ？〟と言いました。バーナビーはおかしな目つきで彼を見て、よたよた歩いてくると、絵を指差して、〝欲しいならあげるよ。持っていくといい〟と言いました。するとグリモーは、〝いや、使い途があるのだ。どうしても買いたい〟と言って、バーナビーが十シリングなどという馬鹿げた値段を示すと、厳粛な態度で小切手帳を取り出し、十シリングと書きこみました。ほかには、書斎の壁にその絵をかける場所があると言っただけでした。以上です。そのあとグリモーが絵を階下に運び、家に持ち帰れるように私がタクシーを呼んで……」

「その絵は包まれていたかね？」フェル博士がいきなり質問し、鋭い口調にペティスは跳び上がった。

ペティスのいまの話に、フェル博士は、真剣に集中してとは言わないまでも、どのときより興味を示していた。背を丸めて顔を突き出し、ステッキに両手をのせて固く握りしめているのを、ペティスは不思議そうに見た。

「どうしてそんなことを訊くんです。ちょうどこれから話そうとしていたところでした――絵を包むときにグリモーがひと悶着起こした件について。紙が欲しいとグリモーが言うと、バーナビーが〝こんなに大きな絵を包む紙が、どこで手に入るというんだい。恥ずかしがることはない。そのまま持っていけばいい〟と応じました。しかしグリモーは、階下におりてどこかの店で茶色の紙を何メートルも仕入れてこいとうるさくて、バーナビーはずいぶん煩わしいと思ったようでした」

「グリモーがそこから絵を持ってまっすぐ家に帰ったかどうか、知らないね？」

「ええ……額に入れてもらうのだろうとは思いましたが、確かめてはいません」

フェル博士はうなり声をあげて椅子の背にもたれ、ペティスが話の種を提供したにもかかわらず、それ以上質問しなかった。ハドリーはその先もしばらく質問したが、ランポールにわかる範囲で重要な事実は何も出てこなかった。ペティスは彼自身について訊かれると慎重になったが、隠すべきことはほとんどないと言った。グリモーの家庭内に不和はなかったし、マンガンとバーナビーの鞘当てを除いて仲間内の摩擦もなかった。バーナビーはロゼット・グリモーより三十近く歳上だが、彼女に強い関心を抱いている。消極的なくせに、嫉妬深い。グリモー博士はこの事態について何も語らず、あえて言えば競争をあおるほうだったが、ペティスが見たかぎり、バーナビーがマンガンに争いを挑んだことはなかった。

「しかしながら、皆さん、おわかりになると思います」ビッグベンが十時を打つと、ペティスは辞去しようと立ち上がりながら、結論に入った。「これらはすべて枝葉の問題です。今回の激情の犯罪《クリム・パシオネル》をわれわれのグループの誰かと結びつけることは困難でしょう。金銭面について私のほうから話せることもあまりありません。グリモーはかなり裕福だったと思います。たまたま知ったのですが、彼の事務弁護士はグレイ法曹院のテナントとウィリアムズで……ところで、この憂鬱な日曜日、ごいっしょに昼食でもいかがですか。私はちょうどラッセル・スクウェアの向かい側に住んでおります。インペリアル・ホテルに十五年間、スイートルームを借りているのです。あのあたりの捜査をなさっているのですから、便利かもしれない。それに、もしフェル博士が怪談について議論されたいのであれば——」

そう言って微笑んだ。ハドリーが断わるまえに博士が招待に応じ、ペティスは来たときよりはるかに意気揚々と去っていった。その後、一同は互いに顔を見合わせた。

「どうです?」ハドリーが不満げに言った。「私には、正直に話しているように見受けられましたが。もちろん裏は取ります。なるほどと思った重要な点は、彼らのうちの誰であれ、当人がいなければかならず目立つ夜に、なぜわざわざ犯罪を起こさなければならないのかです。話題の男、バーナビーを追ってはみますが、やはりはずれということになりそうだ。あの理由だけでも……」

「天気予報では雪は降らないことになっていた」フェル博士はまだこだわっていた。「ハドリー、それですべてがバラバラだ! 事件全体がひっくり返ってしまった。だがわからないのは……カリオストロ通りだ! カリオストロ通りに行こう。どんな場所だって、こんな暗いところよりいい」

博士はいきなり立ち、マントとシャベル帽のところへどすどすと歩いていった。

13　秘密の部屋

その灰色の冬の日曜の朝、ロンドンは幽霊が出そうなほど何キロにもわたって人気《ひとけ》がなかった。このときハドリーの車が進入したカリオストロ通りは、永遠に目覚めないかに見えた。

フェル博士が言ったとおり、カリオストロ通りには、ほかの通りからあふれ出した薄汚い店や下宿屋が細々と立ち並んでいた。狭く長い主要路のラムズ・コンデュイット通りにつながる〝淀み〟である。ラムズ・コンデュイット通りは、それ自体が商店街で、北は兵舎のように鉄格子のはまった窓が並ぶ閑静なギルフォード通りまで、南は交通の大動脈のシオボールド通りまで伸びている。そのギルフォード通りに近い西側、文具店と精肉店のあいだに隠れるようにして、カリオストロ通りの入口があった。ほとんど路地と変わらず、標識をしっかり探していないと見すごしてしまうが、そのふたつの建物を越えるといきなり道幅が意外なほど広がって、そこからまっすぐ百八十メートルほど続いたあと、何もない煉瓦の壁に突き当たる。

こういう隠れた通りや、人をだます幻視の魔法が創り出す何列もの家並みの不気味な雰囲気は、ロンドンの街を徘徊するランポールの頭から離れることがなかった。自分の家から出ると、まえの通りがなぜか一夜にして様変わりし、初めて見る家々から他人のにやついた顔がのぞいているといった感覚だった。ランポールは、通りの入口にハドリーとフェル博士と並んで立ち、その先に眼を凝らした。あふれ出した店は通りの両側に少ししか続いていない。どこもシャッターがおりていて、ウィンドウには折りたたみ式の鉄格子が引かれている。攻撃者を寄せつけない砦と同じく、顧客を寄せつけない風情だった。金メッキの看板さえ客を拒んでいるように見えた。ウィンドウの美しさもさまざまで、右側のいちばん遠い宝石店のウィンドウは明るく輝いているが、同じ側のいちばん近い煙草屋のそれは灰色に汚れていた。煙草屋は、大昔の煙草のようにぱさぱさに干からびて縮み、もはや聞いた記憶もないニュースの見出しののった掲示板の陰に隠れている。両側の店の先には、殺風景な暗い赤煉瓦の三階建てが並んでいて、窓枠は白か黄色、いくつかの（一階の）窓に引かれたカーテンは華やかなレースだった。建物はみな煤けた暗い色合いで、あたかもひとつながりの家のようだった。唯一そうではないとわかるのは、それぞれの家の地下の勝手口から玄関前まで鉄柵が伸びていることで、その柵には家具つきの部屋を広告する看板がついていた。家並みの上には、重苦しい灰色の空を背景に煙突が黒々と立っている。雪は融けてところどころ灰色に残っていたが、身を切るような風が通りの入口から吹きこみ、捨てられた新聞が飛ばされて、街灯のまわりでカサカサ音を立てていた。

「愉快だな」フェル博士は不満げに言った。博士が足を踏み出すと、通りに足音がこだました。「さあ、注目を集めるまえに、すべて片づけてしまおう。フレイが撃たれた場所を教えてもらえるかね。いや待て！　まず彼はどこに住んでいた？」

ハドリーが近くの煙草屋を指差した。

「あの階上《うえ》です。言ったとおり、通りに入ってすぐでしょう。あとで上がります。ソマーズの報告では、何も見つからなかったということだけれど。さあ、ついてきて。通りのほぼまんなかです……」ハドリーが先に立ち、一歩で一メートルを測りながら歩いた。「歩道の雪かきと、轍《わだち》のついた車道はこのあたりで終わる。五十メートル足らずかな。ここからは何も跡がついていない雪だった。そして、あと五十メートルほど、かなりなかに入ったところ……ここです」

ハドリーは立ち止まり、ゆっくりと振り返った。

「通りの半分あたり、車道のまんなかです。道がどのくらい広いかわかるでしょう。ここを歩いていると、両側のどの家からもゆうに十メートルは離れている。もし彼が歩道を歩いていたのなら、誰かが家の窓や勝手口から身を乗り出し、竿の先か何かに銃をくくりつけて撃ったというような大胆な推理も――」

「ありえない！」

「そう、ありえない。だが、ほかに何が考えられます？」ハドリーは少し激しい口調で訊き、ブリーフケースを大きく振った。「あなた自身が言ったように、ここに通りがある。単純明快、不可能だ！　そういうまやかしがなかったのはわかりますが、だったら何があったのか。目撃者も何も見ていない。何かあったのなら、まちがいなく見ているはずなのに。いいですか。いまいる場所に立ったまま、同じ方向を見ていてくださいよ」ハドリーはさらにいくらか奥へと歩き、家の番号を確かめたあとで振り返って、右側の歩道に移った。「ここが、ブラックウィンとショートが叫び声を聞いた場所です。あなたはそこの通りのまんなかを歩いている。私はあなたよりまえにいる。さっと振り返ると――というわけです。どのくらい離れていますか」

ふたりから距離を置いていたランポールが見ると、通りの中央にぽっかりと空いた長方形のなかに、巨体のフェル博士が立っていた。

「今度はもっと短い」フェル博士がシャベル帽を押し上げて言った。「そのふたりは十メートルも離れていなかった。ハドリー、これは想像以上に奇妙だな。彼は雪の砂漠のまんなかにいた。それなのに彼らが銃声を聞いて振り返ると……ふむ……おほん……」

「まさに。次は明かりです。フレイ役を続けてください。あなたの右側、やや前方の18番と書かれたドアの向こうに街灯がある。少しうしろのやはり右側に、宝石店のウィンドウがあるでしょう。そう。そこに明かりが灯っていた。さほど明るくはないが、とにかくあった。さて、フレイに誰が近づいたのであれ、私がいるこの場所に立っていたふたりが、見まちがえる可能性はありますか」

ハドリーの声が大きくなり、通りが皮肉なこだまを返した。捨てられた新聞紙がまた風の渦に捕まって、見る間に飛んでいった。風はトンネルのなかを通るように、うつろな咆哮をあげて煙突のまわりを吹き抜けていった。フェル博士の黒いマントが翻り、眼鏡についたリボンが激しく躍った。

「宝石店——」博士はくり返して、見つめた。「宝石店！　そしてそこに明かり……誰か店にいたのかね？」

「いいえ。ウィザーズも同じことを考えて見にいきましたが、展示用のライトでした。ウィンドウとドアのまえには、いまみたいに鉄格子が引かれて、誰も出入りできなかった。それに、フレイからは遠すぎた」

フェル博士は首をそちらに伸ばし、歩いていって、厳重に守られたウィンドウのなかをしかつめらしくのぞきこんだ。安物の指環と時計を並べたビロード敷きのトレイ、燭台が一列、そして中央に、丸い蓋つきの大きなドイツ時計が飾られていた。太陽の顔を象った文字盤の上をふたつの眼が動くもので、ちょうど十一時の鈴の音が鳴るところだった。フェル博士は動く眼を見つめた。それらはまるで、人ひとりが殺された現場を嘲り、おもしろがっているような不愉快な印象を与え、カリオストロ通りにおぞましさを加えていた。

フェル博士は巨体を揺すって通りのなかほどに戻った。

「だが」博士は言った。まだ意固地に議論を続けたいかのようだった。「それは通りの右側だ。フレイは背中の左側から撃たれている。攻撃者は左から近づいた……あるいは、少なくとも空飛ぶ拳銃が左から飛んできた……と考えざるをえまいが、だとすると……わからん！　たとえ殺人者が雪の上に足跡をつけずに歩けるとしても、どこから来たかぐらいはわかるはずではないか？」

「ここから来たのです」声が言った。

風が吹き、ことばが彼らのまわりを舞ったように思えた。空中から湧いて出たかのように。風の強い薄明かりのなかで、一瞬、ランポールはチャターハム牢獄事件（『魔女の隠れ家』）のときより激しい動揺を覚えた。ものが飛びまわる狂った幻覚を起こし、前夜、実体のない殺人者の囁きをふたりの目撃者がまさに聞いたように、透明人間のことばが聞こえた。そして一瞬、何かに喉をつかまれた――が、振り返ると原因がわかって、気が抜けた。赤ら顔で山高帽を深々とかぶった（そのせいで不吉な雰囲気の）太り気味の若者が、18番のドアから出てきて、階段をおりてくるところだった。彼は大きな笑みを浮かべて、ハドリーに敬礼した。

「彼はここから来たのです。私はソマーズです。憶えておられますか、死んだフランス人が殺されたときにどこへ行くつもりだったのか調べろと言われました。そして、捜索中の男のような風変わりな間借人がいる家主を見つけろと……とにかく、風変わりな間借人は見つけました。さほどむずかしくはありませんでした。彼はここから来たのです。お話し中、失礼しました」

ハドリーは、部下の登場に気まずくなるほど驚いたことを隠そうとしながら、小声で労をねぎらった。その家の玄関を見やると、もうひとり、ためらいがちに立っている人物がいた。ソマーズが警視の視線をたどった。

「あ、いいえ、彼ではありません」彼はまたにっこりと笑った。「あれはミスター・オルーク、昨日の夜、演芸場から来て、フランス人の確認をしてくれた人です。今日もちょっと手伝ってもらいました」

その人物が暗がりから出て、階段をおりてきた。分厚いコートを着ているのに、ほっそりしている。痩せてたくましく、足の指のつけ根ですばやくなめらかに歩くところを見ると、おそらく空中ブランコか綱渡りをする男だ。明るく人がよさそうで、身ぶりをするのに空間が足りないかのように、少し反り返って話す。肌の色が浅黒く、イタリア人を思わせた。鉤鼻の下に立派な黒い口ひげを蓄え、カールした両端を蠟で固めているので、ますますそう見える。口の端に大きく曲がったパイプをくわえ、さもうれしそうにぷかぷかやっていた。しわの寄った眼は、ユーモアをたたえて青く光っていた。オルークは、丁寧な造りの薄茶色の帽子を押し上げて自己紹介した。これが例のイタリアの名前を持つアイルランド人だったが、アメリカ人のような話し方をして、じつはカナダ人だと言った。「オルークという名前です、はい」彼は言った。「ジョン・L・サリヴァン・オルーク。誰か私のミドルネームを知りませんかね。ほら、この手の名前のなかで――」ぐっと身構えて、中空に右のパンチを放った。「いちばんすばらしいやつです（十九世紀末のアメリカで、ジョン・ローレンス・サリヴァンという〈ヘビー級チャンピオンが活躍した〉）。私は知りません。親父も名づけたときには知りませんでした。〝L〟しかわからない。口出しなんかして、お邪魔でなけりゃいいんですが。ご承知のとおり、ルーニーとはつき合いがありまして――」そこでことばを切り、にやりとして、口ひげをひねった。「わかりました、皆さん！　この長いひげを見ておられる。みなそうなのです。あの忌々しい歌のせいですね。おわかりでしょう。あの歌に出てくる男みたいに見えるといい、と上のほうが思ってまして。あ、もちろん本物です」引っ張ってみせた。「どこにもつけ毛は入ってません、ね？　これはいかん、お邪魔だという話をしたばかりでした。仲間のルーニーのことは本当に残念で……」顔が曇った。

「邪魔どころか」ハドリーが言った。「こんなふうにご協力いただいて、ありがたいと思っています。これで私も劇場に出向かなくてすむし――」

「いまは働いてませんよ」オルークは暗い顔で言った。長いコートの袖から左手を突き出すと、手首にはギプスがはまって包帯が巻かれていた。「ちょっとでも思慮分別がありゃ、昨日の晩はルーニーについていったんですけどね。だけど、どうかお気になさらず、お仕事を……」

「そう。こちらへ来ていただけますか、警視」ソマーズが厳粛な面持ちで割って入った。「警視にお見せしたいものがあるのです。お話ししたいことも。一階にいる家主がいま身支度してまして、問題の賃借人について話すそうです。捜している男にまちがいありません。ですが、まず彼の部屋を見てもらいたいと思います」

「部屋に何があった？」

「血です、手始めに」ソマーズは答えた。「それから、とても変わったロープも……」ハドリーの顔を見ながら、表情は満足そうだった。「そのロープにも、ほかのものにも興味を持たれると思います。この男は泥棒です——少なくとも、道具を見るかぎり、なんらかの悪人です。ドアには特別な鍵をつけていました、ミス・ヘイク（家主です）が入れないように。しかし、私が鍵のひとつを使って開けたのです——何も法律には違反していません。問題の男はあそこを引き払ったようです。ミス・ヘイクによると、しばらく借りていたようですが、このごろは一、二度使っただけで……」

「行こう」ハドリーが言った。

一同が入ると、ソマーズは玄関のドアを閉め、先頭に立って暗い廊下を歩き、四階に上がった。その家は間口が狭く、各階が奥行きいっぱいまで、家具つきのひとつのフラットだった。最上階のドア——屋根に上がる梯子の近く——が開いていて、通常の鍵穴の上に追加した錠が光っていた。ソマーズは、三つのドアがついている暗い廊下に彼らを案内した。

「まずここから」彼は左手の最初のドアを指差した。「バスルームです。電気メーターに一シリングを入れないと明かりがつきませんでした——どうぞ!」

スイッチを入れた。薄汚い小部屋を改装したバスルームだった。壁にはタイルを模した光沢紙、床にはすり切れたオイルクロス。錆びた大きな給湯タンクが壁についている浴槽。洗面台の上にはゆがんだ鏡があり、床に洗面器と水差しが置いてあった。

「一応、きれいにしようと努力したようです」ソマーズは続けた。「ですが、排水したあと、バスタブに赤っぽい跡が残っているのが見えるでしょう。あそこで手を洗ったのです。そして、この洗濯物入れのうしろに——」

悦に入ったドラマティックな仕種で、ソマーズは洗濯物入れをどかし、うしろの埃のなかに手を伸ばして、まだ湿っぽいフェイスタオルを取り出した。タオルにはくすんだピンクの染みが点々とついていた。

「彼はそれを濡らして、自分の服をふいたのです」ソマーズはうなずきながら言った。

「よくやった」ハドリーが低い声で言った。渡されたフェイスタオルを確かめ、フェル博士をちらっと見て微笑み、回収品を置いた。「さあ、別の部屋に移ろう。そのロープとやらが見たい」

電灯の不快な黄色い光のように、誰かの個性が残りの部屋を満たしていた。オルークの吸う強い煙草の煙をもってしてもなかなか消せない、冷たい化学臭のようでもあった。そこはいろいろな意味で〝隠れ家〟だった。表に面した部屋の窓には厚いカーテンが引かれていた。天井の強力な明かりの下、広々とした机に、頭が丸かったり、先が曲がっていたりする鉄や針金の小さな道具一式と（ハドリーが「錠前破りか？」と言って口笛を吹いた）、はずしたさまざまな錠、書きつけの束が置いてあった。すぐれた倍率の顕微鏡、ガラスのスライドを収めた箱、化学物質の作業台にはラベルつきの試験管が六本立ったラック。壁の一面は本棚で、部屋の片隅に小さな鉄の金庫があり、それを見たハドリーは驚きの声を発した。

「もし彼が泥棒なら」警視は言った。「長年見たなかで、いちばん現代的で科学的な泥棒だな。こんな技がイギリスで知られているとは思わなかった。あなたはこういうことを聞きかじっているでしょう、フェル。見てわかります？」

「上に大きな穴があいています」ソマーズが口を出した。「ブローパイプを使ってあけたのなら、いままで最高にきれいなアセチレン切断ですよ。彼は――」

「ブローパイプではない」ハドリーが言った。「もっときれいで簡単だ。クルップの調合薬を使ったのだ。私は化学には強くないが、粉末アルミニウムと酸化第一鉄だと思う。それを金庫の上で混合し、そこに――なんだったかな――粉末マグネシウムを加え、マッチで火をつける。爆発はしないが、数千度の熱が発生して、金属を溶かし、きれいな穴があく……そこの机に金属製のチューブがあるだろう？　警視庁のブラック・ミュージアムにもあるものだ。ディテクタスコープ、あるいは魚眼レンズといって、魚の眼のような半球に光が屈折して入る。壁の穴に入れると、隣の部屋で起きていることをすべて見ることができる。これをどう思います、フェル？」

「ふむ、そう」博士は言った。どれもたいしたものではないと思っているかのように、気のない視線を送っていた。「これが意味することを汲み取ってほしいね。謎は、つまり――――だが、ロープはどこにある？　そのロープとやらに非常に興味があるのだが」

「別の部屋です。裏にもうひとつあります」ソマーズが言った。「豪華に飾っていまして、東洋ふうに……おわかりですね」

住人は長椅子《ディヴァン》のつもりだったのだろう。ことによると、婦人部屋《ハーレム》を作るつもりだったのか。あざやかな色のカウチや、壁かけ、飾り房、安っぽい装飾品、武器の数々には、偽のトルコ趣味のけばけばしさと謎めいた感じがあった。とはいえ、こういう場所でこういうものを見れば、びっくりして本物と信じてしまいそうになる。ハドリーがさっとカーテンを開けた。冬の日差しとともにブルームズベリーの景色が飛びこんできて、幻想的な部屋が不健康に思われた。ギルフォード通り沿いの家々の裏側、舗装された空き地、小児病院の裏手につながる曲がった路地が見えた。しかし、ハドリーはゆっくり眺めもせず、長椅子の上にあったひと巻きのロープに飛びついた。

細いが非常に強く、六十センチおきに結び目が作られたふつうのロープだが、片方の端に奇妙な道具がついていた。コーヒーカップより大きい、黒いゴム製のコップのように見え、非常に丈夫で、口のところは車のタイヤのように硬かった。

「おお！」フェル博士が言った。「見たまえ、それはもしや――？」

ハドリーがうなずいた。「話に聞いたことはありますが、実物を見たのは初めてです。実在するとも思っていませんでした。ほらここ！　これは吸盤ですよ。子供の玩具に似たようなのがある。バネ式の玩具の拳銃から表面のなめらかなボードを狙って矢を放つと、矢の先端についた柔らかいゴムの吸盤から空気が抜けて、ボードにくっつく」

「つまり」ランポールが言った。「泥棒がそれを壁に押しつけてロープを張ると、吸着力が体重を支えてくれるというのですか」

ハドリーはためらった。「そういうふうに使えると聞いただけで、実際にうまくいくかどうかは――」

「でも、どうやってはずすんです？　たんにロープを張ったまま立ち去るのですか」

「もちろん協力者が必要だ。この端の部分を押せば空気が入って、壁から離れる。たとえそうだとしても、実際に使えるのかどうか――」

困惑顔でロープを見ていたオルークが咳払いをした。口からパイプを取って、もう一度咳払いし、注意を惹いた。

「皆さん」しわがれた自信あふれる声で言った。「お邪魔はしたくないのですが、それはまがいものだと思いますよ」

ハドリーがさっと振り返った。「どうして？　これについて何か知っているのですか」

「賭けてもかまいません」オルークはうなずき、パイプを空中に突き出して強調した。「これはルーニー・フレイが持っていたものです。ちょっと見せてもらえますか。まあ、ルーニーのものだと宣誓はしませんがね。この部屋にはおかしげなものがたくさんある。でも――」

ロープを手に取り、ゆっくりと指をすべらせていって、まんなかで止めた。そしてウィンクし、満足げにうなずいた。指をくるくると動かし、突然、奇術師のように両手を離すと、ロープはふたつに切れた。

「ほーら、やっぱり。ルーニーが奇術で使うロープだと思ったんです。ここが見えます？　ねじこみ式になってる。一方にネジ、もう一方により糸がついていて、ひねると、木にネジを取りつけるときみたいに入っていくんです。つなぎ目は見えない。どこをどういじろうと、どれだけ力を加えようと離れません。わかります？　観客の何人かが、これで奇術師――まあいろいろ呼び方はありますが――を縛って、縦型の箱のなかに入れる。ロープのつなぎ目は奇術師の手の上を横切る。彼が抜け出せないように、外のお客はロープの両端を握っている。わかりますね？　でも奇術師は歯でこのネジをはずして、両膝でロープをぴんと張っておき、箱のなかでありとあらゆるものを取り出すわけです。びっくり！　どうして？　地上最高のショー！」オルークはしわがれ声で言った。一同ににっこりと微笑んで、パイプをまたくわえ、大きく吸いこんだ。「ええ、それはルーニーのロープです。何を賭けたってかまいません」

「疑うわけではないよ」ハドリーが言った。「だが吸盤は？」

オルークはまた少しのけぞって、身ぶりをする空間を作った。

「うーん、奇術の種を仕込むときにはみなそうですが、ルーニーも秘密にしてましたからね。ですが、奇術のショーや準備にいつも接していると、どうしても注意して見るようになるもので……いや、誤解しないでくださいよ。ルーニーの奇術は最高でした。本気です。このロープは定番だから、みんな知ってるんです。そういえば、ルーニーがやろうとしてたことがひとつありました……インドのロープの奇術はご存知でしょう？　托鉢僧がロープを空中に放り投げると、ピンと立って、少年がそこをのぼっていき——ふっと消えてしまう。どうです？」

彼が手を振りまわすと、煙の雲が渦を巻いて上がり、消えた。

「こうも聞いておる」フェル博士がまばたきしながらオルークを見て言った。「それが演じられるのは誰も見たことがないと」

「そう！　まさに！　そのとおりです！」オルークはその指摘に、待ってましたとばかりに飛びついた。「だからこそルーニーは、その方法を考案してたんです。できたかどうかはわかりませんよ。その吸盤は、ロープを投げ上げたときにどこかにくっつけるためだと思います。どうやるのかは訊かないでください」

「そして、誰かがのぼる？」ハドリーが重々しく言った。「のぼって、消える？」

「まあ、子供がね――」オルークは手を振ってその考えを退けた。「でも、これだけは言えます。あなたがお持ちのそれは、とても大人の体重は支えられません。皆さん！　なんなら私が試してみましょうか。窓から飛び出していってもかまいませんが、首がへし折れても困りますんで。それに、この手首がどうにもならない」

「それでも、充分な証拠は得られたと思う」ハドリーが言った。「ここの住人は逃げたというのか、ソマーズ？　人相風体は？」

ソマーズはこの上なく満足してうなずいた。

「簡単に捕まえられると思います、警視。彼は〝ジェローム・バーナビー〟という名前を使っています。おそらく偽名ですが、はっきりわかる特徴があります――内反足なのです」

14　教会の鐘の手がかり

次に生じた音は、埃も震わすフェル博士の大笑いだった。吹き出すどころではなく、爆笑したのだ。赤と黄色の長椅子に腰をおろし――椅子はたわみ、警告するように軋んだ――うれしそうに笑い声を響かせて、ステッキの先を床にぶつけた。

「やられた！」フェル博士は言った。「こいつはやられたよ、諸君！　へっ、へっ、へっ。幽霊はポンと消えた。証拠もポンだ。いやはや！」

「やられた、とはどういうことです」ハドリーが訊いた。「現行犯逮捕に何も可笑しいことなどないけれど。これだけそろって、バーナビーが犯人だと思わないのですか？」

「彼は完全に潔白だと確信した」フェル博士は言った。笑いが少しおさまると、赤いバンダナを取り出して、眼をふいた。「もう一方の部屋を見たときに、こういうものが見つかるのではないかと怖れていたのだ。夢のようにすばらしい証拠だろう。バーナビーは謎を持たないスフィンクスだ。犯罪のない犯罪者――少なくとも、この種の犯罪はね」

「説明してもらえませんか」

「よかろう」博士は機嫌よく言った。「ハドリー、この部屋全体を見て、何を思い出すか言ってみたまえ。秘密の隠れ家をこんなに臨場感たっぷりに、ロマンティックに飾り立てている泥棒や何かの犯罪者を、たとえひとりでも知っているかね？　机の上に錠前破りの道具や、不気味な顕微鏡や、怪しげな化学薬品なんかを並べて？　本物の泥棒、どんな種類であれ本物の犯罪者は、自分のねぐらを教区委員の部屋よりきちんと整頓しているものだ。この陳列は、泥棒ごっこをしている者すら連想させない。だが、ちょっと考えれば、きみにもわかるはずだ。百もの小説や映画のなかに出てこなかったかね？　私にはわかる」博士は説明した。「私自身、この雰囲気が大好きだからだ。たとえ芝居がかっているとしてもね……これはおそらく、探偵ごっこだ」

ハドリーははっとして、顎をなでながら考えはじめた。まわりを見た。

「子供のころ」フェル博士はさも愉しそうに続けた。「自分の家に秘密の通路があればいいのにと思わなかったかね？　あげくに屋根裏部屋の穴を秘密の通路に見立てて、蠟燭片手になかに入りこみ、家を火事にしかけたとか？　〝偉大なる探偵〟を演じて、どこか秘密の通りの秘密の部屋で、偽名を使って命がけの研究をしたいと思ったことは？　バーナビーは熱心な素人犯罪学者だと誰かが言わなかったか。彼は本を執筆していたのかもしれない。いずれにせよ、大人になった子供の多くがやりたいと思うことを、いくらか高度な方法でやる時間も金もある。彼は自分の分身を創り出したのだ。それもこっそり。仲間に知られたら大笑いされるのが落ちだから。ロンドン警視庁の猟犬たちは、容赦なく彼の命がけの秘密を暴いたわけだ。そして、彼の命がけの秘密はジョークだった」

「ですが——！」ソマーズが悲鳴のような声で抗議した。

「待ちなさい」ハドリーが考えながら言い、手で黙らせた。怒りかけた疑いの表情でもう一度、部屋のなかを見まわした。「たしかに、見た目が説得力に欠けるのは認めます。どこか映画のセットのようだ。しかし、バスルームの血とこのロープはどうなります？　このロープはフレイのものですよ。そして血は……」

フェル博士はうなずいた。

「ふむ、そうだな。誤解しないでくれよ。この部屋が今回の事件でなんの役割も果たしていないと言っているのではない。バーナビーのけしからん二重生活に重きを置きすぎないようにと警告しているだけだ」

「そこはすぐに調べます。それから」ハドリーは怖い声で言った。「もし彼が殺人者だったら、泥棒としての二重生活がどれほど潔白だろうと、容赦はしませんからね。ソマーズ！」

「はい」

「ミスター・ジェローム・バーナビーのフラットに行ってみてくれ。ああ、ややこしいのはわかるが、もうひとつのほうだ。住所は手元にある。ふむ。ブルームズベリー・スクウェア、13Aの三階だ。いいな？　ここに連れてきてくれ。口実はなんでもかまわない、とにかく来させるように。この場所なり、ほかのことについて訊かれても、いっさい答えないこと。わかったな？　あと、階下《した》におりたら、家主に早くしろと言ってもらえるか」

ハドリーは家具の角を蹴ったりしながら、部屋のなかを歩きまわった。まごつき意気消沈したソマーズは急いで出ていった。坐って、にこにこと興味深そうに見ていたオルークが、パイプを振った。

「皆さん。私は猟犬が犯人を追跡するところを見たいと思いますよ。バーナビーって人が誰か知りませんが、すでにあなたがたが知ってる人のようですね。何か私に訊きたいことがありますか。ルーニーについて知ってることは、ソマーズ巡査部長——でしたっけ——に話しましたけど、ほかに何か……？」

ハドリーは大きく息を吸い、また肩をいからせて仕事に取りかかった。ブリーフケースの書類を読んだ。

「これはあなたの供述ですね？」ざっと読み上げて、「何かこれに追加することはありますか。彼の弟がこの通りに部屋を借りているのは確かですね？」

「はい、ルーニーはそう言いました。やつがこのあたりをうろついているのを見たと」

ハドリーはさっと眼を上げた。「それとこれとはちがうね。本当に言ったのはどっちですか」

オルークはこれを屁理屈ととったようだった。もぞもぞして言った。「いや、それはあとで言ったんですよ。〝やつはあそこに部屋を持っている。このあたりをうろついているのを見た〟というふうに。本当にそう言いました！」

「だが、確信はないんだね？」ハドリーは訊いた。「もう一度よく考えて！」

「ああもう、考えてますとも！」オルークはあんまりだという口調で言い返した。「カリカリしないでください。こっちはあまり気にせず、どんどん説明する。するとそのあと質問されて、一言一句正確にくり返せないと、どうやら嘘をついていると思われる。申しわけありませんが、旦那、私はこれで精いっぱいです」

「彼の弟について何を知っています？　あなたはフレイの知り合いだった。フレイは何を話しました？」

「なんにも！　ひと言も話しませんでした。勘ちがいしないでください。誰よりもルーニーを知ってたといっても、あいつについて何か知ってたわけじゃないんです。誰も知らない。会ってみりゃわかりますよ、あいつはいっしょに何杯か飲んだくらいで、打ち解けたり、自分のことを話したくなったりする相手じゃありません。ビール数杯でドラキュラとつき合えってなもので。いや待った！　見た目がドラキュラに似てるってことですよ。それだけです。ルーニーは、あれでなかなかいいやつでした」

ハドリーは考え、進むべき方向を決めた。

「いま抱えているいちばんの問題は——想像がつくでしょうが——不可能状況です。新聞で読んだでしょう?」

「ええ」オルークは眼を細めた。「どうして私に訊くんです?」

「ある種の錯覚か手品のようなものが、ふたりの殺人に使われたにちがいない。あなたは奇術師や脱出マジックの達人を知っているという話だ。どういう方法でやってのけたか、思い当たるトリックはありませんか?」

オルークは丹精こめた口ひげの下で真っ白い歯を見せて笑った。眼のまわりの愉快そうなしわが深くなった。

「ほう、なるほど! そうなると話がちがいます。まったくちがいますね。いいですか、正直に話しましょう。あのロープを使って窓から飛び出すと言ったときに、あなたの変化に気づきましたよ。アイデアが浮かんできたんじゃないかと思いました。どうです? 私について」くすくす笑った。「忘れてください! ロープであんな離れ業をやれるのは奇跡の男だ、たとえロープを持っていて、足跡を残さずに歩けるとしても。ですが、もう一件の事件については……」オルークは眉根を寄せて、パイプの柄で口ひげをなで、部屋の奥を見つめた。「こういうことです。私は専門家じゃありません。その手のことにくわしくはないし、知っていてもほとんど口外しない。つまり」——手を振って——「ある種の職業的礼儀ですね。おわかりになりますか。それに、鍵のかかった箱から抜け出すとか、消えるとか、そういうことについては……なんというか、話すのもやめてしまいました」

「なぜ？」

「なぜって」オルークは大げさな身ぶりで言った。「ほとんどの人は、種明かしをされると心底がっかりするからです。まず、その種《たね》があまりに気が利いていて単純だから――本当に笑えるほど単純なのです――そんなものに自分がだまされたと信じたくないんでしょうね。〝なんてこった！　聞かなきゃよかった。ひと目でわかったはずなのに〟というわけです。あるいは、協力者が必要なトリックという第二の可能性もある。すると人々はますますがっかりするのです。〝だって、誰かが助けてくれるんだったら――！〟という感想です。まるで、協力者がいればなんだってできるというふうに」

　思い出しながらパイプを吸った。

「人とはおかしなものです。奇術を見に出かけて、奇術をお見せしますと言われ、見るために入場料も払う。それなのに、何かおかしな理由から、それが本物の魔法でないことを知らされると怒るのです。自分たちが調べた、鍵のかかった箱やロープで縛られた袋から誰かが抜け出した方法を聞くと、目くらましだったことに腹を立てる。だまされたのがわかると、ずるいごまかしだと言う。でもいいですか、そういう単純なトリックを考え出すのには頭脳が必要なんです。脱出の達人になるには、冷静で、強靱で、経験豊富で、電光石火のようにすばやくないといけない。ですがみんな、目と鼻の先で人をだますのには知恵がいるってことを、考えてもみないんだ。脱出のトリックを、何か本物の魔法みたいな妖しいものにしたいんだと思いますね。神のましますは地上では誰にもできないような。でも、生きた人間で、自分をハガキみたいに薄っぺらにして細い隙間から抜け出したり、鍵穴をくぐり抜けたり、木の板を通り抜けたりできるやつはいませんよ。例をあげましょうか?」

「続けたまえ」ハドリーは興味深そうに相手を見ながら言った。

「わかりました。まず二番目のほうから。ロープで縛って封じた袋のトリックです。ひとつの方法ですがね(原注 J・C・キャネル氏の驚嘆すべき本を参照)」オルークは愉しんでいた。「演者が登場する。なんなら観客がまわりを取り囲んでもかまいません。そこに人が立って入れるほどの、軽くて黒い綿モスリンか綿繻子の袋がある。演者が袋に入る。助手がその端を持ち上げて、口から十五センチのところを絞り、長いハンカチでしっかりと縛る。観客は好きなだけ結び目を追加できます。それから結び目全体を蠟で固め、封印を押す……なんでもかまいませんが。そこでジャーン! 演者のまわりに幕が引き上げられ、三十秒後、彼は外に出て歩いている。結び目はほどけていないし、蠟も印もそのままの袋を腕から垂らして。ハイホー!」

「それで?」

オルークはにやりとして、また口ひげを見せびらかし(口ひげいじりを、やめられないようだった）、長椅子の上に寝転がった。

「さて、皆さん、ここで私は殴られるのです。じつは、外見がそっくりの袋がもうひとつあって、それをあらかじめ演者がたたんでチョッキのポケットに押しこんでいた。演者はいったん最初の袋のなかに入って揺すったり引っ張ったりし、助手がそれを頭上に引き上げる——はい、そこで第二の袋の登場です。その口の部分が最初の袋から十五センチかそこら押し出されると、最初の袋の口そのものに見える。助手がそれをつかみ、真っ正直にくりますが、それは第二の袋の口なのです。本物の袋の端をちょっとだけ含めるので、継ぎ目がわからない。ジャーン！　そこで結び目と蠟が来る。演者は幕のうしろで、口が結ばれたみ、結び目と封印のついた第二の袋を押し出し、自分がなかに立っていた袋を床に落として、チョッキの下に押しこわかりやすくて、それでも観客はどうやったのだろうと頭をひねる。わかります？　単純で、種明かしをされると、とたんに〝ああ、なんだ、協力者がいれば——！〟となるのです」手を振った。

ハドリーは職業的態度も忘れて、興味を惹かれていた。フェル博士は、子供のようにぽかんと口を開けて聞いていた。

「ええ、わかります」警視は議論の先を急がせるように言った。「だが、われわれが追っている、今回の二件の殺人を犯した男には協力者はいないはずだ。それに、いまのは消えるトリックでもない……」

「いいでしょう」オルークは言い、帽子を頭の片側に押しやった。「では、途方もなく大がかりな消えるトリックの例をあげましょう。ただし、舞台の上で見せる奇術です――それはもう、あっと言うような。やろうと思えば野外劇場でもできますがね。跳ね上げ戸も、舞台の上に隠されたワイヤーも、小道具もごまかしも何もなくて、ただ地面が広がっているところで。そこに立派な青い服を着た奇術師が、立派な白馬に乗って現われる。白い服を着た従者の一団も、サーカスでよくやるように、にぎやかに登場する。一度、ぐるりと円を描くと、ふたりの従者が巨大な団扇《うちわ》をさっと持ち上げ――それも一瞬ですよ――馬上の男を隠す。団扇がおろされ、観客のなかに放り投げられて、細工がないことが確かめられる。ところが、馬上の男はだだっ広い原っぱのまんなかから消え去っている。ハイホー！」

「それは、どういうからくりだね？」フェル博士が訊いた。

「簡単です！　男は原っぱから去っていないのです。でも見えない。なぜ見えないかというと、立派な青い服は紙でできていて――その下に本物の白い服があるからです。団扇が上がるとすぐに、彼は青い服を破って白い服の下に押しこむ。馬から飛びおりて、たんに白服の従者の一団に加わる。ここがポイントですが、わざわざそのまえに従者の人数を数えている人はいませんし、従者はそのまま誰にも注目されずに出ていく。大半のトリックの基本はこれなのです。人は見えないものを見ているか、そこにないものを見たと思いこんでいる。これはびっくり！　ジャーン！　地上最高のショー！」

空気の淀んだ、けばけばしい色の部屋に沈黙がおりた。風が窓をカタカタ鳴らした。遠くで教会の鐘が鳴り、通りすぎるタクシーのクラクションの音がして、消えた。ハドリーが手帳を振った。

「脱線しているね」彼は言った。「たしかに気が利いているが、今回の問題にどう当てはめる？」

「当てはまりません」オルークは認めた。声を出さずに笑って、体を震わせていた。「それでも話したのは——そうしろと言われたからです。敵はどういう相手なのか、わかっていただきたかったというのもあります。企業秘密をそのままお伝えしているのです、警視。気落ちさせたくはありませんが、もし相手が賢い奇術師だとしたら、勝てる見込みは万にひとつもありませんよ。チャンスはなきに等しい」指をパチンと鳴らした。「彼らはこういうことのために訓練されている。それが彼らの商売です。それに、彼らを脱獄させずにとどめておける刑務所は地上に存在しません」

ハドリーは歯を食いしばった。「そのときが来たら考えよう。私が悩むのは——というより、しばらく悩んでいるのだが——なぜフレイが弟を送りこんで殺しをやらせたのかです。フレイは奇術師だった。やるべき人間はフレイ自身だったのに、やらなかった。弟も同じ職業ということですかね」

「知りません。少なくとも、興行ポスターにしろ何にしろ、名前が出ているのを見たことは一度もありません。けど――」

フェル博士が割って入った。ぜいぜいと大きな音を立て、カウチからのっそり立ち上がると、鋭い口調で話しはじめた。

「行動をとる準備をしたまえ、ハドリー。あと二分ほどで訪問者がある。外を見てごらん――ただし、窓には近づかないように」

博士はステッキの先を突き出した。窓の下、二軒の家の戸口を模した壁のあいだから出てくる路地を、ふたつの人影が風に逆らって歩いていた。ギルフォード通りから曲がってきたのだ。幸い、ふたりとも下を向いている。ランポールには、ひとりがロゼット・グリモーであるのがわかった。もうひとりは背が高く、杖をついて歩くのに合わせて、肩が跳ね上がったり揺れたりした。片方の脚が曲がり、右のブーツの底が異様に厚かった。

「ほかの部屋の明かりを消してくれ」ハドリーがすかさず言った。オルークのほうを向いて、「申しわけないが、頼まれてもらえませんか。できるだけ早く階下《した》におりて、家主が上がってこないように、そして何も言わないようにしてもらいたい。私がいいと言うまで、家主を引き止めておいてください。出ていくときにはドアを閉めて！」

ハドリーはすでに狭い廊下に出て明かりのスイッチを切っていた。フェル博士は少し心配そうだった。

「まさかとは思うが、これから隠れて、怖ろしい秘密を盗み聞きしようというのではあるまいね？」博士は訊いた。「私は、ミルズのことばを借りれば、そういう馬鹿げたふるまいに適した解剖学的構造を持っておらん。それに、隠れたところですぐに見つかるよ。ここは煙だらけだ、オルークの煙草のせいで」

ハドリーは小声で悪態をついた。彼がカーテンを引いたので、部屋に入る光は鉛筆ほどの幅になった。

「ほかに手はない。これに賭けるしか。ここに静かに坐っていましょう。あのふたり、何か企てていることがあるなら、ここに入ってドアを閉めるなり、うっかり何か口走るかもしれない。みなそういうものです。ところで、オルークをどう思いました？」

「オルークは」フェル博士は力をこめて言った。「この悪夢において話を聞いたなかで、もっとも刺激的で、啓発的で、示唆に富んだ証人だね。彼はわが知的自尊心を救ってくれた。まさに、あの教会の鐘に匹敵するほど教えてもらった」

カーテンの隙間から外をのぞいていたハドリーが振り向いた。その眼に光の線が入り、荒々しく見えた。

「教会の鐘？　どこの教会の鐘です？」

「どこでもけっこう」薄闇のなかからフェル博士の声が言った。「蒙昧な異教徒としては、ああいう鐘を思うと、光と慰めが得られるのだ。おかげで、怖ろしいまちがいをせずにすむかもしれない……さよう、私は完全に正気だよ」石突きが床をとんと打ち、博士の声が緊張した。「光明だ、ハドリー！　ついに光明がさした。鐘楼の輝かしいお告げだ」

「鐘楼にあるほかのものとまちがえていないでしょうね、え？　だったら、もったいぶらないで、どういう意味か教えてもらえませんか。教会の鐘のおかげで、消えるトリックが解明できたとか？」

「いやいや」フェル博士は言った。「残念ながら、ちがう。たんに犯人の名前がわかっただけだ」

部屋のなかが静まり返った。手で触れられそうな静けさは物理的な重みを持ち、ためにためて爆発しそうな息のようだった。フェル博士は、ほとんど疑っているような、しかし疑いのなかにも確信のある落ち着いた声で話した。階下で裏口が閉まる音がした。静かな家の階段を上がる足音がかすかに聞こえた。ひとりの足音は軽くて鋭く、じれったそうだった。もうひとりは足を引きずり、重く踏み出した。杖が手すりに当たる音もあった。音はだんだん大きくなったが、誰もことばを発しなかった。玄関のドアに鍵が差しこまれ、ドアが開き、閉まって、スプリング錠がカチッと鳴った。廊下の明かりのスイッチが入れられる音もした。そして互いに顔が見えるようになったのだろう、ふたりはいきなりしゃべりだした。まるで窒息しそうになるまで息を詰めていたのは、彼らであるかのように。

「鍵をあげたのに、なくしたわけだ」男の細くかすれた声が静かに言った。相手をからかいながらも、声は抑えていた。「結局、昨日の夜はここへ来なかったと言うんだね？」

「昨日の夜は来なかったわ」ロゼット・グリモーの声が言った。平板だが怒っているような口調だった。「昨日の夜も、ほかの夜も」と笑った。「来る気などなかった。あなたがちょっと怖がらせたから。でもどうだというの？　いま、こうして来てみると、あなたの隠れ家なんて大した場所じゃない。昨日の夜は待つのが愉しかった？」

彼女がまえに出て、引き止められたような気配があった。男の声がした。

「この小悪魔め」やはり静かに言った。「きみの魂のためになることを教えてあげよう。私はここにいなかった。来るつもりもなかった。鞭をぴしりとやりさえすれば人が輪をくぐると思ったら――まあとにかく、ここには来なかった。きみ自身が輪をくぐるがいい。私はいなかった」

「嘘だわ、ジェローム」ロゼットが穏やかに言った。

「そう思うのかね？　なぜ？」

少し開いたドアからもれてくる光のなかに、ふたりの姿が現われた。ハドリーが手を伸ばしてカーテンを引き開けると、カーテンリングが音を立てた。

「われわれもその答えを知りたいと思っていますよ、ミスター・バーナビー」警視は言った。

薄白い陽の光に顔を直撃されて、ふたりは不意をつかれた。いきなり写真を撮られたかのように表情がうつろになった。ロゼット・グリモーが叫び、腕を上げて顔を隠そうとしたが、一瞬見えた面差しは苦々しく、用心深く、危険で、勝ち誇っていた。ジェローム・バーナビーはその場にじっと立ち、胸だけが上下していた。うしろの電灯の病んだ光を受けて黒く浮かび上がり、流行遅れの黒いつば広の帽子をかぶった姿は、不思議と、ポートワインの老舗〈サンデマン〉の広告に出てくる痩せた男に似ていた。しかしバーナビーはただの影絵ではなかった。顔は力強く、しわだらけで、身ぶり同様、ふだんは率直で人懐っこい感じがするのかもしれなかった。下顎が出ており、眼は怒りで色を失っているようだ。帽子を脱ぐと、剣士よろしく長椅子に放り投げ、ランポールは、ちょっと芝居がかっているのではないかと思った。バーナビーの強《こわ》い茶色の髪は、こめかみのまわりに白髪が混じり、びっくり箱の圧力から解き放たれたようにぴんと立っていた。

「なんだ?」どこか素直なユーモアを漂わせて言い、不自由な脚でよろめきながら一歩前に出た。「強盗か何かか。三対一だが、私はたまたま仕込み杖を持っていて――」

「必要ないわ、ジェローム」娘が言った。「警察のかただから」

バーナビーは止まった。そして大きな手で口をなでた。緊張はしているが、やはり皮肉なユーモアを交えて続けた。「ほう! 警察。これは光栄だ。不法侵入というわけですな」

「あなたはこのフラットの借り手です」ハドリーは同じ人当たりのよさで返した。「この家の持ち主でも管理人でもない。もし怪しい態度を見られたら……怪しいかどうかはわかりませんが、ミスター・バーナビー、ご友人たちはこの……東洋趣味をおもしろがると思いますがね。どうです？」

その笑みと声の調子が癇《かん》に障ったのだろう、バーナビーの顔色が濁った。

「ちくしょう」彼は言って、杖を途中まで持ち上げた。「いったいなんの用です」

「まず、忘れないうちに訊いておくと、ここに入ってきたときに何を話していました？」

「立ち聞きですか、え？」

「そのとおり」ハドリーは平然と言った。「もっと聞けなかったのが残念です。ミス・グリモーは、昨日の夜あなたがこのフラットにいたと言った。いたのですか？」

「いなかった」

「いなかった……本当ですか、ミス・グリモー？」

ロゼットの顔に血色が戻っていた——しっかりと。静かに微笑む裏で怒っていたのだ。息もつかずに話し、はしばみ色の切れ長の眼は動かずに輝き、感情を表に出すまいと決意した者の抑えた表情を浮かべていた。手袋を握りしめ、ぎこちない呼吸からは怒りより怖れが感じられた。

「立ち聞きされたのですから」ロゼットはしばらく考えたあと、警視と博士を交互に見ながら答えた。「否定しても仕方がありませんね？　どうして興味を持ってらっしゃるのか、わかりません。なんの関係もないことですから——父の死とは。それは確かです。ジェロームがどんな人であれ」ちらりと歯を見せて笑った。「まちがっても殺人者ではありません。でも、なぜか本気で興味を持っておられるようですから、ここですべて話し合おうじゃありませんか。喜んでおつき合いします。内容のいくらかはボイドの説明に戻っていきますね。あれも事実かもしれませんが……どこから始めましょう。そう、ジェロームは昨晩、このフラットにいました」

「どうしてわかるのです、ミス・グリモー？　あなたもここにいたのですか」

「いいえ。でもこの部屋に明かりが灯っているのを見たのです、十時半に」

15　明かりのついた窓

　バーナビーはまだ顎をこすりながら、ぼんやりとうつろな表情でロゼットを見おろした。心底驚いているのが、ランポールには手に取るようにわかった。あまりに驚いたので、彼女のことばが理解できず、いままで一度も会ったことがない相手のように、まじまじと見つめている。やがて先ほどとはちがって、良識ある静かな口調で話しはじめた。

「いいかい、ロゼット。注意してくれよ」と忠告した。「自分が何を言っているか、本当にわかっているかい？」

「ええ、わかってるわ」

　ハドリーがすかさず割りこんだ。「十時半ですね？　いったいどうしてその明かりを見ることになったのですか、ミス・グリモー、われわれと自宅にいたはずなのに」

「あ、いいえ、自宅にはいませんでした。憶えておられませんか。その時間には病院にいたのです、父が亡くなりかけていた病室で、お医者様といっしょに。ご存知かどうかわかりませんが、病院の裏手はこの家の裏手と向かい合っているのです。わたしはたまたま窓のそばにいて、気がつきました。この部屋には明かりが灯っていました。それから、たぶんバスルームにも。そちらのほうは確信は持てませんけれど……」

「なぜ部屋がわかったのです」ハドリーが鋭く訊いた。「まえに一度も来たことがないのなら」

「いま来たときにしっかり観察しましたから」彼女は答えた。その清々しい、落ち着き払った微笑みは、なぜかランポールにミルズを思い出させた。「昨晩はどの部屋かわかりませんでした。この人がこの建物に部屋を持っていて、どこに窓がついているかということしか。カーテンはきちんと引かれていませんでした。だから明かりに気づいたのです」

バーナビーはまだ深刻な顔で興味を示して、彼女を見つめていた。

「ちょっと待ってください、ミスター――警視――えー」背中を丸めた。「部屋をまちがえていないのは確かなのかい、ロゼット？」

「ええ、ぜったいに。この家は路地の角の左側にあって、あなたの部屋は最上階でしょう」

「私を見たと言うのか？」

「いいえ、明かりが見えたと言っただけ。でも、このフラットのことを知っているのは、あなたとわたしだけ。それに、あなたはここで待っているからと、わたしを誘ったでしょう……」

「まいったな！」バーナビーが言った。「きみがどこまで話すつもりなのか、興味があるね」杖をつくたびに片方の口角が下がるのは癖なのだろう。そうやってよろめきながら歩き、椅子にどさりと腰をおろすと、色の薄い眼で彼女を見つめつづけた。髪の毛が立っているのが、妙に警戒しているような印象を与えた。「さあ、続けて。じつに興味深い。そう。きみの図太い神経でどこまでいけるか、ぜひ知りたいね」

「本当に？」ロゼットは平淡な声で言った。くるりと振り返ったが、決意が崩れたらしく、泣きだしそうなほどみじめな顔をさらしただけだった。「わたしも知りたいわ。あなたのことが知りたい！……さっき、すべて話し合おうと言いましたが」とハドリーのほうを向いて、「本当にそうしたいのかどうか、自分でもわからなくなりました。この人について判断できればいいのだけれど。本当に思いやりがある人なのか、たんに気のいい昔ながらの——昔ながらの——」

「家族の友人、とは言わないでくれ」バーナビーが鋭く言い返した。「頼むから、家族の友人とは言うな。私のほうも、きみについて判断できればと思うよ。本気で真実を語っているつもりなのか、それとも（すまないが、一瞬、騎士道精神を忘れるよ！）嘘つきの小さな雌狐なのか」

ロゼットはかまわず続けた。「——それとも、いわば礼儀正しい強請屋《ゆすり》なのか。ええ、お金のためじゃありません！」また憤激して、「雌狐ですって？　そう。なんなら雌犬でもいいわ。認めます。わたしはその両方でした。でも、なぜだと思うの？　あなたが何かにつけ仄《ほの》めかして、すべてを台なしにしてしまったからでしょう……たんにわたしの想像ではなくて、たしかに仄めかしていると信じられたら……せめてあなたが正直な強請屋だと信じることができたら！……」

ハドリーが口を挟んだ。「何を仄めかしたのです？」

「わたしの父の過去に関することとです、お知りになりたいのなら」彼女は両手を握りしめた。「たとえば、わたしの生い立ちについて、雌犬にまた別の素敵な呼び名をつけ加えられるかどうかについて。でも、それは重要ではありません。わたしはまったく気にしません。わからないのは、この怖ろしい事件、父に関することとです！　仄めかしですらないのかもしれない。でも……どうしたわけか、ドレイマンさんが強請屋だという考えが頭に入りこんできて……すると昨晩、ジェロームにここへ来なさいと言われ……なぜ？　なぜなんです。わたしは思いました。いつもボイドがわたしと会う夜だったから、ジェロームはわざわざ張り合うつもりでこの夜を選んだのではないか、と。でも、ジェローム自身がちょっとした強請をやるなんて、昔もいまも考えたくありません。どうかわかってください！　わたしはこの人が好きなのです。それはどうしようもないのです。だからこそ、これがいっそうひどいことに思えて……」

「われわれのほうで解明できるかもしれない」ハドリーが言った。「あなたは何かを〝仄めかして〝いたのですか、ミスター・バーナビー？」

長い沈黙のあいだ、バーナビーはじっと自分の手を見ていた。頭を垂れ、ゆっくりと大儀そうに呼吸し、途方に暮れて、心を決めかねているように見えたので、ハドリーも無理に発言を求めず、バーナビーが顔を上げるまで待っていた。

「仄めかしていると思ったことはありません」バーナビーは言った。「いや、そう、厳密に言えば、仄めかしていたのでしょう。しかし、わざとではありません。誓います。考えてもみなかった」そこでロゼットをじっと見た。「こういうことが外にもれるなんて。きみはたぶん、自分の考えることだけが、つかみどころのない問題だと思っているのだろう……」自棄になったように長いため息をつき、肩をすくめた。「私にとっては、たんにおもしろい推理ゲームだった。それだけだ。詮索好きだとも思わなかった。誓って言うが、誰かが気に留めるとも思わなかった。まして憶えていようとは。ロゼット、きみが私に関心を抱いている唯一の理由がそれだとしたら――つまり、強請屋だと思って怯えていたのなら――知りたくなかった。いや、本当にそうかな」また自分の手を見て、開いたり閉じたりし、ゆっくりと部屋のなかを見まわした。「ここを見てください、皆さん。とくに表の部屋を……いや、もう見られたのですね。だったら答えはおわかりだ。偉大なる探偵。脚の悪い哀れなろくでなしが夢見ていたのです」

いっとき、ハドリーはためらった。

「それで、偉大なる探偵はグリモーの過去について何か発見したのですか」

「いいえ……もし発見したとしても、喜んであなたがたに話すと思います？」

「あなたを説得できるかどうか、いずれわかります。ところで、ミス・グリモーが昨晩明かりを見たというバスルームに血痕があるのはご存知ですか。ピエール・フレイが、十時半より少しまえに、この建物のすぐ外で殺されたことは？」

ロゼット・グリモーが悲鳴をあげた。バーナビーはびくっと顔を起こした。

「フレイが殺され……血痕！　まさか！　どこです。いったいどういう意味ですか」

「フレイはこの通りに部屋を借りていました。われわれの考えでは、彼は死んだとき、ここへ来るつもりだった。とにかく、この外の通りで、グリモー博士を殺したのと同じ犯人に撃たれました。ミスター・バーナビー、あなたは自分の身元を明らかにできますか。たとえば、グリモー博士とフレイの兄弟でないことを証明できますか」

相手は警視を見つめ、震えながら椅子から立ち上がった。

「おお神よ！　なんと、あなたは気がおかしいのですか」バーナビーは静かな声で訊いた。「兄弟！　なるほどわかった！……私は彼らと兄弟ではありません。もしそうなら興味を持つとでも……」そこで思いとどまり、ロゼットをちらっと見て、荒々しい表情を浮かべた。「もちろん証明できます。どこかに出生証明書もあるはずです。私を生まれたときから知っている人もいますし。兄弟だなんて！」

ハドリーは長椅子まで歩いていき、そこに巻いて置かれていたロープを取り上げた。

「このロープはどうなんです。これもあなたの偉大なる探偵仕事のひとつですか」

「それ？　ちがいます。何ですかそれは。そんなもの、いままで見たことがない！　兄弟とは！」

ランポールがロゼット・グリモーに眼を向けると、彼女は泣いていた。その場にじっと立ち、両手を体の脇におろして、顔はこらえているが両の眼に涙があふれていた。

「それから」ハドリーは続けた。「昨晩ここにいなかったことも証明できるのですね？」

バーナビーは大きく息を吸った。重苦しい表情が安堵で少し和らいだ。

「ええ、幸い証明できます。昨日の夜は、いつも行くクラブにいました。八時かそのあたりから――もう少し早かったかもしれないが――十一時すぎまで。何十人という人が証言してくれるでしょう。もっと具体的にということなら、そこでずっといっしょにポーカーをしていた三人に訊いてください。アリバイが必要？　いくらでも！　これほど強固なアリバイはありません。私はここにはいなかった。血痕も、あなたがたがどこで見つけたのか知りませんが、つけていないし、フレイだろうと、グリモーだろうと、ほかの誰かだろうと殺していません」厳つい顎を突き出した。「さあ、どうです？」

警視は集中砲火の相手をすばやく変えた。ほとんどバーナビーが話し終えないうちに、ロゼットのほうを向いていた。

「あなたはまだ、十時半にここに明かりがついていたと主張しますか」

「ええ！……でもジェローム、本当に、わたしが言いたかったのは……」

「だが、部下が今朝ここに来たときには、電気メーターが切れていて、明かりはつかなかったということだけれど」

「あ……はい、それはそうですが、わたしが言いたかったのは――」

「かりにミスター・バーナビーが昨晩のことで嘘をついていないとしましょう。彼に誘われたとあなたは言うが、自分がクラブに行こうというときに、あなたをここへ誘うでしょうか」

バーナビーがぎこちなくまえに出て、ハドリーの腕に手を置いた。「あわてないで！　そこははっきりさせましょう、警視。私がたしかに誘ったのです。小ずるいやり口でしたが――そうしました。説明すべきでしょう？」

「こら、こら、こら」静かに咎めるようなフェル博士の声が響いた。赤いバンダナを取り出し、盛大な音で鼻をかんで注意を惹いた。いくらか心配そうに、まばたきしながら彼らを見た。「ハドリー、だいぶ混乱しているね。安らぎのことばをかけさせてくれ。ミスター・バーナビーは、本人が言ったとおり、たしかに誘った。彼女に輪くぐりをやらせるためだ。おっほん！　無遠慮な物言いで申しわけない。しかし、このヒョウは跳ばないのだから別にかまわない。でしょう？　明かりがつかなかったという問題は、一見して思うほど不穏ではない。あれはシリング硬貨を入れて使うメーターだ、わかるかね。誰かがここにいた。そして明かりをつけたまま去った。おそらくひと晩じゅうつけっぱなしにして。やがてメーターは端金の分の電気を使いきり、明かりが消えた。スイッチがどちらに入っていたのかはわからない。ソマーズが先にここに到着したからね。まったく、ハドリー、昨晩ここに誰かがいたという証拠は充分だ。問題は、それが誰かだな」まわりの人々を見た。「ふむ。あなたがたふたりは、この場所はほかに誰も知らないと言う。しかし、あなたの話が正しいと仮定すると、ミスター・バーナビー——ただし、さっきのように簡単に調べられることでも嘘をつくとしたら、とびきりの愚か者だが——誰かほかの人間も知っていたということになりますな」

「私自身は言わなかっただろうと申し上げるしかありません」バーナビーは顎をなでながら言い張った。「ここに来るところを誰かに見られていないかぎり……あるいは……」

「あるいは、言い換えれば、わたしが誰かに話していないかぎり？」ロゼットがまた憤然として、鋭い歯で下唇を嚙みしめた。「ですが、わたしは話していません。なぜ……話さなかったのかはわからないけれど」ひどく当惑しているようだった。「誰にも話したことがないの。本当に！」

「しかし、ここの鍵は持っていますね？」フェル博士が訊いた。

「持っていました。なくしたのです」

「いつ？」

「どうしてそれがわかるの？　気づかなかったんですから」腕を組み、部屋のなかを歩きまわりながら、興奮して頭を小さく振っていた。「バッグに入れていたのですが、今朝、こちらに来る途中に探して、初めてなくなっていることに気づきました。ですが、どうしても知っておきたいことがあります」足を止め、バーナビーと向かい合った。「わたし……あなたのことが好きなのか嫌いなのか、自分でもわかりません。でも、もしこれがただの悪趣味な探偵のまねごとなのだとしたら、もし本当にそれだけで他意はないのなら、どうか話してください。わたしの父について何を知ってるの？　話して！　わたしは平気。この人たちは警察で、どっちにしろ調べ上げるのだから。さあ、早く、もったいぶらないで。あなたのそういう態度が嫌いなの。話しなさいよ。その兄弟ってなんなの？」

「もっともな助言ですな、ミスター・バーナビー。あなたは絵を描いた」ハドリーが言った。「それを次に訊こうと思っていたのです。あなたはグリモー博士について何を知っているのですか」

バーナビーは知らず知らずよろめいて窓にもたれかかっていたが、肩をすくめた。針で突いたような黒い瞳孔のある、薄い灰色の眼が動き、嘲るように光った。

彼は言った。「ロゼット、この探偵の作業がそんなふうに解釈されるともしわかっていたなら、もし少しでも疑っていたなら……いいだろう、きみが少しでも心配するとわかっていたら、ずっとまえに話していたことを、いま話そう。きみのお父さんはかつてハンガリーの刑務所に入っていて、岩塩坑で働かされていたが、脱走した。それほどひどい話でもないだろう？」

「刑務所！　いったいどうして？」

「革命を起こそうとしたからだと言われたが……私自身は、盗みだと思っている。どうだい、正直だろう」

ハドリーがすばやく割りこんだ。「どこでそれを知ったのです？　ドレイマンから聞いたとか？」

「すると、ドレイマンは知っているのですね？」バーナビーは身を強張らせ、眼を細めた。「そう、知っているだろうと思いましたよ。ああ、そうだ。もうひとつ見つけ出そうとしたことがあったのですが、すでに結論が……考えてみれば、あなたがたは何を知っているのです？」突然、堰《せき》を切ったようにまくし立てた。「いいですか、私はなんにでも首を突っこむ人間じゃありません！　それを証明するためにも、話したほうがよさそうだ。今回のことには、引きずりこまれたのです。グリモーが離してくれなくて。あの絵の話をされましたが、あの絵は結果というより原因なのです。あれはまったくの偶然でした――グリモーをそう説得するのには骨が折れましたが。すべては忌々しい幻灯機を使った講演のせいなのです」

「なんですって？」

「事実です！　幻灯機の講演です。ある夜、雨宿りをしたときに、そこに入りこんでしまった。ノース・ロンドンのどこかにある教区ホールでした。一年半ほどまえのことです」

バーナビーは顔をしかめ、両手を組み合わせて、親指をくるくるまわした。初めてその顔に、正直で素朴な表情が浮かんだ。「ロマンティックな物語にしたいところですが、皆さんは事実を求めておられる。そう！　そこでひとりの男がハンガリーについて講演していました。会衆をわくわくさせるために幻灯機のスライドを用意し、幽霊が出るぞという雰囲気をたっぷり漂わせて。それが私の想像力をかき立てたのです、いや本当に！」眼が光った。「一枚のスライドがありました――まさに私が描いた絵のような。それ自体、とくに印象深いものではありませんでしたが、罪深い場所に掘られた三つの寂しい墓という、それにともなう物語が、いかにも悪夢めいたアイデアを与えてくれました。講演者は、もしかすると吸血鬼の墓ではないかとにおわせました。わかるでしょう？　私は家に帰ると、狂ったようにそのアイデアを絵にしました。みんなには率直に、見たこともないものを想像して描いたと話したのですが、どうしたわけか誰も信じようとせず、ついにグリモーがそれを見て……」

「ミスター・ペティスから聞きました」ハドリーが無表情に言った。「グリモーは見て驚愕したと。あるいは、あなたからそう聞いたと」

「驚愕？　そうでしょうね。グリモーは首をすくめてミイラのように静かに立ち、絵を見ていました。感心しているのだと思い、私は知らぬのをいいことにこう言ってしまったのです」バーナビーはどこか思わせぶりな目つきで続けた。「〝ひとつの墓の上の土が割れているだろう。なかの男がいましも出ようとしているのだ〟と。もちろん、まだ頭のなかを吸血鬼が駆けめぐっていたのです。しかしグリモーはそれを知らなかった。一瞬、彼がパレットナイフをつかんで襲ってくるのではないかと思いました」

バーナビーの話はわかりやすかった。グリモーはその絵について訊いたという。訊いて、眺めて、また訊いた。さほど想像力のない人間でも、何事だろうと疑いはじめるほどしつこく。ずっと監視されているという不安と緊張から、バーナビーは通常の自己防衛として謎を解こうとした。グリモーの図書室の本に残されたいくつかの書きこみ。マントルピースの上の紋章つきの盾、何気なく発せられたことば……バーナビーはロゼットを見て暗い笑みを浮かべ、話を続けた。殺される三カ月ほどまえ、グリモーが彼を引き止めて、秘密厳守を誓わせたうえで、真実を語ったらしい。その〝真実〟とは、まさに前夜、ドレイマンがハドリーとフェル博士に語ったものと同じだった――疫病、死んだふたりの弟、そして脱出。

その間、ロゼットは信じられないというように茫然と窓の外を見つめていたが、しまいには安堵して眼にいっぱい涙をためた。

「それだけ？」苦しそうに呼吸して叫んだ。「たったそれだけなの？　そんなことを、わたしはこれほど長いあいだ心配していたの？」

「それだけだよ、きみ」バーナビーは腕を組んで答えた。「そうひどい話でもないと言っただろう。だが、警察には教えたくなかった。どうしてもときみが言うから……」

「気をつけて、ハドリー」フェル博士が低い声でつぶやき、警視の腕に拳をぶつけて、咳払いをした。「おっほん！　さよう。われわれにも、いまの話を信じる理由があるのだ、ミス・グリモー」

ハドリーが別の方向から質問した。「いまの話がすべて真実だとしよう、ミスター・バーナビー。あなたはフレイが初めて現われた夜、ウォリック酒場にいましたね？」

「ええ」

「だとすると、その知識をもとに、フレイを過去の事件と結びつけて考えなかったのですか。とりわけ、フレイが三つの棺を持ち出したあと」

バーナビーはためらい、手を振った。「正直に言うと、考えました。その夜――水曜の夜です――グリモーと歩いて帰宅したとき、こちらからは何も言いませんでしたが、彼のほうから何か言うだろうと思っていました。グリモーの書斎で暖炉の両側に坐ると、彼はめったにないことですが、自分のグラスにウイスキーをたっぷり注ぎました。そして、暖炉の火を食い入るように見つめて……」

んか？」

「ところで」フェル博士がさも当たりまえのように口を挟んだので、ランポールはびっくりした。「彼は誰にも見せたくない個人的な書類をどこにしまっていました？　知りませんか？」

バーナビーは博士に鋭い視線を向けた。

「私などよりミルズのほうが知っているでしょう」彼は答えた（何か隠しているのか？守っている？　埃が舞い上がっている？）。「金庫を持っていたかもしれません。私が知るかぎり、書類はあの大きな机の横の抽斗に入れて、鍵をかけていたと思います」

「話の先をどうぞ」

「私たちはふたりとも、長いこと黙っていました。互いに話題を切り出そうとしていて、相手もそうするつもりだろうかと訝っているときの気まずい緊張が漂っていました。そこで私が思いきって〝あれは誰だったんだ〟と訊きました。グリモーはいつものように、犬が吠えるまえのようなうなり声をあげて、椅子でもぞもぞと体を動かしました。そしてようやく言ったのです。〝知らない。ずいぶん昔のことだ。医者だったのかもしれない。医者のように見えた〟と」

「医者？　刑務所で彼の病死を宣告した医者ですか？」ハドリーが訊いた。ロゼット・グリモーがぶるっと震え、いきなり両手で顔を覆って椅子に坐った。バーナビーは動揺した。

「ええ。ところで、こんな話を続けなければいけないのですか？……はいはい、わかりました！ グリモーは〝ちょっとした強請だよ〟と言いました。『ファウスト』でメフィストフェレスを歌う太ったオペラ歌手をご存知ですか？ 私のほうを向いたグリモーは、あれにそっくりでした。椅子の肘かけを両手で握りしめ、立ち上がろうとしているかのように肘を曲げて。暖炉の火に赤く照らされた顔も、短く刈った顎ひげも、持ち上げた眉も――何もかも。私は〝なるほど、しかし彼に何ができる？〟と言いました。お察しのとおり、もっと聞き出そうとしたのです。政治犯などより深刻な事態にちがいないと思いまして。でなければ、それほど昔の話がいつまでも尾を引くはずがありません。グリモーは言いました。〝ああ、あいつは何もしないよ。そんな度胸はない。あいつは何もしない〟

――さて」バーナビーはまわりを見て、きっぱりと言った。「すべて話せということだから、話しましょう。私はかまわない。みんな知っていることです。グリモーはあの吠えるような口調で言いました。〝きみはロゼットと結婚したいのだろう？〟私が認めると、〝よろしい、結婚したまえ〟と言ってうなずき、肘かけを指でとんとん叩きはじめました。私は笑って、答え……要するに、ロゼットの愛情はほかへ向いているというふうに答えました。するとグリモーは〝はっ！ あの若いのか！ 私がなんとかしてやろう〟と」

ロゼットは眼を閉じる寸前まで細めて、きつく光る底知れない視線をバーナビーに送っていた。本人のものとも思えないほど不可解な声で話した。

「つまり、すべてお膳立てしていたということね？」

「いやきみ、そんなに怒らないで！　わかるだろう。何があったと訊かれたから、答えたまでだ。最後に言われたのは、彼に何があろうと、知っていることはぜったいに口外してはならないということだった」

「でもあなたは……」

「きみがどうしても聞きたいというから」バーナビーはハドリーと博士のほうに向き直った。「とにかく、皆さん、私から話せるのはこれだけです。金曜の朝、グリモーがあわててやってきて、あの絵が欲しいと言ったときには大いに戸惑いましたが、その件には口を出すなと言われたので、黙っていました」

ハドリーは手帳にメモをとっていたが、そのままページの終わりまで黙々と書いてから、ロゼットを見た。彼女は長椅子に深く坐り、肘でクッションにもたれていた。毛皮のコートの下は黒いドレスだったが、いつものように帽子はかぶっておらず、豊かなブロンドの髪と角張った顔が、派手な赤と黄色の長椅子に似合っていた。震える手をくるりとひねって、まえに出した。

「わかっています。わたしがどう思うか、お訊きになりたいんでしょう。父のこととか……すべてについて」天井を見つめた。「どうなのかしら。胸の大きなつかえがとれて、とても現実のこととは思えません。誰かが嘘をついているのではないかと思うほどです。そういうことでしたら、父を尊敬していたでしょう。とても……とても怖ろしくて醜いものを抱えていて、悪魔のような部分があったことがわかって、むしろうれしい気持ちです。もちろん、父が泥棒だったというのなら」考えて愉しくなったらしく、微笑んだ。「秘密にしようとしたのもうなずけますわね？」

「そういうことを訊こうとは思っていませんでした」ハドリーが言った。ロゼットの率直で鷹揚な態度に、少なからず虚をつかれたようだった。「しかし知りたいのは、ミスター・バーナビーとここへ来るのを終始拒んでいたのに、なぜ今朝にかぎって突然来る気になったのかです」

「何もかも話し合うためですわ、もちろん。それに……酔っ払ったりしたかったのかもしれません。あんなにひどいことになって。おわかりでしょう、クロゼットで血まみれのコートが見つかったりしたものだから……」

みなの顔色が変わったのを見て口を閉じ、はっとうしろに下がった。

「何を見つけたですって？」ハドリーが重苦しい沈黙を破って言った。

「内側に血のついたコートです。胸の上から下まで」ロゼットは息を呑んで答えた。「あの……え……話しませんでした？　話す機会がなかったのです！　ここへ入ってきたとたんに、あなたがたが飛びかかってくるみたいに……あの……そう、そういうことです。玄関ホールのクロゼットにコートがかかっていたのです。ジェロームが自分のコートをかけているときに見つけて」

「誰のコートですか」

「誰のものでもありません！　そこがおかしいのです！　見たこともないコートでした。うちにいる誰の体にも合いません。父には大きすぎるし――いずれにしろ、父が見たら震え上がりそうな、派手なツイードのコートでした。スチュアート・ミルズなんてまるごと呑みこんでしまうでしょうが、逆にドレイマンさんには大きさが足りなくて。新しいコートです。一度も着たことがないような……」

「わかった、わかった」フェル博士が言い、頬をぷっとふくらました。

「何がわかったんです？」ハドリーが言い返した。「これですべてご希望どおりですね！　あなたはペティスに、血が欲しいと言った。さあ、血が出てきた――地獄並みに大量の血が！――それも見当はずれの場所に。どう思います？」

「わかったよ」フェル博士はくり返し、ステッキの先を見せた。「昨晩、ドレイマンがどこで血をつけたか」

「彼がそのコートを着ていたということですか？」

「いやいや！　思い出してごらん。きみのところの巡査部長が言ったことを憶えているかね。視力の悪いドレイマンがあたふたと階下におりてきて、クロゼットをうろつき、自分の帽子とコートを出したと言っただろう。ハドリー、彼はそのコートの血がまだ乾いていないときに、近くに触れたのだ。どこでついたのかわからない、とあのとき言っていたのも無理はない。これで多くのことがはっきりしないかね?」

「いいえ、ちっとも! 何かひとつはっきりするたびに、その二倍はひどいことが出てくる。余分なコートだ! 来てください。いますぐ見てみましょう。いっしょに来たければ、ミス・グリモー、そしてあなたも、ミスター……」

フェル博士は首を振った。「きみにまかせた、ハドリー。私には見なければならないものがある。この事件の全貌をがらりと変えるもの、事件の肝心要の鍵を握るものだ」

「それは何です?」

「ピエール・フレイの部屋だよ」フェル博士は言うと、ハドリーを肩で押しのけ、マントを翻して出ていった。

第三の棺　七つの塔の問題

16　カメレオンのコート

その発見から、ペティスと会って昼食をとるまでの時間、フェル博士の心は暗く、深く沈んだ。ランポールは、そこまで彼が暗くなれるとは思ってもみなかったし、どうしてそうなったのか理解もできなかった。

まず博士は、ハドリーとまっすぐラッセル・スクウェアに戻ることを拒んだ。ハドリーにはしきりにそうしろと勧めたが、みずからは、フレイの部屋にきわめて重要な鍵があるはずだから、〝非常に骨が折れる汚れ仕事〟のためにランポールを連れていくと言い、最後に心の底からこみ上げるような激しさで自分を罵った。これには、博士の見解にときには共感するハドリーも、異を唱えずにはいられなかった。

「ですが、あそこに何があるというのです」としつこく訊いた。「ソマーズがすでに徹底的に調べたというのに」

「かならず見つかるとは言っとらん。あくまで私の希望だが」博士は不機嫌に言った。

「弟アンリの痕跡を見つけたいのだ。いわば彼のトレードマークだな。彼の頬ひげ。彼の……ああ、まったく、憎き弟アンリめ！」

ハドリーは、そういう『スペインの修道僧の独白』（ロバート・ブラウニングの詩）のようなものは無視できるが、とらえどころのないアンリに対する友人の怒りが、どうして狂気を感じさせるまでふくれ上がったのか理解できないと言った。その原因となる新たな事実も見当たらなかった。さらに博士は、バーナビーの下宿屋を去るまえに全員を引き止め、しばらく家主のミス・ヘイクの聞き取り調査をおこなった。それまでオルークが律儀に巡業の思い出話をして、階下にとどめておいたのだ。とはいえ、ミス・ヘイクのほうも彼に引けを取らぬ話し好きで、オルーク以上に大げさな思い出を語っていたようだった。

ミス・ヘイクとの問答は実り多いものではなかった、とフェル博士も認めた。薹《とう》の立った快活な未婚女性で、善意に満ちているが妄想の気があり、一風変わった間借人を泥棒か殺人者と見なしがちだった。バーナビーは泥棒ではないとようやく納得したあとは、ほとんど提供できる情報がなかった。前夜、ミス・ヘイクは家にいなかった。八時から十一時まで映画を観にいっていて、それから夜中近くまでグレイズ・イン・ロードの友人宅にいたのだ。バーナビーの部屋を使った人物に心当たりはなく、その朝になるまで、殺人が起きたこと自体も知らなかった。ほかに部屋を借りているのは三人だった——一階にアメリカ人の学生とその妻、二階に獣医がひとり。この三人はみな前夜、外出していた。ブルームズベリー・スクウェアへの不毛な使いから帰ってきたソマーズは、その裏取りにまわされた。ハドリーはロゼット、バーナビーとともにグリモー家に向かった。断固たる決意で、もうひとりのおしゃべりな家主の相手をするつもりだったフェル博士は、逆にまったくしゃべらない家主に会うことになった。

2番と表示された煙草屋の建物は、演芸場の舞台の隅に組み立てる見せかけの家のように、いまにも崩れそうだった。黒いペンキを塗られて荒れ果て、煙草屋のかび臭いにおいがした。呼び鈴を何度も鳴らして、ようやく店の奥の暗い陰から、煙草屋で新聞売りのジェイムズ・ドルバーマンがしぶしぶ出てきた。口を固く結んだ小柄な老人で、手の指の関節が大きく、黒いモスリンの上着を着ていた。薄汚れた小説本とカラカラに乾いたペパーミント菓子が並ぶ洞窟のような店内で、その上着が鎧のように輝いた。老人は事件など自分にはいっさいかかわりないという態度だった。

誰かが現われて話をやめる口実ができるのを待っているかのように、老人は博士とランポールの先にある店のウィンドウを見つめながら、ぼそぼそと嫌そうに答えた。そう、間借人がいた。そう、フレイという男――外国人だ。フレイは最上階のひと部屋を借りていた。二週間ほどまえからで、家賃は前払いした。いや、彼のことは何も知らない。問題を起こさないことだけわかってればいい。よく外国語でひとり言をつぶやいてたが、それだけだ。彼について何も知らないのは、めったに見ることもなかったからだ。ほかの間借人はいない。自分（ジェイムズ・ドルバーマン）は間借人が誰だろうと湯を運んでやらない。なぜフレイは最上階を選んだのか？　知るわけがない。フレイに訊いてくれ。

フレイが死んだことを知らなかったか？　いや、知っている。警官が来てくだらん質問をしていったし、死体の確認までやらされたのだから。だが、自分の知ったことではない。

昨晩十時二十五分の銃声について？　ジェイムズ・ドルバーマンは何か言いかけたように見えたが、口をしっかり閉じ、いっそう熱心にウィンドウを見つめた。その時間には階下の台所にいてラジオを聞いていた。銃声については何も知らないし、知ったとしても外には出なかっただろう。

フレイを訪ねてきた客はいたか？　いない。怪しげな人物や、なんらかのかたちでフレイにかかわる人物をこのあたりで見たことはないか？

その質問は予想外の結果をもたらした。家主の顎はまだ夢遊病のように動いていたが、その彼が突然多弁になったのだ。ああ、警察が調べたほうがいいことがあるよ、ほかのことで税金の無駄遣いなんかせずに！　誰かがこのあたりをうろついて、この家を見ていた。一度なんかフレイに話しかけて、通りを急ぎ足で去っていった。いかにも悪そうなやつだった。たぶん犯罪者だ！　こそこそする連中は好きじゃない。いや、そいつの人相は説明できない――それは警察の仕事だろう。それに、うろついてたのはいつも夜だった。

「しかし、何かあるでしょう」フェル博士がこれ以上ないほどの愛想のよさで言った。バンダナを出して顔をふいていた。「その男の風体について何か言えることがあるはずだ。服装とか、そういったことで。どうです？」

「ことによると」ドルバーマンは唇を固く閉じてウィンドウを睨んだあと、ついに認めた。「ちょっと派手なコートのようなものを着ていたかもしれない。明るい黄色のツイードで、たぶん赤い水玉がついているような。あんたたちの仕事だ。階上《うえ》に上がりたい？　これが鍵だ。ドアは外側」

壊れそうな外見に似合わず、驚くほど堅牢な建物の暗く狭い階段を上がりながら、ランポールが苛立って言った。

「あなたの言うとおりですよ。事件全体がひっくり返ってしまった。コートのせいで、これまでにも増してわけがわからなくなった。長くて黒いコートを着た不気味な人物を捜してたと思ったら、今度は控えめに言っても色あざやかな、血まみれのツイードのコート。どっちがどっちなんですか。事件がまるごとコートの話になってしまったんでしょうか」

フェル博士は、体を引き上げるのに荒い息をついていた。「ふむ、そのことは考えていなかったな」疑うように言った。「事件がひっくり返ったというより――まちがった方向に進んだと言うべきだったかもしれん。だがたしかに、ある意味でコート次第だ。ふむ。〝二着のコートを持つ男〟。そう、私は同じ犯人だと思う、たとえ服装に一貫性がなかろうとね」

「犯人が誰か見当がついているとおっしゃいました？」

「犯人はわかっておる！」フェル博士は大声で言った。「どうして私が自分を蹴り飛ばしたくなるかわかるかね？　彼が最初から目と鼻の先にいただけでなく、その間ずっと私に真実を語っていたからだよ。だが私には意味がわからなかった。あそこまで嘘偽りなく話していたのに、私はそれを信じず、彼は潔白だと思っていた。そのことを考えると胸が痛むくらいだ」

「ですが、消えるトリックは？」

「あれをどうやったのかはわからない。さあ着いた」

最上階にはひと部屋しかなく、階段をのぼりきったところに、汚れた天窓から薄い光が射していた。緑に塗られた粗末な板のドアが少し開いていて、天井が低く暗い部屋が見えた。窓はしばらく開けていないようだった。フェル博士は暗がりのなかを手探りして、ぐらぐらする火屋《ほや》のなかにガスのマントルを見つけた。むらのある光が、片づいてはいるが厚く埃に覆われた部屋のなかを照らし出した。青いキャベツ模様の壁紙が張られ、白い鉄製のベッドが置かれていた。書き物机の上に、たたんだメモがあり、インク壺がのっていた。それが唯一、ピエール・フレイの奇妙にねじれた思考を感じさせた。まるでフレイ自身が、着古した夜会服にシルクハットという姿で机の横に立ち、これから奇術を見せようとしているかのように。鏡の上に、金と黒と赤の巻きひげ文字で書かれた古い文言が、額縁入りでかかっていた。蜘蛛の巣のように繊細な字で書かれたことばは、〝主いひ給ふ、復讐するは我にあり、我これを報いん〟（ローマ人への書、第十二章第十九節）。しかし額縁は上下逆さまだった。

静寂のなかで息をぜいぜい言わせて、フェル博士はのっそりと机に近づき、たたんだメモを取り上げた。ランポールが見ると、華麗な手蹟で布告するように、短くこう書かれていた。

ジェイムズ・ドルバーマン殿

一週間前の解約通知をしなかった代わりに、わずかな所持品をこのまま残していく。もう二度と必要ない。おれは墓に帰る。

ピエール・フレイ

「まただ」ランポールが言った。「なぜくどいくらい〝おれは墓に帰る〟とくり返すんですかね。まるで意味があるかのようだ。あるはずがないのに……本当にフレイという男はいたんだろうかという気がしてきた。彼は存在したんですよね。誰かがフレイのふりをしていた、なんてことではなく？」

フェル博士はそれに答えなかった。暗い気分に陥るところで、床のすり切れた灰色の絨毯を調べるうちに、ますます深く沈んでいった。

「何もない」博士はうなった。「何かの跡も、バスの切符も、何ひとつ。きれいそのものだ。掃除もしておらず、痕跡というものがない。所持品？　いや、所持品は見たくない。ソマーズがすべて調べただろう。さあ、行こう。ハドリーのところに戻るのだ」

ふたりは雲の垂れこめた空のように陰鬱な心で、ラッセル・スクウェアに戻った。家のまえの階段を上がるところで、ハドリーが応接間の窓から彼らを見て、玄関ドアを開けた。ハドリーは応接間のドアが閉まっていることを確認し——ドアの向こうで人の低い声がする——飾り立てた玄関ホールの薄闇のなかで、ふたりと向かい合った。そのうしろに、あたかも彼の顔貌の戯画のような、日本の甲冑の悪魔めいた面があった。

「また厄介なことが持ち上がったようだね」フェル博士がやさしくも聞こえる口調で言った。「話してもらおうか。こちらは何も報告することがない。あいにく私の探検は失敗だったようだが、すぐれた予言者だということだけでは慰めにならない。さあ、どうした？」

「コートが——」ハドリーはことばを切った。怒りが頂点に達していた。ドアに触れて、ゆがんだ笑みを浮かべた。「入って話を聞いてください、フェル。あなたなら意味がわかるかもしれない。もしマンガンが嘘をついているのなら、そんなことをする理由がわからない。しかし、あのコートが……ちゃんと回収しましたよ。新しいコートです、まっさらの。ポケットには何も入っていなかった。しばらく着ていればふつう入る、砂粒や綿毛や煙草の灰さえも。われわれは、まず二着のコートという問題を突きつけられた。いまそれが、あなたなら〝カメレオンのコートの謎〟と呼ぶような状況になっていて……」

「コートがどうしたのだ」

「色が変わったのです」ハドリーが言った。

フェル博士は眼をぱちくりさせた。改めて興味をかき立てられたという様子で、警視を見つめた。「この事件のせいできみの頭がおかしくなったとは思っておらんが、どうなのだ？ 色が変わった、ん？ コートが明るいエメラルドグリーンになったとでも言うつもりなのかね？」

「いや、色が変わったのはいつかと言うと……とにかく来てください」

ハドリーがドアを開けると、応接間の空気にはぴりぴりした緊張感があった。松明《たいまつ》を掲げた青銅の群像や、金色のコーニス、レースが多すぎて強張り、凍った滝のように見えるカーテンなど、ひと昔前の様式で贅沢に設えた部屋だった。明かりがすべてついていて、バーナビーがソファにゆったりと坐り、ロゼットが苛立ってせかせかと歩きまわっていた。隅のラジオの横には、エルネスティーヌ・デュモンが両手を腰に当てて立っていた。下唇を上唇に重ねているのは、おもしろがっているのか、冷たく批判しているのか、それとも両方か。最後に、ボイド・マンガンが暖炉の火に背を向けて立っていたが、その火に焼かれでもしたかのように、ちょっと跳びながら暖炉のまえを往復した。だが、彼を焼いたのは心の興奮か、別の何かだった。

「……ぼくに合うのはわかってる。くそ！」激しく何度もつぶやいた。「わかってる。認める、あのコートがぼくの背丈に合うのは。でも、あれはぼくのじゃない。第一、ぼくはいつも防水のコートを着る。いま玄関ホールにかけてるやつだ。第二に、ぼくにはあんな高級なコートは買えない。あれは買えば二十ギニーはする。第三に――」

ハドリーがそこであたかもドアをノックしたかのように、注意をうながした。フェル博士とランポールの登場で、マンガンは安心したようだった。

「もう一度聞かせてもらえるかね」ハドリーが言った。「いま話していたことを」

マンガンは煙草に火をつけた。少々血走った暗い眼に、マッチの炎が映った。マッチを振り消し、煙草を吸って、煙を吐き出した。それはまるで大義のために罪をかぶろうと決意した者のようだった。

「どうしてみんな好き好んでぼくに襲いかかってくるのか、わからない」彼は言った。「あれはほかのコートだったのかもしれない。手持ちの服をばらまく人間がいるとも思えないけど……いいかい、テッド、説明しよう」ランポールの腕を取って、証拠物件を並べるように暖炉のまえまで引っ張っていった。「昨夜、夕食に招かれてここに来たときに、ぼくは玄関ホールのクロゼットにコートを――防水加工のやつだよ、言っておくが――かけた。ふつう、わざわざあそこの明かりはつけないだろう。手探りして最初に見つけた手近のフックに、自分のコートを引っかけるだけだ。昨日もそうするはずだったが、棚に置きたい本の包みを持っていたので、明かりのスイッチを入れた。するとそこにコートがかかっていた。余分なコートが、クロゼットの奥のほうに。きみが持っている黄色のツイードと同じくらいの大きさだった。まさにあのコートだと思ったよ。ただ、それは黒だった」

「余分なコート」フェル博士がくり返し、顎を引いて興味深そうにマンガンを見た。「どうして〝余分なコート〟と言うんだね、きみ？ 誰かの家でコートが並んでいるのを見たら、余分だという考えが浮かぶものだろうか。私の経験で言えば、家のなかでもっとも注意が向かないのは、釘にかかったコートだ。なかの一着が自分のものだろうとは思っているが、どれかもわからないほどで。ちがうかね？」

「それはそうですが、ぼくはここの人たちが持っているコートを知っていたのです。それに――」マンガンは答えた。「とくにそのコートに眼を惹かれたのは、バーナビーのものにちがいないと思ったからです。来ると聞いていなかったので、もし来ているなら……」

バーナビーはマンガンに対して、あえて率直で寛大な態度をとっていた。もはやカリオストロ通りで長椅子に坐っていた気むずかし屋ではなく、芝居がかった手のひと振りで若者をたしなめる年長者だった。

「マンガンは観察眼が鋭いのです、フェル博士」彼は言った。「じつに観察眼が鋭い若者だ。は、は、は！　とりわけ私にかかわることでは」

「それが何か？」マンガンは声を穏やかな調子まで下げて訊いた。

「……まあいい、彼の話を聞きましょう。ロゼット、煙草でもどうだね？　ちなみに、それは私のコートではなかったと思うよ」

マンガンの怒りが募ったが、本人には理由がよくわからないようだった。彼はまたフェル博士のほうを向いた。「とにかく、そのコートに気づいたのです。それで、バーナビーが今朝ここに来て、なかに血がついたコートを見つけたとき……その明るい色のコートは、同じ場所にかかっていたのです。もちろん、唯一成り立つ説明は、コートが二着あったということです。でも、このわけのわからない事態はなんだろう。誓って言いますけど、昨日の夜のコートは、ここにいる誰のものでもなかった。ツイードのコートの持ち主もいないことは、そちらで調べればわかります。殺人者がどちらか一方を着ていたのか、それとも両方、あるいはどちらも着なかった？　それに、あの黒いコートは見た目が妙で――」

「妙？」フェル博士が鋭く割りこみ、マンガンは振り返った。「どういう意味だね、妙とは？」

エルネスティーヌ・デュモンがラジオの横からまえに進み出て、踵の平らな靴が小さな音を立てた。この朝の彼女は前日より痩せて見えた。高い頬骨はいっそう際立ち、鼻はいっそうひしゃげ、眼は半分閉じてまぶたのまわりが腫れぼったく、その下からのぞき見るような面構えだった。しかし、乾いた黒い眼には光が宿っていた。

「まったくもう！」マダム・デュモンは言い、険《けん》のあるぎこちない仕種をした。「どうしてこんな馬鹿げたことを続けているのですか。どうしてわたくしに訊かないの？　そういうことについては、この人よりわたくしのほうがよく知っています。ちがいますか？」マンガンを見て、眉間にしわを寄せた。「いえいえ、あなたは本当のことを言おうとしているのだと思いますよ。そこはおまちがえなく。ですが、少し混乱しているのでは。簡単なことです、フェル博士がおっしゃるように……黄色のコートはたしかに昨晩、あそこにかかっていました。夕方、食事のまえに。黒いコートがかかっていたと彼が言うまさにそのフックに。わたくしもこの眼で見ました」

「でも――」マンガンが叫んだ。

「これ、これ」フェル博士が大声でなだめた。「ひとつ整理してみようじゃないか。あなたがそこにコートを見たとすると、マダム、おかしいとは思いませんでしたか。ここにいる誰のものでもないコートだとわかったら、少し奇妙だと思うでしょう？」

「いいえ、ぜんぜん」マダム・デュモンはマンガンのほうにうなずいた。「この人が着いたところを見ていなかったので、彼のコートだと思ったのです」

「誰がきみをなかに入れてくれた？」フェル博士が眠たげにマンガンに訊いた。

「アニーです。けれど、コートは自分でかけました。誓って——」

「呼び鈴でアニーを呼んでもらえるかな、もしいるのなら、ハドリー」フェル博士は言った。「このカメレオンのコートの問題は魅力的だ。おお、バッカス、じつに心惹かれる！さて、マダム、あなたが真実を語っていないと言っているのではありませんぞ。われらが古き友人のマンガンについて、あなたが嘘をついていないのと同じだ。ちょうど少しまえに、不幸にもある人物があまりにも誠実だとテッド・ランポールに話していたところですよ。はっ！ ところで、アニーに職務質問はしたのかな？」

「ええ、しました」ハドリーが答えた。ロゼット・グリモーが彼のまえを歩いていって、呼び鈴を鳴らした。「ごく単純な話でしたよ。昨夜は外出していて、十二時すぎまで戻ってこなかったと。ですが、コートのことは訊いていません」

「何をごちゃごちゃやってるのか、わからないわ！」ロゼットが叫んだ。「どんなちがいがあるの？ コートが黄色だったか黒だったかで無駄な時間を費やすより、ほかにすることはないの？」

マンガンが彼女のほうを向いた。「大いにちがうさ。わかってるだろう。ぼくにはものが見えてなかった。そう、そしてたぶん彼女にも見えてなかったんです！ だけど、誰かが正しいはずだ。アニーがおそらく知らないことは認めますが。ああ！ ぼくは何もわかっちゃいない！」

「そのとおりだ」バーナビーが言った。

「ほっとけ」マンガンが言った。「地獄に堕ちろ」

ハドリーがふたりのあいだに歩いていって、穏やかに、しかしことば巧みに取りなした。幾分血の気が引いていたバーナビーはまたカウチに坐った。諍いの殺伐とした雰囲気が部屋に満ちた。誰もが落ち着こうとしていたときに、鈴の音に応えてアニーが入ってきた。

アニーは静かで生真面目な、鼻筋の通った娘で、いわゆるナンセンスを受けつけないことが見て取れた。有能でかつ働き者のようだった。帽子をあまりにきちんとかぶっているので、頭に強い力で押しつけられているように見えた。入口に腰を折り気味に立ち、茶色の眼でまっすぐハドリーを見た。少し驚いているが、不安な様子は微塵もなかった。

「昨日の夜、聞き忘れたことがひとつあったんだがね」警視もあまり気安い態度にならないように気をつけて言った。「ふむ。あなたはミスター・マンガンが来たときにドアを開けたのだね？」

「はい」

「それはいつごろだった？」

「なんとも申し上げられません」当惑しているようだった。「お夕食の三十分ほどまえだったかもしれませんが、正確な時刻はわかりません」

「ミスター・マンガンが帽子とコートをかけるところは見たかな?」

「はい! いつもわたくしには渡されませんので。でなければ、もちろん――」

「だが、あなたはクロゼットのなかを見た?」

「あ、それは……はい、見ました! ドアを開けて入っていただいたあと、わたくしはまっすぐ食堂に戻りましたが、地下の台所にいかなければならないのに気づいたのです。そこでまた玄関ホールを通ったのですが、ミスター・マンガンはすでにおられず、クロゼットの明かりがついたままでしたから、なかに入ってスイッチを切りました……」

ハドリーが身を乗り出した。「そこだ、訊きたいのは! 今朝あのクロゼットで見つかった、明るい色のツイードのコートを知っているだろう。あれをあなたは知っていた?

よろしい! どのフックにかかっていたか憶えているかな?」

「はい、憶えております」唇を引き結んだ。「今朝、玄関ホールにおりましたところ、ミスター・バーナビーがあれを見つけられ、そのあと、ほかのかたがたも来られました。ミスター・ミルズが、そのまま残しておくべきだとおっしゃいました。血も何もかもそのままで。なぜなら警察が……」

「そのとおりだ。問題は、アニー、そのコートの色なのだ。昨晩、あなたがクロゼットを見たとき、コートは黄色だったかな、それとも黒だった? 思い出せるかな」

アニーは警視を見つめた。「はい、憶えて――いま、黄色か黒とおっしゃいました?

まちがいありません。あの、厳密に申し上げれば、どちらでもありません。あのフック、い、い、いかかっていなかったから、です」

にコートはかかっていなかったからです」

声が交わされ、ぶつかり合った――マンガンは怒り、ロゼットはヒステリーを起こしたように嘲り、バーナビーはおもしろがった。エルネスティーヌ・デュモンだけが、うんざりして見下すように押し黙っていた。ハドリーはたっぷり一分間、毅然として闘志をみなぎらせている証人の顔をまじまじと見た。当のアニーは両手を握りしめ、首を突き出していた。ハドリーは窓のほうへ歩いていった。何も言わないのが、かえって凶暴な雰囲気だった。

フェル博士がくすくす笑いはじめた。

「さあ、元気を出して」とみなを励ました。「少なくとも別の色は出てこなかった。それにこれは、問題解決にそうとう役立つ情報だ。そう言うと、あの椅子をわが頭に投げつけられるおそれはあるがね。ふむ。はっ！　さよう。来たまえ、ハドリー。いまこそ昼食をとらなければ。昼食だ！」

17　密室講義

コーヒーが出てきて、ワインの壜は空《から》になり、葉巻に火がついた。ハドリー、ペティス、ランポール、そしてフェル博士は、ペティスのホテルの広くて仄暗い食堂で、赤い笠のついたテーブルランプを囲んで坐っていた。大半の客より長居していて、ほかのテーブルに残っている客は数えるほどしかいなかった。その冬の午後の満ち足りた気だるい時間、暖炉の火はいちばん心地よく、窓の外をふるいにかけられたような雪片が舞っていた。黒光りする甲冑や紋章の下で、フェル博士はいつにも増して封建領主のように見えた。下手をするとカップごと飲みこんでしまいそうなデミタスコーヒーを蔑むように一瞥し、静粛を求めるように大きく葉巻を振って、咳払いをした。

「これから講義をしよう」博士は愛想よく、自信たっぷりに宣言した。「探偵小説で〝密室〟として知られる名高い状況の一般的な仕掛けと、発展形態について」

ハドリーがうなって、「またの機会にしてください」と提案した。「いまの最高の昼食のあとで講義など聞きたくありませんよ。これからやるべき仕事があるときには、なおさら。さて、さっき私が言ったように――」

「これから講義をする」フェル博士は頑とした態度で言い渡した。「探偵小説で〝密室〟として知られる状況の一般的な仕掛けと、発展形態について。おっほん。反対する者はみな、この章は飛ばしてよろしい。おっほん。まず諸君！　過去四十年にわたって驚くべき小説で精神を鍛えてきた私は、次のように言うことができる――」

「ですが、不可能状況を分析するときに」ペティスが割りこんだ。「どうして探偵小説を論じるのですか」

「なぜというに」博士は素直に認めた。「われわれは探偵小説のなかにいるからだ。そうでないふりをして読者をたぶらかしたりはしない。探偵小説の議論に引きこむための念入りな言いわけなど、考えるのはよそう。隠し立てせず、もっとも高貴な態度で本の登場人物であることに徹しようではないか。

だが、先を続けよう。議論を始めるにあたって、とくにルールは設けないことにする。完全に私個人の趣味と嗜好にしたがって話すということだ。キプリングの詩をこんなふうにもじってもいい――〝殺人の迷宮を築くには六十九の方法があり、どのひとつをとっても正しい〟。さて、もしここで、どのひとつをとっても等しく興味深いと言ったなら、私は――あたうかぎり礼儀正しく表現しても――ひねくれ者の嘘つきということになる。まあ、それはどうでもよろしい。探偵小説では密室を扱うものが格段に興味深いと私が言えば、それはただの偏愛だ。私の場合、殺人は頻繁に起きて、血みどろで、グロテスクなのが好ましい。自分の作った筋書きから、あざやかな色合いや想像が湧き起こるようなのがいい。現実に起きるかもしれない、とにおわすだけで人を夢中にさせる物語には、お目にかかったことがないからだ。これらすべて、幸せで愉しくて理性的な偏愛であることは認める。もっと生温い（または、才能あふれる）作品を批判するつもりは毛頭ない。

とはいえ、以上のことを強調しなければならなかったのは、わずかなりとも刺激の強いものを嫌う少数の人々が、自分たちの嗜好をあたかもルールのごとく論じて憚らないからだ。彼らは〝ありそうもない〟ということばを、不良認定の印章のように用いる。そうして不用意な人たちをだまして、〝ありそうもない〟ことはたんに〝悪い〟ことだと信じこませるのだ。

いずれにせよ、探偵小説において、〝ありそうもない〟がとうてい批判にならないことは指摘してよかろう。われわれは、ありそうもないことが好きだからこそ、探偵小説に愛着を抱くと言ってもいいのだからね。Aが殺され、BとCに強い嫌疑がかかっているときに、潔白に見えるDが犯人ということは、ありそうもない。ところが、Dが犯人なのだ。Gに鉄壁のアリバイがあり、あらゆる点で、残るすべてのアルファベットから潔白だと太鼓判を押されているときに、Gが犯罪を起こしたというのは、ありそうもない。だが、Gが起こしたのだ。探偵が海岸でわずかな炭塵を見つけたとしても、そんなつまらないものが重要な意味を持つことは、ありそうもない。だが、持つのだよ。要するに、〝ありそうもない〟という単語が、もう野次として意味を持たない域に達するのだ。小説の最後まで、〝ありそうかどうか〟は忘れられる。殺人を予想外の人物に結びつけたければ（われわれ時代遅れの老人のいくらかは、そうしたがるが）、その人物が、最初に疑われる人物より、ありそうもない、必然的にわかりにくい動機で行動しても、文句は言えない。

心のなかで〝こんなことはありえない！〟と叫んだり、顔を半分見せた悪霊や、頭巾をかぶった幽霊や、人を惑わす金髪のセイレーンに不満をもらしたりしているときには、たんに〝こういう話は好きではない〟と言っているにすぎないのだ。むろんそれでかまわない。好きでないなら、そう言う権利はいくらでもある。しかし、こういう趣味の問題を強引にルールに変えて、小説の価値や蓋然性を判断するのに使いはじめると、結局たんに〝この一連の事件は起きるわけがない。起きたとしても私が愉しめないから〟と言っていることになる。

この問題については何が真実なのだろう。密室を例にとって検証してみてもいい。ほかのどんな状況と比べても、説得力がないという理由で激しい集中砲火を浴びているからだ。うれしいことに、たいていの人は密室が好きだ。しかし、ここが困ったところだけれども、密室については愛好家でさえ疑わしいと思うことが多い。私自身もたびたびそう思う。喜んで認めよう。よって、しばらくみんなでどんな発見ができるか考えてみよう。なぜわわれわれは密室の説明を聞いて疑わしいと思うのか。もとより懐疑的だからではなく、理由はたんに、なんとなくがっかりするからだ。その感覚からごく自然に不公平な一歩を踏み出し、事件全体を信じがたいとか、不可能だとか、どう見ても馬鹿げていると断じてしまう。

要するにだ」フェル博士は葉巻で指し示しながら声を轟かせた。「今日、オルークがわれわれに説明したことを考えてみたまえ。あれは現実の世界でおこなわれる奇術だ。神よ！　諸君、われわれは現実に起きることすら鼻で嗤《わら》う。とすれば、小説に勝ち目があると思うかね？　眼のまえで奇術が披露され、奇術師が見事にそれをやってのけること自体が、だましの印象をいっそう悪くするようだ。それが探偵小説のなかで起きると、われわれは信じがたいと評価する。現実の世界で起きると、仕方なく認めるが、腹いせに種明かしでがっかりしたと言う。両方のがっかりの裏にあるものは同じだ――われわれは期待しすぎるのだよ。

わかるかね。結果が魔法のようだと、原因も魔法のようなものだという期待が高まる。それが魔法でなかったことがわかると、くだらないと一蹴する。これはどう見ても公平ではないね。殺人者の一貫性のない行動については、決して文句を言ってはならない。全体の判断基準は、そうすることが可能かどうかだ。可能であるのなら、実際にそうするかどうかは問うてはならない。男が鍵のかかった部屋から逃げ出す――それで？　そもそもわれわれを愉しませるために自然の法則に反したのだから、〝ありそうもない行動〟の法則を踏みにじる資格があるのは当たりまえだ！　誰かが逆立ちしてみせようと言うのなら、その間足を地面につけていろという条件を押しつけるわけにはいかない。ゆえに諸君、判断するときには次のことを憶えておいてくれたまえ。結果をつまらないと評したければ、そうすればいいし、個人の趣味でほかに何を言おうとかまわない。だが、ありそうもないとか、現実離れしているなどという無意味な宣告を下さないように、よくよく注意することだ」

「わかった。わかりましたよ」ハドリーが椅子のなかで体を動かして言った。「私自身はその問題についてあまり熱心になれないんだが、どうしても講義したいと言うなら──それに、今回の事件にもいくらかは関係するんでしょう？」

「するとも」

「どうして密室を取り上げるんですか。グリモーの殺害は最大の問題ではないと言ったのは、あなただ。いちばんの謎は、空っぽの通りのまんなかで男が撃たれたことだと……」

「ああ、それか」フェル博士が掃いて捨てるように手を振ったので、ハドリーは相手を睨んだ。「その部分かね。あれは教会の鐘の音を聞いたとたんにわかったよ──ちっ、ちっ、なんということばだ！　真面目に話しておる。私を悩ませているのは、あの部屋からの脱出方法だ。手がかりのひとつでも得られればと、これから密室で殺人を犯すさまざまな方法を、何通りかの分類法で概説してみる。今回の犯罪もそのどれかに属するはずだ。属さなければならない！　どれほど変化していようと、いくつかのおもだった方法のたんなる一変化形にすぎないのだ。

　ふむ！　はっ！　さて、ここにドアがひとつ、窓がひとつ、そして強固な壁に囲まれた部屋がある。ドアも窓も開かないこの部屋からの脱出法を論じるときに、この密室につうじる秘密の通路があったという、低級な（そして、いまやまれな）からくりには触れない。これをやってしまうと小説が荒唐無稽になるから、自尊心のある作家は、わざわざそんな通路がないとも書かないほどだ。この禁じ手の変化形については論じる必要もあるまい――手がやっと通る大きさの羽目板があったとか、天井の隠し穴からナイフを落としたあと、その穴の栓をわからないものに取り替え、屋根裏部屋の床には、誰かが歩いたと思われないようにゴミをまいていたとか。規模が小さいだけで、やはりずるい手だ。秘密の穴が指ぬきのように小さかろうが、納屋の扉ぐらい大きかろうが、基本となる考えは同じだ……正当な分類については、これから説明することを書き留めてもらえないかな、ミスター・ペティス……」

「もちろん」ペティスがにやにやして言った。「どうぞ先を」

「最初に！　確実に密閉された密室があり、殺人者は外に出てこなかった。なぜなら、殺人者はその部屋にいなかったから。その説明だ――

一、殺人ではないが、偶然が重なって生じた事態が、あたかも殺人のように見えるもの。部屋が密閉されるまえのある時点で、強盗、暴行、傷害、家具の損傷といった、殺害時の格闘を示唆するようなことが起きる。その後、犠牲者が密室でたまたま死ぬか失神し、これらのことが一度にすべて起きたと見なされる。この場合、死因はふつう頭蓋骨骨折だ——当初、棍棒で殴られたと考えられるが、じつは家具のどれかにぶつかっている。机の角や、椅子の鋭い端などだが、いちばん多いのは暖炉の鉄格子だな。ちなみに、かくも危険な炉格子は、古くはシャーロック・ホームズと背中の曲がった男の冒険のころから、他殺を装って人を殺しておる。殺人者のいるこの手の筋立てで文句なしに満足のいくものは、ガストン・ルルーの『黄色い部屋の秘密』だ。歴代最高の探偵小説だよ。

二、殺人だが、犠牲者が自殺に追いやられるか、なんらかの偶発事故で死ぬもの。幽霊が取り憑いた部屋だと思いこまされたり、何かの暗示をかけられたり、もっと多いのは、部屋の外からガスを入れられたりするものだ。そのガスなり毒のせいで、犠牲者は誰かと争ったように暴れまわり、部屋のなかのあれこれを破壊し、しまいにナイフで自分を傷つけて死ぬ。この変化形としては、シャンデリアの鋭く尖った先を自分の頭に突き立てる、針金の輪で首を絞める、さらには自分の手で自分の首を絞める、などがある。

三、殺人であり、あらかじめ部屋に持ちこまれ、無害に見える家具のなかにひそかに隠されていた機械装置で殺されるもの。はるか昔に死んだ人間が仕掛け、自動的に働きはじめるか、現在の殺人者が始動させる罠であったり、現代科学にもとづく新奇な殺人道具だったりする。たとえば、電話の受話器に銃の機能を加え、犠牲者がそれを耳に当てたときに弾が頭を撃ち抜く仕掛けがある。拳銃の引き金に糸がついていて、水が凍って膨張するとその糸が引っ張られるものや、ネジを巻くと弾が発射される時計もある。けたたましい音で鳴るベルがのった大型の振り子時計で、その音を止めようと触れたとたんに刃が飛び出して腹を切り裂くといった巧妙なものも（時計が人気なのだ）。天井から振り子で落ちてくる重りや、椅子の高い背もたれから落ちて頭蓋を砕く重りもある。犠牲者が体を横たえて温まると致死ガスが吹き出すベッド、痕跡を残さない毒針、それから――

わかるだろう」フェル博士は、例をあげるたびに葉巻を突き刺すように振って言った。「機械装置が出てくる場合、われわれは密室という狭い領域ではなく、もっと広い意味での〝不可能状況〟のなかにいる。これはどこまでも広げられるだろう。人を感電死させる機械装置ですら切りがない。並んだ絵のまえの仕切りの紐に電気が流れる。チェス盤に電気が流れる。果ては手袋に電気が流れる。紅茶沸かしも含めて、あらゆる家具調度に死がひそんでいる。だが、こうしたものはもう使われなくなった。次に移ろう。

四、自殺だが、殺人のように見せかけるもの。男がつららで自分を刺し、つららが融ける！　密室のなかには凶器が見当たらないから、殺人と見なされる。男がゴム紐の端に結びつけた銃で自分を撃つ。手を離すと銃はゴムに引っ張られて煙突のなかに消える。このトリックの変化形として（密室ではないが）、銃のついた紐の反対側に重石がついていて、発砲のあとそれが橋の欄干を越えて川に落ちるというのがある。同じ仕組みで、拳銃が窓から外の雪だまりのなかに落ちてもいい。

五、殺人で、目くらましとなりすましから謎を生み出すもの。まだ生きていると思われている犠牲者が、すでに殺されて部屋のなかに倒れている。その部屋のドアは見張られているが、そこから殺人者が犠牲者に扮して、またはうしろ姿で犠牲者にまちがわれて、なかへ駆けこむ。そしてすぐに振り返り、扮装をはぎ取って、彼自身として部屋から出てくる。出るときに犠牲者とすれちがったふりをするのだ。いずれにしろ、彼にはアリバイができる。死体が発見されたとき、殺人は、なりすましの〝犠牲者〟が部屋に入ってしばらくしてからおこなわれたと見なされるからだ。

六、殺人で、犯行時に部屋の外にいた誰かがやったにもかかわらず、なかにいた者がやったはずだと思われるもの。

これの説明にあたっては」フェル博士はいったんことばを切った。「この種の殺人をひとくくりにして〝遠隔犯罪〟または〝つらら犯罪〟と呼ぶことにする。たいていその原理の変化形だからだ。先ほど、つららの話をした。言いたいことはわかるね。ドアには鍵がかかっている。窓は小さすぎて殺人者は通り抜けられない。なのに犠牲者は部屋のなかで刺されたように見え、凶器は見当たらない。じつは、銃弾代わりにつららが外から撃ちこまれ――現実味があるかどうかは論じないよ、さっき謎のガスについて論じなかったのと同様に――跡形もなく融けてしまったのだ。たしか、アンナ・キャサリン・グリーンが『頭文字だけ(Initials Only)』という長篇で、探偵小説史上初めてこのトリックを使ったはずだ。

(ちなみに、彼女はいくつもの伝統の創始者だ。五十年以上まえに書いた初めての探偵小説で、雇い主を殺す残忍な秘書という伝統を生み出した。今日、統計をとっても、秘書はいまだに小説のなかの殺人者としてもっとも一般的だと思う。執事ははるか昔に時代遅れになった。車椅子の病人も怪しすぎる。落ち着いた未婚の中年女性は早くから殺人に熱中するのをやめて、探偵になっている。医師もこのところ素行がよくなったが、それは名を成してマッド・サイエンティストにならなければの話だ。弁護士は相変わらずひねくれ者が多いけれども、危険きわまりない例は数えるほどしかない。だが、歴史はくり返す! エドガー・アラン・ポーは八十年前に、小説のなかの殺人犯をグッドフェローと名づけて、秘密をもらした。当代一の人気を誇る推理作家もまったく同じことをして、登場人物の大悪党をグッドマンと呼んだ。そんななかで、秘書はいまだに家で雇うには危険すぎる人たちなのだ)

つらの話を続ければ、これを実際に使ったのはメディチ家だとされるが、尊敬すべきフレミング・ストーンの小説のひとつにも、マルティアリスの寸鉄詩《エピグラム》が引用され、それによると、つららが最初に殺人に使われたのは紀元一世紀のローマだという。ハミルトン・クリーク（『四十の顔を持つ男』の偉大な主人公だ）の冒険のひとつでも、つららが発射され、投げられ、クロスボウで射られているね。同じテーマ、すなわち融ける飛び道具の変化形として、岩塩の銃弾や、血を凍らせた銃弾まである。

だがこれは、室外にいる人間が室内で犯罪を起こす方法について、私が知るところを説明したものだ。ほかの方法もある。四阿を覆ったツタ越しに、仕込み杖の薄い刃が犠牲者を刺し、すぐに引き抜かれるかもしれない。あるいは、犠牲者があまりに薄い刃で刺されたために本人も気づかず、別の部屋に入ったあとで突然倒れて死ぬかもしれない。また、下からはのぼれない窓から顔を出すよう仕向けられ、しかし上から、なじみの友人である氷が落ちてきて、頭蓋骨を砕くかもしれない。むろん凶器は融けてなくなる。

この項目に、毒ヘビや毒虫を使った殺人を含めてもいいだろう（第三項にも充分当てはまるかもしれないが）。ヘビは箱や金庫のなかだけでなく、鉢植え、本、シャンデリア、杖のなかにも隠しておける。彫刻でサソリを象ったパイプが、くわえようとしたそのときに生きた本物のサソリに変わるなどという愉快なアイデアもあった。だが諸君、密室で起きる遠隔殺人の頂点として、過去に書かれた短篇探偵小説のなかでも最上の一篇を推しておこう（この作品は、トーマス・バークの『オッターモール氏の手』、チェスタトンの『通路の人影』、ジャック・フットレルの『十三号独房の問題』と並び称され、最高の栄誉に輝く傑作なのだ）。それは、メルヴィル・デイヴィスン・ポーストの『ドゥームドルフ事件』で——遠隔殺人者は太陽なのだ。太陽光が密室の窓から入り、ドゥームドルフ自身が机に置いた白いメチル・アルコールの壜を天日レンズに変えて、壁にかけてあった銃の雷管に火をつけてしまうのだ。かくして憎まれた男はベッドに寝ていたとき、胸に風穴をあけられる。そしてまた……

いかん！　おっほん。はっ。寄り道はやめておこう。分類の最後の項目に移って終わりにしよう。

七、殺人で、第五項とまったく逆の効果を用いるもの。つまり、犠牲者は実際よりずっとまえに死んだと見なされる。密室のなかで犠牲者が眠っている（睡眠薬を飲まされているが、死傷していない）。ドアが叩かれても目覚めない。そこで殺人者がわざと恐慌を来す。ドアを無理やり開けて、部屋に真っ先に飛びこみ、刺すか喉を掻き切るかして犠牲者を殺してから、ほかの目撃者には、見ていないものを見たかのように思いこませる。この栄誉ある工夫を考え出したのは、イズレイル・ザングウィルだ。その後、さまざまなかたちで用いられている。船の上、廃屋、温室、屋根裏部屋と、あらゆるところで（多くは刺殺だ）。屋外まであって、そこでは犠牲者が転んで気を失い、それを殺人者が抱きかかえて——」

「そこまで！　ちょっと待ってください！」ハドリーがテーブルを叩いて注意をうながし

た。演説が波に乗ってきたフェル博士は、うれしそうに振り向いて、顔を輝かせた。ハドリーは続けた。「どれもすばらしいかもしれない。あなたはすべての密室状況を取り上げて──」

「すべての？」フェル博士はふんと鼻を鳴らして、眼を大きく見開いた。「すべてであるわけがない。この特定の分類のもとでも、すべての方法は網羅していないよ。ただ思いつくままに概要を述べただけだ。が、これはこれで置いておく。これから別の分類法について話そうとしていたのだ。ドアや窓を内側から施錠するさまざまなからくりについて。ふむ！　はっ！　では諸君、続けるよ──」

「まだです。待ってください」警視は譲らなかった。「あなた自身の立論にしたがって話しますよ。あなたは、さまざまなからくりの方法を述べることによって手がかりが得られると言った。そして七つの項目をあげた。ですが、それぞれの見出しを今回の事件に当てはめて考えると、どれも除外せざるをえない。あなたのリスト全体の見出しは、〝殺人者は外に出てこなかった。なぜなら、殺人者はその部屋にいなかったから〟だ。それじゃお話にならない！　いまはっきりわかっているのは、ミルズとデュモンが嘘つきでないかぎり、殺人者は部屋のなかにいたということです！　そこはどうなんですか」

ペティスが身を乗り出していた。赤い笠のランプの光で禿頭をてかてかさせて、背を丸め、きれいな金色のシャープペンシルで封筒に几帳面にメモをとっていた。顔を上げ、ただでさえ大きな眼をカエルのようにいっそう大きくして、フェル博士を見つめた。「えー……そう」ペティスは、こほんと咳をひとつして言った。「ですが、第五項は示唆に富んでいると思いますよ。錯覚です！　ミルズとミセス・デュモンが、実際にはあのドアから人が入るのを見ていなかったとしたら、どうです？　なんらかの方法でだまされたとか、あれ全体が幻灯機のような錯覚だったとしたら？」

「錯覚ねえ」ハドリーが言った。「申しわけないが、私もそれは考えた。昨晩、そのことでミルズをとっちめたし、今朝も少し話した。ほかのなんであれ、殺人者は幻ではなく、たしかにあのドアから入ったんですよ。ちゃんと影の映る実体だったし、歩けば広間の床が振動した。しっかりした実体として話し、ドアを勢いよく閉めた。あなたも同意するでしょう、フェル？」

博士は悲しげにうなずき、火の消えた葉巻をぼんやりと吸った。

「ああ、もちろん同意するよ。彼には実体があった。そしてたしかに部屋に入った」

「それに、たとえわれわれの知っていることが正しくないとしても」ペティスが給仕を呼んでコーヒーのお代わりを頼むあいだに、ハドリーは続けた。「たとえ幻灯の影が全部やってのけたのだとしても、幻灯の影はグリモーを殺していない。本物の手が本物の拳銃で撃ったのです。グリモーが機械的なからくりで殺されたのでないことは、火を見るより明らかだ。さらに彼は自分で撃ったのでもない――あなたが例にあげたように、その銃をゴム紐で煙突のなかに消したわけではありません。第一に、数メートル先から自分を撃つことはできない。第二に、銃が煙突に飛びこんで家々の屋根を越え、カリオストロ通りでフレイを撃ち、仕事を終えて道に転がったりするわけがない。ええもう、フェル、私の話し方もあなたに似てきた！　あなたの思考の習慣に触れすぎたせいだ。いつ警察から電話があってもおかしくないから、早く正気の世界に戻りたい。どうしました？」

フェル博士は小さな眼をかっと見開き、食い入るようにランプを見ながら、拳をゆっくりとテーブルにおろした。

「煙突！」彼は言った。「煙突だ！　ワオ！　もしかして――神よ！　ハドリー、私はなんと愚かだったのだろう！」

「煙突がどうしたんです」警視は訊いた。「あそこから殺人者が外に出られないことは証明ずみだ。あの煙突をのぼっていけないことは」

「ああ、もちろん。だが、私の言いたいことはちがうのだ。光明が見えてきた。たとえ意味不明な光明だとしても。どうしても、あの煙突をもう一度見なければならないな」

ペティスがくすっと笑って、金色のペンシルをメモにとんとんと打ちつけた。「とにかく、この議論を最後までしてしまったほうがいい」と提案した。「警視にひとつ同意します。ドアと窓に細工する方法をざっと説明していただけませんか。なんなら煙突でもかまいませんが」

「煙突は、残念ながら――」フェル博士は続けた。考えごとから解放されて活気が戻っていた。「煙突は、残念ながら、探偵小説のなかで脱出手段としてあまり好まれていない。むろん、秘密の通路としての使い途はあるがね。その点で煙突は最高だ。がらんとした煙突の裏に秘密部屋があったり、暖炉の奥がカーテンのように開いたり、暖炉自体がぐるりとまわるのもある。暖炉の石組みの下に部屋があることも。さらに、毒物をはじめとして、あらゆるものが煙突の上から落とされる。しかし、犯人が煙突をのぼって逃げることはきわめてまれだ。ほとんど不可能ということもあるし、ドアや窓をいじるよりはるかに汚れるからね。ドアと窓という主要なふたつのうちでは、ドアのほうが圧倒的に人気が高い。そこで、ドアに細工して、内側から施錠されたと見せかける方法をいくつかあげよう。

一、まだ錠のなかに入っている鍵に細工する。これは古来いちばんよく使われた方法だが、その変化形があまりに知れ渡ったので、今日では誰も真面目に使わなくなった。鍵の軸の部分を外からプライヤーでつかんでまわすことができる。われわれもグリモーの書斎のドアを開けるときにそうした。実際に使える簡単な仕掛けは、五、六センチの細い金属の棒に丈夫な糸を結びつけたものだ。部屋から出るまえに、この棒を鍵の頭の穴に差し入れ、一方の端が鍵の下、もう一方が上に来るようにしておく。棒を梃子《てこ》のように使うのだ。そうして糸の端を床に垂らし、ドアの下から外に出す。外からドアを閉め、あとは糸を引くだけで、レバーが回転して鍵がかかる。それから糸を振るなり引っ張るなりして、棒が床に落ちたら、ドアの下から外に引き出すという寸法だ。同じ原理の応用はたくさんあり、みな糸を使う。
二、鍵やスライド錠はいじらずに、たんにドアの蝶番《ちょうつがい》をはずす。気の利いたトリックで、小学生が鍵のかかった戸棚からものを盗みたいときに、たいていこうする。だがもちろん、蝶番はドアの外側についていなければならない。
三、スライド錠に細工する。ここでも糸を使う。今度の仕掛けはピンと縫い針だ。ドアの内側に突き刺したピンを支点にして、外からボルトを動かすのだ。糸は鍵穴を通して使う。私も敬意を表するファイロ・ヴァンスが、このトリックの最上の応用例を示している。一本の糸だけを使った、もっと単純だがあまり効果的ではない変化形もいくつかある。強く引けばほどける〝引き解け〟結びというのがあって、長い糸の先にこれを作り、つまみの部分にかける。残りの糸を垂らして、ドアの下をくぐらせる。そしてドアを閉め、糸を右か左に引いてボルトを動かす。そのあと強く引けば結び目がほどけ、つまみからはずれるので、外に引き出せる。エラリイ・クイーンがまた別の方法を示してくれている。死んだ男そのものを使うのだ――しかし、文脈から取り出してこれだけを説明すると、あまりに突飛に聞こえるから、あの頭脳明晰な紳士に失礼だな。
四、掛け金に細工する。これはだいたい、掛け金の下に何かを挟んでおいて、ドアを外から閉めたあと、それをはずし、掛け金を落とすというものだ。いままでで最高の方法は、これまた便利な氷を使うもので、氷の小さな塊を掛け金の下に入れておくと、それが融けて掛け金が落ちる。たんに勢いよくドアを閉めれば、ちゃんと掛け金がかかったという事件もある。

五、単純だが効果的な錯覚を使う。殺人者は犯行のあと、部屋の外からドアに施錠し、鍵を持っている。その鍵はしかし、内側の錠に差されていると思われている。殺人者は最初に恐怖に駆られて死体を発見し、ドア上部のガラス板を割って手をなかに突っこみ、錠に差されていた鍵を〝見つけて〟ドアを開ける。この技はふつうの木のドアを打ち壊す場合にも使われてきた。

ほかにもいろいろ方法はある。たとえば、外側から施錠し、また糸を使って鍵をなかに戻すなど。ただ、諸君にもわかるとおり、このどれも今回の事件には応用できない。ドアは内側から施錠されていた。そうする方法は数多くあるわけだが、今回はミルズが最初からずっとドアを見ていたから、細工のしようがない。部屋はたんに技術的な意味で施錠されていた。監視されていたことによって、われわれの推理はすべて吹き飛ぶ」

「陳腐な言いまわしを用いたくはありませんが」ペティスが眉間にしわを寄せて言った。「不可能なことを排除すれば、残ったものが、いかにありそうでなくとも真実である。そう言っていいように思えますけどね。あなたはドアを排除した。そしておそらく煙突も排除する？」

「さよう」フェル博士は不満げに言った。

「ならば、ぐるりとまわって、窓になる。ちがいますか」ハドリーが訊いた。「あなたは明らかに今回の事件で使えない方法について延々としゃべった。ところが、世の中をあっと驚かすいまのリストのなかで、犯人が使えたかもしれない唯一の方法にはまったく触れなかった……」

「窓に鍵がかかっていなかったからだよ。わからないかね?」フェル博士は叫んだ。「鍵がかかっていたのなら、何通りかのトリックを話すこともできる。釘の頭が偽物という最初期のものから、スチール製のシャッターに手を加える最新のものまで。外側から窓ガラスを割り、注意深く鍵をかけたあと、ガラス全体をたんに新品に替えてまわりにパテを塗れば、新品が元のガラスに見えて、窓には鍵がかかっている。だが、今回の窓は施錠されていないし、閉まってすらいなかった。たんに外から近づけなかっただけだ」

「蝙男というのをどこかで読んだことがあると思うけれど……」ペティスが言った。

フェル博士は首を振った。「蝙男がつるつるの壁の上を歩けるかどうか議論するつもりはない。これまであまりにも多くのことを喜んで受け入れてきたから、その蝙がなんらかの閃きを与えてくれるなら、壁を歩けると信じてもいいかもしれんがね。犯人はどこかから出てきて、どこかに戻らなければならないが、そうしなかった。屋根の上にも、地上にも……」フェル博士は両方の拳をこめかみに打ちつけた。「とはいえ、その点について、ひとつふたつ提案してほしいということなら、話しても――」

博士は話を中断して、顔を上げた。いまや人がおらず、静かになった食堂の奥に窓が並び、青白い光が雪のせいでちらついていた。その窓のまえに人影が飛びこんできて、ためらいながら左右を眺めわたし、彼らのほうに駆け寄ってきた。ハドリーが押し殺した驚きの声をあげた。人影はマンガンで、顔面蒼白だった。

「また別のことじゃないだろうね」ハドリーはできるだけ冷静に訊いて、椅子をうしろに押しやった。「色の変わるコートに関する別のことではないね。それとも――」

「ちがいます」マンガンは言った。テーブルの横に立ち、息をあえがせていた。「でも、来ていただいたほうがいい。ドレイマンに何かが起きました。卒中か何かのようです。いえ、死ぬような事態ではありませんが、具合が悪そうです。卒中を起こしたときに、あなたに連絡をとろうとしていて……わけのわからないことを口走っています。誰かが部屋にいたとか、花火だとか、煙突だとか」

18 煙突

今度も三人――緊張して神経をすり減らした三人――が応接間で待っていた。暖炉に背を向けて立つスチュアート・ミルズまでもが咳払いをしつづけ、ロゼットはそのことで癇《かん》癪《しゃく》を起こしかけていた。エルネスティーヌ・デュモンは、マンガンがフェル博士、ハドリー、ペティス、ランポールを連れてきたとき、暖炉のそばに静かに坐っていた。明かりは消され、雪の午後の薄暗い荒涼とした光だけが、重厚なレースのカーテン越しに入っていた。弱々しい火明かりをミルズの影がさえぎっており、バーナビーの姿はなかった。

「いまは会えません」マダム・デュモンがミルズの影を見すえて言った。「お医者様が診ているところです。何もかも一度に起きてしまって。おそらく頭がおかしくなったのです」

ロゼットは腕を組み、相変わらず猫を思わせる優雅さで歩きまわっていた。入ってきた人々と向かい合って、急に荒々しい口調で話しはじめた。

「もう耐えられません。おわかりでしょう。いつまでもこんなことが続いて、そして――

何が起きたのか、わかる人はいないんですか？　父がどんなふうに殺されたのか、誰が殺したか、わからないの？　お願いだから何か言ってください。わたしを告発することでもかまわないから！」

「正確に話していただけませんか、ミスター・ドレイマンに何が起きたか」ハドリーが静かに言った。「そして、それがいつだったか。彼は深刻な状態なのですか」

マダム・デュモンは肩をすくめた。「かもしれません。あの人の心臓は……わかりません。突然倒れたのです。いまは意識もなくて。また意識が戻るのかどうかもわかりません。あの人に何が起きたのかについては、いったい原因が何だったのか……」

またミルズが咳払いをした。頭を振り上げ、顔にはぞっとする笑みが張りついていた。彼は言った。

「もしあなたがこれを……その……犯罪ではないか、彼の死を企てたのではないかと疑っているのなら、そんな考えは捨てるべきです。奇妙なことに、これについては、なんというか、ひとまとめでわれわれが証言できるのです。つまり、今日の午後は、昨日の夜と同じ人たちがこの家にいたのです。巫女さんとぼくは――」エルネスティーヌ・デュモンに重々しく会釈した。「階上のぼくのささやかな仕事部屋にいました。聞いたところでは、ミス・グリモーと友人のマンガンはここにいて……」

ロゼットがさっと顔を上げた。「最初から聞いていただいたほうがいいわ。ボイドは、ドレイマンがここに最初におりてきたときのことを話しました？」

「いや、ぼくは何も話してない」マンガンが苦々しげに答えた。「あのコートの件があったあと、誰かが少しでも確認してくれないかなと思いまして」さっと振り向くと、こめかみの筋肉が引きつっていた。「三十分ほどまえのことです。ロゼットとぼくはふたりきりでこの部屋にいました。バーナビーとはそのまえに口論していたので――まあ、いつものことです。みんな、あのコートのことで大声を出したり、口喧嘩になったりしたあと、ばらばらに別れたのです。バーナビーは去りました。ドレイマンには会っていませんでした。今朝はずっと自分の部屋にいたのです。いずれにしろ、ドレイマンがここに入ってきて、あなたがたに連絡をとるにはどうすればいいのかと尋ねました」

「何かを発見したとか？」

ロゼットが鼻を鳴らした。「あるいは、発見したと思いたかったか。とても不思議なんです！　いつものようによろよろと入ってきて、いまボイドが言ったように、あなたがたはどこにいるって。ボイドは、どうしたのかと尋ねたんですけど……」

「彼は何か――そう、何か重要なものを見つけたという感じでしたか」

「ええ、そうです。わたしたち、本当に驚いて……」

「なぜです」

「あなただって驚くでしょう」ロゼットは淡々と言った。「無実だったら」寒いかのように腕を組んだまま、肩をぴくりと動かした。「だから、〝いったいどうしたの〟と訊いたところ、彼はまた少しよろめいて言いました。〝私の部屋からあるものがなくなっているのに気づいたのだ。それで、昨夜忘れていたことを思い出した〟。はっきりとはわからないけれど、無意識の記憶だとかなんとか、まったく馬鹿げた話でした。結局、幻覚だったんでしょうが、昨日の夜、睡眠薬を飲んで横になっているあいだに、誰かが彼の部屋に入ってきたんだそうです」

「つまり……殺人のまえに？」

「ええ」

「誰が彼の部屋に入ったのです」

「そこですの。ドレイマンは知らないか、言いたくないか、でなければ、すべてただの夢だったんです。そうにちがいありません。ほかには考えられない」ロゼットはまた冷ややかに言った。「わたしたちが訊くと、あの人は自分の頭を叩いて、ことばを濁し、〝それは言えない〟と。いつものあの腹立たしい態度で……ああ神様！　自分の考えを堂々と言わない人って大嫌い！　わたしたち、ふたりとも困って――」

「いや、彼が悪いんじゃない」マンガンがいたたまれなくなったように口を開いた。「あ、ぼくがあんなことさえ言わなければ……」

「何を言ったんです？」ハドリーがすかさず訊いた。

マンガンは肩をすぼめ、暗い顔で暖炉の火を見つめた。「こう言ったんです。〝そんなにすごいものを見つけたのなら、階上の怖ろしい現場に行って、もっと発見したらどうです？〟と。そう、嫌味でした。でもドレイマンは真面目に受け取った。ぼくをしばらく見て、〝そうだな、そうしてみよう。しっかり確かめたほうがいい〟と言うなり上がっていった！　それから二十分ほどあとのことです。誰かが大きな音を立てて階上《うえ》からおりてきて……もちろん、ぼくたちはこの部屋から出ませんでしたが、ただ――」突然ことばを切った。

「話してしまったほうがいいわ」ロゼットが驚きながらも無関心を装って言った。「誰に知られたってかまわない。あの人のあとからこっそりついていって見てようかと思ったんです。でもそうしなかった。二十分後、彼が乱れた足取りで階下におりてくる音が聞こえました。そしておそらく階段をおりきったところで、息が詰まったような声と、大きな音が――バタンという感じです。ボイドがドアを開けると、そこに彼が体をふたつ折りにして倒れていました。顔が鬱血していて、額のまわりの静脈が青く盛り上がって、ひどいことに！　もちろん、医者を呼びにやりました。彼はたんに〝煙突〟と〝花火〟についてうわ言を言うばかりで、あとは何もしゃべりませんでした」

エルネスティーヌ・デュモンは相変わらず無反応で、暖炉の炎から眼をそらさなかった。

ミルズが跳んでまえに出た。

「いまの話を続けさせてもらうと」頭を傾けて言った。「たぶん抜けているところを埋められると思います。もちろん、巫女さんの許可があればですが……」

「はっ、まったく！」マダム・デュモンが叫んだ。上げた顔には影が差し、体全体にクジラのひげのような硬さが感じられたが、ランポールは彼女の眼が燃えているのを見て、驚いた。「あなたはつねに呆け者のようにふるまわずにはいられないのね。そうでしょう？　巫女さんがこうした、巫女さんがああした。けっこうよ。お告げをしてあげましょう。わたくしは巫女ですから、あなたが気の毒なドレイマンを嫌っていることを知っています。わたくしの可愛いロゼットが彼を嫌っていることも。ああ！　あなたに人間の何がわかるの。思いやりとか、そういうことが……ドレイマンは善人です。少しネジのゆるんだところはあるかもしれないけれど。誤解されるかもしれない。睡眠薬を飲みすぎるかもしれない。でもあの人は、心根《ハート》のいい人です。もし亡くなったら、わたくしは彼の魂に祈りを捧げます」

「あの……えーと……続けます？」ミルズが動じず言った。

「ええ、続けて」マダム・デュモンは蔑むように同じことばを返した。

「巫女さんとぼくは三階の仕事部屋にいました——ご承知のとおり、書斎の向かいです。今朝もドアは開いていました。ぼくが書類を整理していると、ミスター・ドレイマンが上がってきて、書斎に入りました……」

「知っているのかね、そこで彼が何をしたか？」ハドリーが訊いた。

「あいにく知りません。彼はドアを閉めたのです。物音ひとつしませんでしたから、何をしていたのか想像もつきません。しばらくすると出てきて、そのときにはもう息をあえがせて、ふらついていたとしか言いようがなくて――」

「いったいどういうことだ？」

ミルズは顔をしかめた。「申しわけありませんが、それ以上わからないのです。ただ、激しい運動をしていたように見えたとしか。まちがいなくそのせいで倒れた、あるいは倒れるのが早まったと考えられます。顕著な卒中の症状でしたから。あえて巫女さんのことばを訂正すれば、心臓《ハート》とはなんの関係もありませんでした。あと……まだ言われていないことを追加するなら、卒中を起こしたあと、彼を抱え上げると、手と服の袖が煤だらけでした」

「また煙突だ」ペティスがごく低い声でつぶやいた。ハドリーはフェル博士のほうを振り向いた。が、当の博士が部屋から消えていたのでランポールは驚いた。あれほど体重と胴まわりのある人間が煙のように消えてしまうのは、一般的に言って至難の業だが、博士は消えており、ランポールには行き先がわかった気がした。

「階上についていって」ハドリーがアメリカ人に言った。「またわけのわからないことをしないように見張っておいてもらえるかな。さて、ミスター・ミルズ――」

暗い玄関ホールに出たランポールの耳に、ハドリーの厳しく執拗な質問が聞こえてきた。家のなかは静かだった。あまりに静かなので、階段をのぼっていたランポールは、突然下のホールで鳴りだした電話の甲高い音に跳び上がった。二階のドレイマンのドアのまえを通りすぎると、なかから荒々しい息遣いと、慎重に歩いている静かな足音が聞こえた。ドア越しに医師の診察鞄と、椅子にのせた帽子も見えた。三階の明かりはついていなかった。やはりしんと静まり返っていて、はるか下で電話に出たアニーの声がはっきりと聞こえた。

書斎は薄暗かった。雪が舞っているにもかかわらず、夕暮れの赤とオレンジ色のくすんだ光が窓からかすかに射していた。それは部屋を荒々しく横切って、紋章の盾の色を燃え立たせ、暖炉の上で交叉するフェンシングの剣を光らせ、本棚の上の白い胸像を大きく、影濃く見せていた。この部屋と同じく学術的でありながら野蛮なシャルル・グリモーの姿が、本人の死後も動きまわり、含み笑いしているように思えた。絵がかけられるはずだった板壁のがらんとした空間が、嘲るようにランポールと向き合っていた。そして窓のまえに、フェル博士が黒いマントの背中を見せてじっと立ち、ステッキにもたれて、沈む夕陽を見ていた。

開けたドアが軋んでも、博士は動かなかった。ランポールは、自分の声がこだまのように響くのを感じながら言った。

「何か――？」

フェル博士がまばたきしながら振り返った。疲れたようにふうっと吐いた息が、冷えた空気で白い煙に変わった。

「え？　お？　なんだって？」

「何か見つかりましたか」

「ふむ、真相を突き止めたと思う。真相を突き止めた」博士は思慮深い頑固さで答えた。「そして今晩、おそらくそれを証明できるだろう。ふむ。はっ。さよう。わかるかね、ここに立って、真相をどう扱うべきか考えていたのだ。昔からある問題だよ。しかし、年を経るごとにむずかしくなっていく。空がもっと澄みわたり、古い椅子がもっと心地よくなり、おそらく人の心が――」手で額をぬぐった。「正義とは何か。これまで事件を扱うたびに、毎回のごとく自問してきた。さまざまな顔が見え、病める魂や、悪夢が見える……まあいい。階下《した》におりるかね？」

「でも暖炉は？」ランポールは執着した。歩いていって、なかをのぞき、叩いてみたが、通常と異なるところは何もなかった。暖炉のまえには煤が少し散り、奥の壁にたまった煤には曲がった筋が入っていた。「これのどこがおかしいんです？　結局、秘密の通路はあったんですか」

「いや、ない。きみが言う意味では、おかしいところは何もないよ。誰もここからは上がっていない。それは確かだ」博士は言った。ランポールは長い排気筒のなかに手を突っこんで、あちこち探っていた。「あいにく、それは時間の無駄だ。そこには何もない」

「ですが」ランポールは懸命に言った。「もし弟アンリが――」

「そう」部屋の入口から重い声が言った。「弟アンリだ」

その声はあまりにもハドリーからかけ離れていたので、ふたりとも当人だとわからなかった。ハドリーが入口に立ち、手にくしゃくしゃの紙を握っていた。顔は影になっているが、その口調には生気の感じられない静けさがあり、ランポールは絶望のようなものだと思った。ハドリーはうしろ手でドアを閉めると、暗がりに立ち、穏やかに続けた。

「ひとつの理論に翻弄されてしまったわれわれが悪い。それはわかっている。われわれは引きずりまわされ――また最初からやり直さなければならなくなった。フェル、今朝あなたは、事件全体がひっくり返ってしまったと言った。それがどれほど真実を突いていたか、あなた自身もわかってなかったんじゃありませんか。たんにひっくり返っただけじゃない。存在しなくなってしまったのだ。いちばん当てにしていたものが吹き飛んでしまった。この腐った、ありえない状況……！」手の紙を握りつぶしてしまいたいかのように睨みつけた。「警視庁からいま電話があったのです。ブカレストから連絡があったということで」

「きみが何を言おうとしているか、わかる気がするな」フェル博士はうなずいた。「つまり、弟アンリは――」

「弟アンリはいないのです」ハドリーが言った。「ホルヴァート三兄弟の三人目は、三十年以上前に死んでいる」

弱々しい夕焼けの光が暮色に変わっていた。寒く静かな書斎のなかで、遠くから、夜に向けて目覚めつつあるロンドンのつぶやきが聞こえてきた。ハドリーは広い机まで歩いていくと、ほかのふたりに見えるようにしわくちゃの紙を広げた。黄色い翡翠のバッファローの影があざ笑うように射しかかった。部屋の奥で、三つの墓の絵の裂け目がぱっくりと開いているのが見えた。

「まちがいの可能性はない」ハドリーは続けた。「この事件は非常によく知られているようです。届いた電報全文はとても長いけれど、電話で読み上げてもらい、重要な部分だけそのまま書き写してきました。これです」

要望のあった情報は難なく提供できる（と書かれていた）。現在の部下のふたりが一九〇〇年に看守としてジーベントゥルメン刑務所に勤務していたので、記録を確認することができる。事実は以下のとおり――カーロイ・グリモー・ホルヴァート、ピエール・フレイ・ホルヴァート、およびニコラス・ルヴェイ・ホルヴァートは、カーロイ・ホルヴァート教授（クラウゼンブルク大学）と、妻のセシル・フレイ・ホルヴァート（フランス国籍）のあいだにできた三人息子だった。この三兄弟は一八九八年十一月にブラッソのクナル銀行で強盗を働き、一八九九年一月に有罪判決を受け、二十年の懲役を科された。銀行の警備員は負傷により死亡。兄弟が奪った金は行方不明で、どこかに隠されたと考えられる。一九〇〇年八月に疫病が流行した際、三人とも刑務所医の協力を得て死亡を宣告してもらい、病死者の墓地に埋葬されるという大胆な脱獄を試みた。看守のJ・ラーナーとR・ゲルゲイが、一時間後に墓標の木の十字架を立てるために墓に戻って、カーロイ・ホルヴァートの墓の土が乱れていることに気づいた。調べてみると棺の蓋が開いており、なかは空《から》だった。ほかのふたつの棺も掘り出したところ、ピエール・ホルヴァートは出血して意識を失っていたが、まだ生きていた。ニコラス・ホルヴァートはすでに窒息死していた。ニコラスは、まちがいなく死亡していることが確認されたのち、ふたたび埋葬された。ピエールは刑務所に戻った。箝口令が敷かれ、脱獄者を追うこともなく、この事実は戦後ようやく発見された。ピエール・フレイ・ホルヴァートの精神が完全に回復することはなかった。彼は刑期を最後まで務め、一九一九年一月に釈放された。三人目の弟が死亡していることにまったく疑問の余地はない。

——ブカレスト警察署長、アレクサンダー・クーザ

「まさに完璧だ」ふたりが読み終えると、ハドリーが言った。「これまでの推理が裏づけ

られた。ただし、幽霊を犯人として追いかけていたという些細な点を除いては。弟アンリ(正確に言えば、弟ニコラス)は墓から出なかった。まだ土のなかにいる。そして、この事件全体は……」

フェル博士は手の関節を軽く紙に打ちつけた。

「私が悪いのだよ、ハドリー」と認め、「今朝きみに、人生最大のあやまちを犯すところだったと言っただろう。私は弟アンリの催眠術にかかっていたのだ！　ほかのことを考えられなかった。三人目の弟について判明していることが驚くほど少なかった理由が、いまこそわかっただろう。あまりにも情報が少ないものだから、私はこの呪わしい自信過剰によって、ありとあらゆる夢想をしてしまったのだ」

「まあ、まちがいを認めたところで、なんの役にも立たない。これだけわかったうえで、フレイの狂った発言の数々をどう解釈します？　個人的な恨みか。復讐か。それもすべて消えてしまったから、手がかりがなくなった。何ひとつ！　グリモーとフレイに対する復讐という動機を除外したら、われわれに何が残ります？」

フェル博士は意地悪くステッキの先を警視に向けた。

「何が残ったかわからないのかね？」と大声で言った。「あの二件の殺人の真相がわからない？　いますぐ受け入れないなら頭がおかしいと言うしかない真相が？」

「つまり、誰かが復讐者の仕業に見せかけようとして、すべてをでっち上げたということですか？　もうなんだって信じられそうな気分だ」警視は説明した。「ですが、あまりに手がこみすぎていると思う。真犯人はどうやって、われわれがここまで過去を調べ上げることを知ったんです？　あなたがいたことは別として、いくつか運のいい発見がなければ、ここまではわからなかった。われわれがグリモー教授をハンガリーの犯罪者と結びつけること、あるいはフレイや残りのあれこれと結びつけることを、真犯人はどうやって予測したのか。偽の手がかりがあまりにもうまく隠されすぎているように思える」ハドリーは拳を自分の掌に打ちつけながら、部屋のなかを歩きまわった。「おまけに、考えれば考えるほど混乱してくる！　三番目の弟があのふたりを殺したと考える理由は充分そろっていたのに……その可能性を思うと余計に、ニコラスが死んだことを疑いたくなる。グリモーは、三人目の弟に撃たれたと言ったんですよ！　自分が死にかけていて、確実に死ぬとわかっているときに、いったいどんな理由で嘘をつく必要があるんです。それとも……いや待て！　彼はフレイのことを言っていたと思うんですか？　フレイがここに来てグリモーを撃ち、そのあと誰か別の人間がフレイを撃ったと？　それで謎の多くは解けるが――」

「でも」ランポールが言った。「割りこんですみません。でもそれじゃ、フレイも三人目の弟について話しつづけていた理由が説明できない。弟アンリは死んでいるか、死んでいないかのどちらかです。しかし、もし死んでいるのなら、どうして犠牲者ふたりがいつも彼について嘘をつかなければならなかったんです？　本当に死んでいるとしたら、本物の幽霊にちがいない!」ハドリーがブリーフケースを振った。「わかってる。私が声を大にして言いたいのもまさにそこだ。われわれは誰かのことばを信じなければならない。であれば、撃たれたふたりのことばを信じるほうが、いくつかの理由でゆがめられたり、まちがったりしている可能性もあるこの電報を信じるより筋が通っているように思える。あるいは……ふむ! 彼は本当に死んでいるが、あたかも生き返ったかのように真犯人が演出しているとしたら?」ハドリーはそこで黙り、うなずいて、窓の外を見つめた。「正解に近づいてきた気がする。それですべての矛盾が解決できるんじゃないか? 真犯人は、残りの兄弟が三十年近く会っていない男の役を演じている。どうだ? 殺人が起きると、われわれは彼の用意した軌道に乗って——もし乗ればだが——すべてを復讐に結びつける。どうです、フェル?」

フェル博士はひどく顔をしかめ、重い足取りで机のまわりを歩いた。

「悪くない……そう、悪くない、扮装としては。だが、グリモーとフレイが殺された本当の動機についてはどうだね?」

「どういう意味です?」

「ふたりを結びつける糸がなければならない。だろう? 誰かがグリモーを殺したいと思う動機は、わかりやすいもの、ぼんやりしたものも含めて、いくらでもあるかもしれない。

ミルズ、デュモン、バーナビー、あるいは――そう、誰だってグリモーを殺した可能性はある。同様に、誰だってフレイを殺すかもしれない。だが、指摘しておかなければならないが、フレイを殺したのは、同じ集団や仲間内の連中ではない。どうしてグリモーの集団にいる誰かがフレイまで殺さなければならない？　おそらくひとりもフレイを見たことがないだろう。もし二件の殺人が同一人物の犯行だとしたら、両者をつなぐ環はどこにある？　ブルームズベリーの名高い教授と、前科持ちの旅芸人。殺人者の心のなかで、このふたりをつなぐ人間らしい動機はどこにあるのか。もし過去にさかのぼるつながりでないとしたら？」

「過去から両者とつき合いのある人物がひとりいますよ」ハドリーが指摘した。

「誰だね？　マダム・デュモンのことか？」

「そう」

「であれば、弟アンリのふりをしている人物はどうなる？　ほかのことはどうあれ、デュモンがやったのではないということは決定しなければならない。ちがうのだ。デュモンは容疑者として弱いどころではなく、容疑者たりえない」

「わからないな。いいですか。デュモンがグリモーを殺したのではないとあなたが信じている根拠は、たんに彼女がグリモーを愛していたと考えるからだ。それでは弁護にならない、フェル――まったくなりません！　まず、彼女が最初から空想めいた話をしたのを憶えていますか」

「ミルズと協力して、だ」フェル博士は冷笑するように声を轟かせた。またしても激しい息をしていた。「月のない夜に結託して、想像上のお伽噺《ときばなし》で警察をだます共謀者に、これほど似つかわしくないふたりがいるかね？　彼女は仮面をつけるかもしれない――人生における、比喩としての仮面だ。ミルズも同じく、仮面をつけるかもしれない。だが、ふたりの仮面と行動が結びつくのは行きすぎだ。私に言わせれば、文字どおり偽の顔がひとつでいい。加えて、エルネスティーヌ・デュモンが連続殺人犯だという考えも完全に除外することだ。なぜか。フレイが死んだ時刻――それは立派な三人の目撃者が証言しているからまちがいないが――彼女はこの部屋にいて、われわれと話していたからだ」博士はそこで考えこみ、次第に眼を輝かせた。「それとも、次の世代を引き入れたいかな？　ロゼットはグリモーの娘だ。あの謎めいたスチュアート・ミルズが、じつは死んだ弟アンリの息子だったとしたら？」

ハドリーは答えかけてやめた。フェル博士を見つめ、机の端に腰かけた。

「この雰囲気はわかる。とてもなじみがある」彼は不吉な予感が胸に広がったかのように断言した。「さらに忌々しい謎が出てくるから、いまあなたと議論しても無駄だという雰囲気だ。どうしてそんなに熱心に自分の話を信じさせたがるのですか」

「第一に」フェル博士は言った。「ミルズが真実を話しているということを、きみの頭に叩きこんでおきたいからだ……」

「それは、じつのところ謎かけのひとつで、あとでミルズは真実を話していなかったと証明するつもりですか。死の時計事件のときにあなたが仕掛けた卑劣なトリックのように」

博士は不機嫌そうにうなって、これを無視した。「そして第二に、私は真犯人を知っているからだ」

「われわれが会って話した誰かですか」

「ああ、さよう。もちろんそうだとも」

「するとわれわれにチャンスは——？」

フェル博士は赤ら顔に放心しているような、激しい、ほとんど憐れむような表情を浮かべて、しばらく机を見つめていた。

「そう、主よわれらを助けたまえ」と不思議な声音で言った。「チャンスはあるはずだ。そのまえに、私は家に帰る……」

「家に？」

「グロスの検査をするのだ」フェル博士は言った。

そして背を向けたが、すぐには去らなかった。黄昏の光が濃い紫になり、薄香《うすこう》の影が部屋を包みこんでも、博士はまだ部屋にとどまり、不穏な力で最後の光をとらえる切り裂かれた絵と、ついに満たされた三つの棺をいつまでも見ていた。

19 姿なき男

その夜、フェル博士は図書室の横の小部屋に閉じこもった。本人に言わせれば科学的実験、フェル夫人の表現では〝あのぞっとする暇つぶし〟のためにとってある部屋だ。暇つぶしを好むのは人間の性質のなかでも最良のものであり、ランポールとドロシーも手伝おうと申し出た。しかし博士は真剣そのもので、珍しく困惑している様子だったので、ふたりはここで冗談を言うのも不謹慎だろうと、居心地の悪さを覚えながら引き下がった。疲れ知らずのハドリーはすでにアリバイの確認に出かけていた。ランポールは最後にひとつだけ質問した。

「あなたがあの燃やされた手紙を読もうとしているのはわかっています。あれを重要だと考えていることも。でも、何が見つかると思うのですか」

「考えうるなかで最悪のものだよ」フェル博士は答えた。「昨晩の出来事に馬鹿にされたと感じるようなものだ」

博士はそう言って眠そうに首を振り、ドアを閉めた。

ランポールとドロシーは暖炉のまえで向かい合って坐り、互いに相手を見ていた。外は雪が渦巻き、遠出をするような夜ではない。ランポールは最初、マンガンを誘って夕食に出かけ、旧交を温めるべきではないかと思ったが、電話をかけてみると、ロゼットが明らかに出かけられる状態ではないので、自分も彼女といっしょに家にいるという返事だった。フェル夫人も教会に行ったため、残ったランポール夫妻はふたりで図書室にこもって議論することになった。

「昨日の夜からずっと」夫が切り出した。「燃えた手紙を読むグロスの手法というのが話題になってるんだが、誰もそれがどういうものか知らないようなんだ。きみは薬品か何かを調合したことがあるだろう？」

「わかるわよ」ドロシーは勝ち誇ったように言った。「今日の午後、あなたたちが走りまわってるあいだに調べたの。もっと大切なことを言うと、たとえそれが簡単なやり方だとしても、うまくいかないわ。何を賭けてもいいけれど、うまくいきません！」

「グロスの本を読んだのかい」

「まあね、英語でだけど。そこそこ簡単よ。こういうことなの。誰でも手紙を火にくべたことがあれば、焦げた断片に書かれた文字がはっきりと浮き出しているのに気づくでしょう。たいてい黒地に白か灰色で見えるけど、反転することもある。あなたも気づいた？」

「どうだろうな。そもそもイギリスに来るまで、何にも覆われていない火を見たことがほとんどなかったから。事実そうなのか？」

ドロシーは眉を寄せた。「厚紙の上に印刷した箱ならうまくいくわ。粉石鹼の箱とか、そういうのなら。でも、ふつうに書いたものは……とにかく、こうすればいいの。透明なトレーシングペーパーをたくさん用意して、板に画鋲で留める。焦げた紙を一枚ずつ取り上げて、接着剤をつけたトレーシングペーパーの上に表を下向きにして貼りつける……」

「あんなふうにくしゃくしゃになってるのを？　破れてしまうだろう？」

「ああ！　グロスが言うには、そこで技を使うの。断片を柔らかくするわけ。トレーシングペーパーをすっかり囲うように五、六センチの高さの枠を置き、断片をすべてペーパー上に並べたうえで、濡らして何度かたたんだ布を枠にのせる。すると紙が湿気ってしわが伸びていく。すべて広がって固定されたら、それぞれの断片のまわりのトレーシングペーパーを切り取って、ガラス板の上でジグソーパズルみたいに組み合わせる。そのあと上にもう一枚ガラス板を重ね、ずれないようにまわりを留めて、光にかざすの。でも、何を賭けてもいいけど――」

「やってみよう」ランポールがそのアイデアに感心して、俄然やる気になった。

燃えた紙の実験は、完全な成功とは言いがたかった。まずランポールはポケットから古い手紙を取り出し、マッチの火を近づけた。火勢をあわてて調節しようとしたものの、紙は一気に燃え上がり、ねじれて手から落ちてしまった。炉辺で縮んで丸まり、五センチにも満たない傘のような黒い塊になったのを、ふたりでひざまずいてあらゆる角度から調べてみたが、何も読めなかった。ランポールはさらに何枚か燃やしたが、みな音のないロケット花火のように落ちて、炉辺に灰を散らした。腹が立ってきた彼は、手当たり次第にまわりのものを燃やしはじめた。立腹すればするほど、うまくやれば使えるという確信が深まった。タイプした文字も試してみようと、フェル博士のタイプライターで〝善き人すべてが仲間を助けるために集まるべきときだ〟(練習用の文《タイピング》)と何度も打った。絨毯の上は舞い落ちた燃えかすだらけになった。

「それに」ランポールは床に頬をつけて片眼をつぶり、燃えた紙を見ながら言った。「これは炭化じゃない。完全に燃えきってる。とてもじゃないが条件は満たさないね。あっ！　これだ！　〝仲間〟という文字がはっきり見える。タイプしたときよりずっと小さくなってるな。黒いところにへこんだようになってるが、とにかく読める。そっちの手書きのほうは何か読めないか」

ドロシーも見つけて興奮した。汚れた灰色の手紙に〝東十一丁目通り〟の文字が浮き出していたのだ。注意しつつも、もろい紙片をいくつも灰の粉に変えながら、ふたりはやっと〝土曜の夜〟、〝女〟、〝二日酔い〟、〝ジン〟ということばを解読することができた。ランポールは満足して立ち上がった。

「こういうのを湿気で平らに伸ばせるなら、うまくいくぞ！」と宣言した。「唯一の問題は、どんな手紙にしろ、充分な数の単語を見つけて意味のある文を作れるかどうかだ。けど、ぼくたちは素人《しろうと》だからね。グロスはすべて解読できたんだろう。それにしても、フェル博士は何を見つけるつもりかな」

それに関する議論は夜更けまで続いた。

「事件がひっくり返ってしまったからには」ランポールが指摘した。「動機をどこに求めればいいんだろう。それが事件全体の鍵だよ。グリモーとフレイの両人を殺人犯と結びつける動機がないんだ！　ところで、犯人はペティスかバーナビーにちがいないという、きみの昨夜の大胆な推理はどうなった？」

「あるいは、おかしな顔のブロンドね」ドロシーは強調しながら訂正した。「いまわたしがいちばん悩んでるのは、色が変わって消えたというコートのことすべて。あれで事件の鍵はあの家に戻っていく。でしょ？」と言って考えこんだ。「そう、完全に考えが変わったの。ペティスもバーナビーも関与しているとは思わない。あのブロンドもね。犯人の可能性は、残るふたりに絞られる。ぜったいそうよ」

「ほう？」

「ドレイマンか、オルーク」彼女はきっぱりと言って、うなずいた。「憶えておいて」

ランポールは激しく反論しそうになるのをこらえた。「そう、オルークの線はぼくも考えた」と認め、「だが、きみが彼を選ぶのはたったふたつの理由からだ。第一に、オルークは空中ブランコ乗りだから、犯行の手口として飛んで逃げるといったことを連想している。けれど、ぼくが見たかぎり、それは不可能だ。第二に、こっちのほうが重要だが、きみはオルークがこの事件とまったく関係がなさそうだからということで、彼を選んでいる。たいした理由もないのに突っ立っているのはつねに怪しむべき徴候だというわけで。ちがうかい？」

「そうかもね」

「それから、ドレイマンのほうは……そう、グリモーとフレイの両方と過去につながりがあった可能性のある人物は、ドレイマンひとりかもしれない。重要な点だ！　ふむ。それに、昨日の夜の夕食からかなり遅くまで——十一時だったね——誰も彼の姿を見ていない。でも、ぼくはドレイマンが犯人だとは思わない。なぜか。頭を整理するために、昨晩の出来事の大まかなタイムテーブルを作ってみよう。夕食のまえからすべてを書き出すんだ。すごく大ざっぱなもので、多くの細かい点については想像に頼るほかないけどね。実際に殺人が起きた時刻と、殺人に至るまでのいくつかの供述の時刻を除いて、正確にわかるものは少ないが、とにかくやってみよう。夕食前のわれわれの時間もあやふやだけど、そうだな……」

ランポールは封筒を取り出して、手早く書きはじめた。

(ほぼ)六時四十五分　マンガンが到着し、玄関ホールのクロゼットにコートをかけて、そこに黒いコートがかかっているのを見る。

(ほぼ)六時四十八分(アニーに三分を与える)アニーが食堂から玄関ホールに出てきて、マンガンがつけっぱなしにしていたクロゼットの明かりを消す。そのときコートはかかっていない。

(ほぼ)六時五十五分(これは特定できないが、夕食前だったのは確かだ)　マダム・デュモンが玄関ホールのクロゼットをのぞいて、黄色のコートを見る。


「こうしてみた」ランポールは言った。「マンガンが自分のコートをかけて、明かりをつけたままでクロゼットを離れるまでのとても短い時間に、デュモンがなかをのぞき、そのあとアニーが入って明かりを消したとは考えにくいからだ」

ドロシーの眼が細くなった。「ちょっと待って！　どうしてそれがわかるの？　もし明かりがついてなかったのなら、どうしてデュモンに黄色のコートが見えたの？」

互いに顔を見交わす間ができた。ランポールが言った。

「おもしろくなってきたぞ。それを言えば、なぜ彼女はそもそもクロゼットのなかを見た？　要するに、こういうことだ。ぼくがいま書いたとおりにこれらの項目が起きたのなら、筋が通る。まず黒いコートがかかっていて、それをマンガンが見る。マンガンが出ていったすぐあとで、誰かが黒いコートを取っていったので――理由はわからないが――アニーが見たときには何もない。そのあと代わりに黄色のツイードのコートがかかる。これでよさそうだ。しかし」鉛筆の先を突き出して、大声で言った。「アニーとデュモンの順序が逆だとしたら、誰かが嘘をついているか、全体がありえない話になってしまう。その場合、マンガンが何時に到着したかは重要ではない。すべてがほんの数分、あるいは何秒かのうちに起きたにちがいないからだ。わかるかい？　マンガンが着いて自分のコートをかけて出ていく。次にデュモンが来てなかをのぞき、去っていく。そのすぐあとでアニーが来て、明かりを消して、いなくなる。そのほんの短いあいだに、黒いコートがまず黄色に変わって、それから消えたんだ。そんなことはありえない」

「そのとおりだわ！」ドロシーは顔を輝かせた。「だとすると、誰が嘘をついてるの？　あなたの友だちじゃないと言うんでしょうけど――」

「そうとも。嘘をついてるのは、マダム・デュモンだ。何を賭けてもいいぞ！」

「でも、彼女が殺人を犯してないのは証明されてる。それに、わたしは彼女が好きよ」

「話をややこしくしないでくれよ」ランポールはたしなめた。「タイムテーブルの先を続けて、ほかに何か発見があるか確かめてみよう。はあ！　どこまで来てた？　そう、夕食は七時にしておこう。七時半に終わったからね。すると――」

七時三十分　ロゼット・Gとマンガンが応接間に引きあげる。
七時三十分　ドレイマンが二階の自室に戻る。
七時三十分　E・デュモンがどこに行ったかは不明。家のなかには残っていた。
七時三十分　ミルズが階下の図書室におりる。
七時三十分　グリモーが階下の図書室にいるミルズといっしょになり、九時三十分に客が来る予定だから、上がってきてほしいと言う。

「あ！　ここは問題だぞ。いま、グリモーが応接間に行って、マンガンに十時に来客があると告げた、と書こうとしたんだけど、だめだ。ロゼットはそのことをまったく知らないのに、このときにはマンガンといっしょにいたんだから！　困るのは、ボイドがいつそう言われたのか教えてくれなかったことだ。でもまあいいか――グリモーがどこかの隅に彼を呼んだというようなことかもしれないし。同様に、九時半に来客があるとマダム・デュモンが言われた時刻もわからない。おそらく、それよりまえだ。結局、同じことだね」

「本当にそう？」ドロシーが煙草を探しながら訊いた。「ふん。いいから続けて」

（ほぼ）七時三十五分　グリモーが書斎に上がる。

七時三十五分から九時三十分　新展開なし。誰も移動しない。大雪。

（ほぼ）九時三十分　雪がやむ。
（ほぼ）九時三十分　E・デュモンがグリモーの書斎からコーヒーの盆を下げる。グリモーが、今夜はたぶんもう客は来ないと言う。E・デュモンが書斎から出たとき

——

九時三十分　ミルズが三階に上がる。

「それからしばらく、注目すべきことは起きなかったと思う。ミルズは仕事部屋、ドレイマンは自分の部屋、ロゼットとボイドはラジオをかけて応接間にいた……待て！　忘れるところだった。玄関の呼び鈴が鳴る少しまえ、ロゼットが外の通りのどこかで、ものが落ちたような音を聞いたんだ。たとえば誰かが高いところから飛びおりたような……」
「ラジオをつけてたのなら、どうしてそれが聞こえたの」
「それほど大きな音でかけてなかったんだろう——いや、ちがうな。ラジオが大きな音だったから、偽のペティスの声がほとんど聞こえなかったんだから。だが、とにかく書いていこう」

九時四十五分　玄関の呼び鈴が鳴る。
九時四十五分から九時五十分　E・デュモンがドアを開けにいき、訪問者（声で人物

は特定できず）と話す。名刺を受け取り、相手のまえでドアを閉め、名刺を見ると何も書かれていないのでためらい、階段をのぼりはじめる……

九時四十五分から九時五十分　E・デュモンが階上に向かったあとで、訪問者がどうにかして家のなかに入り、ロゼット・Gとボイド・Mを応接間に閉じこめ、彼らの呼びかけにペティスの声をまねて答える。

「途中で何度も止めて申しわけないんだけど」とドロシー。「ふたりが訪問者に呼びかけて誰何《すいか》するまでに時間がかかりすぎてない？　そんなに待つものかしら。あらかじめ訪問者があるとわかってたら、わたしならドアが開く音を聞いてすぐ〝こんばんは。どちら様？〟と訊くけれど」

「何を証明するつもりだい？　何も？　本当に？　あのブロンドにそうつらく当たらないように。誰かが来ると思ってからずいぶん時間がたってたわけだし、なんとなく、そうやって鼻であしらうのには偏見が感じられる。続けよう。九時四十五分から五十分、すなわちXが家にもぐりこんでからグリモーの書斎に入るまでに、まだいろいろあった」

九時四十五分から九時五十分　訪問者がE・デュモンに続いて階段をのぼり、三階の広間で追いつく。彼は帽子をとり、立てていたコートの襟を戻すが、仮面ははずさない。戸口まで来たグリモーは、訪問者が誰かわからない。訪問者は部屋に飛びこみ、ドアが閉まる(以上は、E・デュモンとS・ミルズがともに証言)。

九時五十分から十時十分　ミルズが広間の端からドアを見ている。デュモンは階段を上がったところから同じドアを見ている。

十時十分　発砲。

十時十分から十時十二分　マンガンが、ホールに出るドアがホール側から施錠されていることに気づく。

十時十分から十時十二分　E・デュモンが、気が遠くなるか具合が悪くなり、自室に引きあげる(注意。部屋で眠っていたドレイマンは銃声を聞いていない)。

十時十分から十時十二分　ホールに出るドアが施錠されていることを知ったマンガンが鍵を壊そうとするが失敗。そこで窓から飛び出したとき――

十時十二分　われわれが家の外に到着。玄関のドアは施錠されていない。われわれが書斎に上がる。

十時十二分から十時十五分　ドアがプライヤーで開けられ、撃たれたグリモーが発見される。

十時十五分から十時二十分　捜査。救急車が呼ばれる。

十時二十分　救急車到着。グリモーが運ばれる。ロゼットが救急車に同乗。ボイド・

Mはハドリーに命じられ、階下におりて警察に電話する。

「――つまり」ランポールは満足げに指摘した。「ロゼットとボイドは完全に容疑者から除外される。時分を書くまでもないね。救急隊員が三階に上がり、医師が診断し、遺体が救急車に運ばれる――担架ごと階段の手すりをすべりおりたとしても、これだけで最低五分はかかる。驚いたな。書き出してみると、印刷でもしたみたいにはっきりわかる。病院に着くまでには、もっと長くかかっただろう……なのに、フレイはカリオストロ通りできっかり十時二十五分に撃たれた。ロゼットはたしかに救急車に乗っていった。ボイドは救急隊員が到着したとき家にいた。彼らといっしょに上がってきて、彼らのあとからおりていったのだから。ほぼ完璧なアリバイだ」

「あら、誤解しないで。彼らをどうしても有罪にしたいわけじゃないわ。とくにボイドは、何度か会った範囲では、いい人のようだし」そこで眉間にしわを寄せて、「もちろん、救急車が十時二十分よりまえにグリモー家に到着しなかった、というあなたの推測にもとづけばだけど」

ランポールは肩をすくめた。「もし十時二十分よりまえに来たのだとすれば、ギルフォード通りから飛んできたんだね」と指摘した。「呼んだのは十時十五分よりまえではなかったし、出発後五分でグリモー家に着いたら奇跡のようなものだ。やはりボイドとロゼットは除外だよ。それに、いま思い出したけど、ロゼットは病院にいたときに――目撃者もいるまえで――バーナビーの部屋の明かりを見てるんだ。それが十時半だった。さあ、残りの部分を表に加えて、ほかの人物の容疑を晴らそうじゃないか」

十時二十分から十時二十五分　救急車がグリモー家に到着し、出発。
十時二十五分　フレイがカリオストロ通りで撃たれる。
十時二十分から(少なくとも)十時三十分　スチュアート・ミルズがわれわれと書斎にとどまり、質問に答える。
十時二十五分　マダム・デュモンが書斎に入ってくる。
十時三十分　病院にいたロゼットが、バーナビーの部屋の窓の明かりを見る。
十時二十五分から十時四十分　マダム・デュモンがわれわれと書斎にとどまる。
十時四十分　ロゼットが病院から帰ってくる。
十時四十分　ハドリーの連絡で警察到着。

ランポールは椅子の背にもたれ、書いたものの上から下まで眼を走らせると、最後の項目の下に長い線を引いて強調した。
「これでぼくたちの推理に必要なタイムテーブルが完成しただけでなく、疑問の余地なく、さらにふたりが無実のリストに加わったね。ミルズとデュモンも除外だ。ロゼットとボイドも。するとあの家で残っているのは、ドレイマンだけになる」

「でもね」ややあって、ドロシーが抗議した。「ますます話がややこしくなるわ。コートに関する、あなたの見事な閃きはどうなるの？　あなたは誰かが嘘をついていると言った。その誰かはボイド・マンガンか、エルネスティーヌ・デュモンしかありえないのに、ふたりとも容疑者ではなくなった。ただ、あのアニーという娘はいるけれど——でも、それはないでしょう？　あってはならない」

ふたりはまた顔を見合わせた。ランポールはしかめっ面で表をたたんでポケットに入れた。外では夜風がひとしきり吹き、フェル博士が小部屋の閉じたドアの向こうで歩きまわっている音が聞こえた。

翌朝、ランポールの起床は遅かった。疲れていたのもあるが、その日は空一面、雲が垂れこめていたからだ。目覚めると十時すぎだった。部屋の明かりをつけるほど暗いだけでなく、体が痺れるほど寒かった。前夜はあれからフェル博士を見ておらず、朝食をとろうと階下の奥にある小さな食堂におりていくと、メイドが憤然とベーコンと卵を出した。

「博士はいま顔を洗いに階上《うえ》に行かれましたよ」ヴィダが言った。「ひと晩じゅう科学の実験とやらをされて、今朝八時に見にいくと、椅子で眠っていました。フェル奥様がなんとおっしゃるやら。ハドリー警視もさっきお出でになって、図書室におられます」

ハドリーはイライラと床を靴の先で搔き、踵を炉格子にぶつけていたが、真剣な顔で新しい知らせを聞きたがった。

「フェルには会ったかね？」と訊いて、「あの手紙を調べていたんだろう？　だったら——」

ランポールは説明した。「警視のほうは何か？」

「ああ、重要な情報だ。ペティスとバーナビーのふたりはシロだ。どちらにも鉄壁のアリバイがある」

アデルフィ・テラスを風が吹き抜け、長い窓枠がカタカタ鳴った。ハドリーは暖炉のまえの敷物をまだ搔きながら続けた。「昨晩、バーナビーのカード仲間三人に会ってきた。ちなみに、ひとりは中央刑事裁判所《オールド・ベイリー》の判事だ。無実だと裁判長自身が証言できる男を法廷に引きずり出すのは、かなりむずかしいだろうな。土曜の夜、八時から十一時半近くまで、バーナビーはポーカーをしていた。そして今朝、ペティスが同じ夜に劇を観ていたという劇場に、ベッツが出向いた。ペティスはたしかにいたよ。劇場のバーテンダーのひとりが彼の顔をよく知っていた。劇の第二幕は十時五分に終わったようだ。その数分後の幕間に、バーテンダーはまちがいなくペティスにウイスキーのソーダ割りを出したと言っている。つまり、グリモーが二キロほど離れた場所で撃たれるころ、彼はウイスキーを飲んでいたわけだ」

「そんなところだろうと思っていました」沈黙のあとで、ランポールが言った。「とはいえ、本当に確認されたとなると……これを見ていただけますか」

ランポールが前夜作成したタイムテーブルを渡すと、ハドリーはざっと眺めた。

「ああ、私も似たようなのを作ってみた。これで正しいと思うよ、とりわけロゼットとマンガンに関するところは。時間の非常に細かいところは保証のかぎりではないが、これでいいと思う」書きこまれた封筒を掌に打ちつけた。「範囲が狭まったのは認める。もう一度、ドレイマンを絞り上げてみよう。今朝あの家に電話したところ、主人の遺体が戻ってきていて、みなヒステリー気味で、ロゼットからもあまり聞き出せなかった。ただ、ドレただ、ドレイマンはモルヒネを投与されて、まだ意識朦朧としているらしいがね。これから――」

なじみの重い足音とステッキをつく音が聞こえたので、ハドリーは話をやめた。彼のことばを聞いたせいか、足音はドアのすぐ外でなんとなくためらっていたが、ついにフェル博士がドアを押し開けた。ぜいぜい言いながら入ってきた博士の眼にきらめきはなかった。彼自身も重苦しい朝の一部になったかのようで、鉛のような空気には不吉な予感が満ちていた。

「どうです?」ハドリーがうながした。「あの紙から知りたいと思っていたことがわかりましたか」

フェル博士は服のなかをごそごそと探り、黒いパイプを見つけて火を入れた。答えるまえに暖炉に歩いていって、マッチを火に放った。そしてようやく、くすっと笑ったが、顔はひどくゆがんでいた。

「さよう。知りたかったことはわかった——ハドリー、土曜の夜の推理で、私は意図せず二度にわたってきみをまちがった方向に導いてしまった。怖ろしくてめまいがするほどの愚かさによる、とてつもない見当ちがいだった。もし昨日、真相を解明して自尊心を回復していなければ、愚か者のためにとってある最後の罰を受けて然るべきだった。だが、大まちがいをしたのは私だけではない。偶然を含むさまざまな状況によって、さらにひどいまちがいが生じ、それらが組み合わさって、ごくありふれた醜く卑しい殺人が、ぞっとするような説明不能の謎になり変わったのだ。ああ、犯人に抜け目なさはあった。それは認める。しかし——さよう、知りたかったことはわかったよ」

「それで？　紙のほうはどうなんです。あの紙には何が書かれてました？」

「何も」フェル博士は言った。

そのゆっくりした重々しい言い方には、不気味なところがあった。

「何も、って」ハドリーが叫んだ。「実験は失敗だったということですか」

「いや、実験自体は成功したよ。要するに、あの紙の束には何もなかったということだ」

フェル博士は轟く声で言った。「手書きの一行も、断片も、切れ端も、土曜の夜に見つかるかもしれないと私が言った、致命的な秘密をもらすつぶやきも、殴り書きも見つからなかった。そういうことだ。ただ――さよう、多少重みのある、厚紙のようなものがいくらかあって、そこに一、二文字が印刷されていた」

「でも、それならどうして手紙を燃やす必要が――」

「手紙ではなかったのだ。それだけのことだ。そこでわれわれは、まちがってしまった。まだあれが何だったかわからないのかね？……うむ、ハドリー、こんな話は切り上げて、ごちゃごちゃしたことはみな頭から放り出してしまったほうがいい。〝見えない殺人者〟に会いたいだろう？　われわれの夢のなかを徘徊する忌まわしい悪鬼にして、姿なき男に会いたいのではないか？　よろしい。紹介してあげよう。車はあるかね？　では行くぞ。告白を引き出せるかどうか、やってみよう」

「誰から――？」

「グリモーの家にいる誰かだよ。さあ早く」

ランポールは終わりが近づいていると感じた。思考が空まわりする頭では、それがどういうことになるのか見当もつかず、怖かった。ハドリーは車を発進させるまえに、なかば凍ったエンジンをふかさなければならなかった。途中で何度か渋滞に捕まったが、ハドリーは悪態すらつかなかった。そして、いちばん黙りこくっていたのはフェル博士だった。

ラッセル・スクウェアの家のブラインドはすべておろされていた。前日よりさらに死んでいるように見えたのは、死がなかに入りこんだからだ。家全体がしんとしていて、フェル博士が押した呼び鈴の音が外からも聞こえた。長い間のあと、帽子もエプロンもつけていないアニーがドアを開けた。アニーは青ざめ、緊張していたが、まだ落ち着いていた。

「マダム・デュモンにお目にかかりたい」フェル博士が言った。

ハドリーがはっと博士に顔を向けたが、無表情なままだった。アニーは玄関ホールのほうに下がり、暗闇のなかから話しているようだった。

「いまごいっしょに——なかにいます」娘は答え、応接間のドアを指差した。「呼んでまいります——」ことばを呑みこんだ。

フェル博士が首を振って、驚くほど静かに部屋に近づき、そっと応接間のドアを開けた。くすんだ茶色のブラインドがおろされ、隙間から入ってくるなけなしの光も、分厚いレースのカーテンでほとんどさえぎられていた。部屋はまえより広々として見えたが、家具は影のなかに隠れていた。ただひとつ、黒光りする金属の家具で、内側に白い繻子《しゅす》が張られたものがあった。それは蓋の開いた棺だった。まわりで細い蠟燭が燃えていた。死者の顔はというと、ランポールのいた位置からは鼻の先しか見えず、そのことを彼はあとで思い出した。しかし不思議なことに、蠟燭が立ち並び、花と香の濃厚なにおいがかすかに漂ってくるだけでも、そこは陰鬱なロンドンの一室ではなく、ハンガリーの山間《やまあい》の、風吹きすさぶ岩だらけの場所——悪魔よけの金の十字架が高々と立ち、渉猟する吸血鬼をニンニクの輪が追い払う場所——という気がしてくるのだった。

もっとも、最初に彼らの注意を惹いたのは、そのことではなかった。エルネスティーヌ・デュモンが棺の横に立ち、片手でその縁を握りしめていた。上から照らす細く長い蠟燭の光が、彼女の白髪混じりの髪を金色に変えていた。肩の曲がったいびつな姿勢ですら、柔らかく、おとなしく見えた。ゆっくりと彼らのほうに顔を上げると、彼女の眼は落ち窪んで濁っていたが、まだ泣くことはできないようだった。彼女の胸が引きつるように上下した。それでも、肩にまとった明るい黄色の厚いショールは縁が長く、赤い錦織とビーズの刺繡がほどこされ、光の下で燃えて揺らめくように輝いて、それが荒々しい異国情緒の最後の仕上げだった。

マダム・デュモンは彼らを見た。突然、死者をかばうかのように棺の端をつかんだ。たゆたう蠟燭の火の下でシルエットになったまま、両手を棺の左右に伸ばしていた。

「告白したほうが、マダム、あなたのためになる」フェル博士が、じつにやさしく呼びかけた。「信じてもらいたい。本当にあなたのためになるのだ」

一瞬、ランポールには、彼女が息をしていないように見えた。気味の悪い光のもとで、あらゆる動きをたやすく追うことができた。彼女は咳のような音を発したが、それはたんにヒステリックな哄笑に変わるまえの悲嘆の声だった。

「告白?」マダム・デュモンは言った。「そんなことを考えているのですか、愚かなあなたがたは? まあ、かまわないけれど。告白! 殺人の告白ですって?」

「いいや」フェル博士が言った。

たったひとつの静かなことばが、部屋じゅうに重く響いた。マダム・デュモンは博士を見つめた。近づいてくる博士を、初めて恐怖の眼で見ていた。

「いいや」フェル博士は言った。「あなたは殺人者ではない。あなたが何なのか、説明しよう」

博士は彼女を見おろして、蠟燭の火を背景に黒々と立ったが、まだ話しぶりは穏やかだった。

「昨日、オルークという男が、われわれにいくつかのことを語った。そのなかに、たいていの奇術は、舞台の上だろうと外だろうと、協力者の手助けがあって成り立つという事実があった。この事件も例外ではなかった。あなたは奇術師かつ殺人者に対する協力者だった」

「そして姿なき男」エルネスティーヌ・デュモンが言い、突如ヒステリックに笑いはじめた。

「姿なき男だ」フェル博士が言って、静かにハドリーのほうを振り返った。「真の意味でね。知らずにつけた呼び名ではあるが、ぞっとする皮肉な冗談になってしまった。なぜなら、まさに真実を突いていたからだ。怖気立つ話だ。ある意味で恥辱でもある。この事件のあいだじゅうきみが追っていた殺人者を見たいかね？　殺人者はそこに横たわっている」フェル博士は言った。「だが、いまさら裁いても仕方がない」

そして博士はゆっくりと、唇を固く結んだシャルル・グリモー博士の白い死に顔を指差した。

20　二発の銃弾

フェル博士はマダム・デュモンをしっかりと見つめつづけていた。彼女のほうはまた棺を守るように、側面に背を当てて縮こまっていた。

「マダム」博士は続けた。「あなたが愛した男は死んだ。もう法の手の届かないところにいる。そして何をやったにしろ、その報いは受けた。われわれの、つまりあなたと私の差し当たっての課題は、この事件をもみ消して生者に害が及ばないようにすることだ。しかし、おわかりだろうが、あなたは実際に手を下していないとはいえ、殺人に関与した。もしあなたを巻きこまずにすべてを説明できるのなら、そうしていた。マダム、そこは信じていただきたい。あなたが苦しんだことは知っているけれども、この謎全体を解き明かそうとするなら、その方法はとれないことがわかるだろう。したがって、われわれはハドリー警視を説得して、本件を内々で解決しなければならない」

博士の声に含まれる何か、ギデオン・フェルらしく根気強い、不変で無限の同情心のようなものが、涙のあとの眠りのごとく、彼女にやさしく触れたようだった。ヒステリーは去っていた。

「わかっているの?」少しの間のあと、マダム・デュモンは熱心ともとれる眼差しで尋ねた。「ごまかさないで。本当にわかっているの?」

「うむ、本当にわかっている」

「階上《うえ》へ上がってください。あの人の部屋へ」彼女は力ない声で言った。「わたくしもすぐに上がります。いまは……あなたと顔を合わせられません。考えなければ。そして……でも、わたくしが上がるまで誰にも話さないでください。お願いします! ええ、逃げたりはしません」

ハドリーが何か言おうとしたのを、フェル博士が鋭く手で制し、彼らは部屋の外に出た。みな黙ったまま、暗い階段を最上階まで上がった。途中で誰ともすれちがわず、誰も見かけなかった。いま一度書斎に入ると、真っ暗だったので、ハドリーは机のモザイクのランプをつけた。ドアが閉まっているのを確かめたあと、いきなり振り返った。

「グリモーがフレイを殺したと言うつもりですか」ハドリーは訊いた。

「そうだ」

「病院の人たちが見ているまえで、意識もなく死にかけていたときに、カリオストロ通りまで出かけていって——!」

「そのときではない」フェル博士は静かに言った。「いいかね、そこがきみの理解していないところなのだ。そこできみはまちがった。事件がひっくり返ったのではなく、まちがった方向に進んだと私が言ったのは、そういう意味だったのだ。フレイはグリモーよりまえに殺された。そして最悪なことに、グリモーはわれわれに文字どおり、真実そのものを告げようとしていた。確実に死ぬとわかって本当のことを話していたのに――そういう善良なところもあったのだ――われわれはわざわざ誤って解釈してしまった。まあ坐りたまえ。説明してみよう。きわめて重要な三つの点を理解すれば、もはや推理する必要も、私の説明を聞く必要もほとんどなくなるだろう。おのずとわかる」

博士はぜいぜい言いながら、机のうしろの椅子に腰をおろした。そしていっとき、うつろな表情でランプを見ていたが、また口を開いた。

「きわめて重要な三つの点とは、（1）弟のアンリはおらず、兄弟はふたりだけだった、（2）そのどちらの兄弟も真実を語っていた、（3）時間の問題が事件をまちがった方向に進ませた。

この事件にかかわる多くのことは、短時間のうちに起きている――じつに短いあいだにね。犯人を姿なき男と呼んだのと同様、事件の重要な鍵が時間の誤解にあったというのは皮肉だな。振り返ってみれば、すぐにわかる。

昨日の朝を思い出すのだ！　私はすでにどこかで、あのカリオストロ通りの事件には奇妙なところがあると思っていた。三人の（信頼できる）目撃者が、ほとんど一秒の狂いもなく、銃撃は十時二十五分ちょうどにあったと口をそろえていた。そこでなんとなく思った。どうしてこれほど驚くべき正確さで三人の見解が一致しているのだろう、とね。ふつうの路上の事故では、もっとも冷静な目撃者ですら、そこまで注意を払わないものだ。通常、念入りに腕時計で確かめたりしないし、（たとえ確かめたとしても）これほど異様に時刻が一致することはない。しかし、三人は信用できる人たちだから、あの正確さには何か理由があったにちがいない。時刻を突きつけられるようなことがあったのだ。

当然、理由はあった。殺された男が倒れた向こうに、明かりのついた宝石店のショーウィンドウがあったのだ。あのあたりで明かりがついていたのはあそこだけだ。前景でいちばん目立つのがそこだった。殺された男を照らし出したのもそこなら、巡査が犯人を捜して真っ先に駆けつけたのもそこ。彼らはごく自然に注目した。そして、そのウィンドウのなかで外に面して置かれていたのが、ひどく変わったデザインの巨大な時計だった。あれはすぐに眼を惹く。巡査が時刻を見るのは避けられなかっただろう。残るふたりがそうするのも無理はない。だから三人の意見が一致した。

しかし、そのときには重要と思われなかったひとつのことが、私をいくらか悩ませた。グリモーが撃たれたあと、ハドリーが部下たちをこの家に呼び、容疑者のフレイを捕まえるためにすぐにひとりを送りこんだ。ところで、彼らがここに着いたのは……何時ぐらいだった？」

「十時四十分ごろです」ランポールが答えた。「大まかな計算ですが。タイムテーブルに書き出しています」

「それから」フェル博士は続けた。「すぐにひとりがフレイを捕まえにいった。彼がカリオストロ通りに着いたのは——何時だ？　フレイが殺されたとされる時刻のあと、十五分から二十分のあいだだ。しかし、その短いあいだに何が起きた？　信じられないくらい多くのことが起きている！　フレイが医師の家に運びこまれ、死亡し、検死がおこなわれ、フレイの身元を確かめようとしたが無駄に終わり、新聞記事によれば〝少し遅れて〟運搬車が到着して、フレイが遺体安置所に移される。これだけたくさん！　ハドリーの部下が、フレイを捕まえにカリオストロ通りに着いたときには、すべてが終わっていて、目撃者の巡査も戸別の職務質問に戻っていた。騒ぎ全体がすでにおさまっていた。信じられないことだ。

残念なことに私はあまりにも鈍く、昨日の朝、宝石店のウィンドウで時計を見たときですら、この重要性に気づかなかった。

もう一度振り返ってみたまえ。昨日の朝、われわれはわが家で朝食をとった。ペティスが立ち寄って、話が始まり——何時まで続いた？」

間ができた。

「ちょうど十時までです」ハドリーが突然パチンと指を鳴らして答えた。「そう！　思い出したぞ。ちょうど彼が立ち去ろうとしたときに、ビッグベンが鳴っていた」

「そのとおり。ペティスが立ち去ったあと、われわれは帽子とコートを身につけて、車で、まっすぐカリオストロ通りに向かった。さて、われわれが帽子をかぶって、階段をおり、日曜の朝のがら空きの通りを走ってあの近場まで行くのに、どのくらいかかるかな。合理的な範囲で好きなだけ余裕を持たせるといい。土曜の夜の交通量でもたった十分しかかからなかった距離だ。全部合わせても二十分かからない、と答えるだろうね……ところが、カリオストロ通りで見せてもらった宝石店で、あの派手な時計は十一時を打っていたのだ。そのときでさえ、私は物思いに耽るあまり、あの時計を見て疑問にも思わなかった。前夜、興奮した三人の目撃者が疑おうともしなかったのと同じようにね。そのすぐあとだ、憶えているだろう、ソマーズとオルークに連れられて、われわれはバーナビーのフラットに上がった。そこで長々と捜査し、オルークの話を聞いた。そして、オルークがしゃべっているあいだに、日曜の深い静寂——通りで風の音しか聞こえないような静寂——を破る、新しい音が聞こえたのだ。教会の鐘の音だよ。

さて、教会の鐘が鳴りはじめるのは何時かな？　十一時以降ではない。その時間にはもう礼拝が始まっている。ふつうは十一時前、準備のための鐘だ。しかし、あのドイツ時計の時刻を受け入れるなら、十一時をすぎてずいぶんたっていなければならない。そこで私の鈍い頭も目覚めたのだ。ビッグベンとカリオストロ通りまでの道程を思い出した。教会の鐘とビッグベン対――あの見かけ倒しの外国の時計（ふん！）だよ。教会と、いわば国が、両方ともまちがうことはありえない。言い換えれば、あの宝石店のウィンドウの時計は、四十分以上進んでいたのだ。したがって、前夜のカリオストロ通りの銃撃は十時二十五分に起きたのではない。実際には、九時四十五分の少しまえ、大まかに言って九時四十分に起きたにちがいない。

遅かれ早かれ、このことには誰かが気づいただろう。もう気づいた人がいるかもしれない。こういうことは検死法廷で明らかになるものだ。誰かが正しい時刻について議論するだろうね。そのとき真実を知るか（そうあってほしいが）、さらに混乱するかはわからないにしろ……カリオストロ通りの事件が、この家の呼び鈴を仮面の男が鳴らした九時四十五分の数分前に起きた、というのは確固たる事実だ」

「でも、まだわからないことがある――！」ハドリーが抗議した。

「不可能状況かね？　それはまだだ。といっても、最初からすべて話す道筋はきちんとできておる」

「ええ、ですが、ここをはっきりさせてください。もしグリモーが、あなたの言うように、九時四十五分よりまえにカリオストロ通りでフレイを撃ったのなら――」

「そうは言っとらん」

「は？」

「ここは辛抱強く説明しよう。それを最初から聞けばわかる。先週の水曜の夜――フレイが初めて過去から、それもおそらく墓のなかから、現われて、ウォリック酒場で兄に激しい脅しのことばを投げつけた夜――グリモーは彼を殺そうと決意した。きみにもわかるだろうが、この事件全体をつうじて、フレイを殺す動機を持っていたのはグリモーただひとりだった。そして、神よ！　ハドリー、彼にはまさに動機があったのだ。グリモーは安全に暮らし、裕福で、みなに尊敬されていた。過去は葬られていた。なのに、いきなりドアが開いて、この痩せた男がにやにやしながら入ってきた。弟のピエールだ。グリモーは刑務所から逃げ出すとき、ひとりの弟を生き埋めにして殺していた。偶然の出来事がなければ、もうひとりも殺していた。まだ母国に送還されて絞首刑になる可能性があったところへ、ピエール・フレイが追いかけてきたのだ。

さて、あの夜、フレイが突然酒場に飛びこんできて、グリモーにぶつけたことばを、正確に思い出してみよう。彼がなぜああ言い、あのようにふるまったか、よく考えれば、いかに情緒不安定なフレイとて、本人が見せかけていたほどには狂っていなかったことがわかるだろう。個人的な恨みを晴らすことだけが目的だったら、なぜわざわざグリモーが友人たちと集まっている場に押しかけて、暗示めいたことを言わなければならない？　彼は、死んだ弟を脅迫に使った。死んだ弟に触れたのはそのときだけだ。どうして彼は〝弟はおれよりもっと危険になれる〟と言ったのか。死んだ弟はグリモーを絞首刑にできるからだ！　なぜ彼は〝おれはあんたの命など欲しくないが、やつはちがう〟と言ったのか。なぜ〝弟を行かせるか〟と言ったのか。そしてなぜ時を置かずグリモーに、自分の住所がきちんと書かれた名刺を渡したのか。名刺を渡したことは、彼のことばやのちの行動と合わせて考えると重要だ。目撃者のまえでグリモーを脅すという見せかけの裏に隠されていた本当の意味は、次のようなことだった――〝兄のおまえは、おれたちが若いころにやった強盗の上がりで肥え太り、金持ちになっている。おれは貧乏で――いまの仕事が嫌いだ。この住所にいるから訪ねてきてくれ。この件の片《かた》をつけようじゃないか。それとも、警察を送りこんでやろうか〟」

「脅迫だ」ハドリーが低い声で言った。

「さよう。フレイは思いつめていたが、愚か者ではなかった。グリモーに対する最後の脅しで〝兄弟とかかわるとおれも危険にさらされるが、覚悟はできている〟と言ったとき、彼が意味をねじ曲げて伝えたのがわかるかな。あのとき、このあともずっとそうだが、彼はグリモーに正真正銘の真実を告げていたのだ。〝兄のおまえは、もうひとりの弟を殺したように、おれも殺すかも知れないが、覚悟はできている。おれが友好的にあんたを訪ねるのがいいか、死んだもうひとりの弟に訪ねさせてあんたを絞首刑にするのがいいか〟というわけだ。

なぜなら、そのあと彼がとった行動を考えてみたまえ。殺された夜、嬉々として奇術の道具を壊して捨てていたのを憶えているかね。オルークになんと言った？　いまわれわれが知っていることに照らして素直に見ると、あのことばの解釈はひとつしかない。フレイはこう言った。

〝仕事は終わりだ。こんなのはもういらない。言わなかったか？　これから兄弟に会うんだ。やつがおれたちふたりのために、昔のことにけりをつけてくれる〟

むろんこれは、グリモーが彼の要求に同意したことを言っている。フレイはそれまでの人生を永久に捨ててしまうつもりだった。大金を手にし、また死人として墓に帰るのだ。しかし、それ以上具体的に話せば秘密がばれてしまう。兄のグリモーが油断のならない相手だというのはわかっていた。過去の経験からすれば当然だ。グリモーが本当に金を払う気になっている場合に備えて、オルークと話すときにも、あまり警戒させるようなことを言い残すわけにはいかなかった。だが、ヒントは与えている。

〝おれに何か起きたら、おれがいま住んでる通りでやつを見つけてくれ。やつはそこに本当に住んでるわけじゃないが、部屋をひとつ借りてる〟

この最後の発言についてはすぐに説明する。だが、いまはグリモーに戻ろう。グリモーは端《はな》からフレイの要求にしたがうつもりなどなかった。フレイは死ぬことになっていた。あの狡猾で、鋭敏で、芝居がかったグリモーの心は決まった（知ってのとおり、彼はわれわれが会った誰よりも魔法のような奇術に興味を持っていた）。迷惑な弟の馬鹿げた言動に苦しめられるのはまっぴらだとね。フレイは死ななければならない――だが、それは見かけほど容易ではなかった。

　もしフレイがひとりで彼に会いにきて、フレイとグリモーの名前を誰も結びつけられない状態だったら、話は早かった。しかしフレイは目端《めはし》が利くから、そんな危険は冒さなかった。グリモーの友人たちのまえで自分の名前と住所をあえて見せびらかし、グリモーに謎めいた秘密があることを仄めかした。これはやりにくい！　もしフレイが露骨に殺害されたら、誰かが〝おい、あの男はもしかしてあのときの――〟と言いそうだ。すぐに危険な取り調べがあるかもしれない。フレイがグリモーのことをほかの人に話していないともかぎらないからね。とはいえ、グリモーにとって最後の致命的な事実だけは、まだ誰にも話していないと思われた。それを口外させてはならない。フレイに何が起きるにしろ、フレイがどんなふうに死ぬにしろ、グリモーへの取り調べはおこなわれるだろう。グリモーのやるべきことはただひとつ、単純にフレイが彼の命を狙っていると見せかけることだった。自分自身に脅迫状を送り（そこはあからさまにならないように）、巧みに家族を動揺させ、仕上げとして、自分がフレイを訪ねようとしているその日に、フレイが訪ねてくるおそれがあるとみなに告げる。彼がじつに見事な殺害計画を練り上げたことが、きみたちにもすぐにわかるだろう。

　グリモーが狙った効果は次のようなものだった――土曜の夜、殺気立ったフレイが訪ねてくる。これには目撃者がいなければならない。フレイが彼の書斎に入るときには、ふたりだけにならなければいけない。そして口論が外に聞こえ、争う音、銃声、倒れる音が聞こえる。ドアが開くと、グリモーがひとりでいて、見た目はひどい有様だが、銃弾が脇腹をかすめてかすり傷を負っただけだ。銃は見当たらない。窓からフレイのロープが垂れ下がっていて、フレイはそれを使って逃げたと見なされる（いいかね、当日の天気予報では、夜に雪は降らないことになっていたから、足跡をたどるのは不可能なはずだった）。そこでグリモーは言う。〝やつは私が死んだと思ったのだろう。だから死んだふりをした。やつは逃げた。いや、警察にはあの哀れな男を追わせないでくれ。この傷はなんともない〟

――そして翌朝、フレイが自分の部屋で死んでいるのが発見される。己の胸に銃口を当て、引き金を引いたことによる自殺だ。銃がフレイの横にあり、机には遺書が置いてある。グリモーを殺してしまったと思いこみ、絶望してみずからを撃った……それこそが、諸君、グリモーの生み出したかったまやかしだよ」

「ですが、どうやって？」ハドリーが訊いた。「それに、いずれにせよ、そんなふうにはならなかった！」

「さよう、わかるね、計画はあえなく頓挫した。まやかしの後半、つまり、フレイが本当はカリオストロ通りの家で死んでいるのに、グリモーを訪ねてきて書斎に入るという部分は、のちほどそれにふさわしい場所で説明する。グリモーは、マダム・デュモンの助けを借りて準備を進めていたのだ。

彼は煙草屋の最上階にあるフレイの部屋で会うと約束した。フレイに、現金を持っていくから土曜の夜九時に部屋にいろと伝えた（フレイがその日の八時十五分ごろ、浮き浮きと仕事を放棄して商売道具を燃やし、ライムハウスの劇場をあとにしたのを思い出してほしい）。

グリモーが土曜の夜を選んだのは、破ることのできない習慣として、ひと晩じゅうひとりで書斎にこもり、どんな理由があろうと、誰も邪魔してはならないことになっていたからだ。勝手口を使い、地下を通って往き来する必要があったので、その夜を選んだ。そして土曜の夜は、地下に部屋があるアニーが外出することになっていた。憶えておるだろう、グリモーは七時半に書斎に上がってから、証言によれば、訪問者を迎え入れるために九時五十分に書斎のドアを開けるまで、誰にも姿を見られていない。マダム・デュモンは、九時半にコーヒーの盆を取りにいったときに彼と話したと主張したが、私がそれを信じなかった理由はすぐに説明する——実際には、グリモーは書斎になどいなかった。カリオストロ通りにいたのだ。マダム・デュモンは、何か口実をこしらえて九時半に書斎のドアのあたりにいるようにと命じられていた。なぜか。グリモーがミルズに、九時半に上がってきて広間の反対側から見ていてほしいと伝えていたからだ。わかるね。ミルズはグリモーが仕掛けるまやかしの道具として使われることになっていた。だが、もしミルズが、書斎のドアの近くにある階段を上がってきたときに、なんらかの理由でグリモーに話しかけたい、または会いたいと思ったら？　デュモンがそれを阻止することになっていた。デュモンはアーチの下で待っていて、ミルズが興味を示した場合に書斎のドアから遠ざける役だった。

ミルズがまやかしの道具に選ばれた理由は何か。非常に几帳面で誠実だから、言われたことを寸分たがわず実行するが、〝フレイ〟を怖れるあまり、姿なき男があの階段をどんどん上がってきても邪魔しないからだ。仮面の男が書斎に入るまでの危険な数秒間に、男に襲いかからないだけでなく（たとえばマンガンや、ことによるとドレイマンですら、襲いかかるかもしれない）、あえて部屋からも出てこないことが求められた。ミルズは仕事部屋にいてくれと言われ、そうするはずだった。最後に、ミルズの背が非常に低かったのも、選ばれた理由だった。これもすぐあとで説明する。

そんなわけで、ミルズは九時半に三階に上がって監視するよう言われた。そのすぐあとに、姿なき男が現われる予定だったからだ。ただ現実には、姿なき男は遅れて来た。ひとつの食いちがいに注目してほしい。ミルズは九時半と言われたが――マンガンは十時と言われた！　理由は明らかだ。訪問者がたしかに玄関のドアから入ってきたと証言して、デュモンの発言を裏づける人物が一階に必要だったのだ。とはいえ、マンガンは訪問者に好奇心を起こすかもしれないし、姿なき男に挑みかかるかもしれない……だからグリモーは、訪問者は結局来ないかもしれない、もし来ても十時前ということはないだろう、とごまかしておいた。要するに、マンガンが混乱し、ためらっているあいだに、姿なき男が危険なドアのまえを通過して三階に上がればよかったのだ。もし最悪の事態が生じても、マンガンとロゼットはつねに応接間に閉じこめておける。ほかの者たちについては、アニーは外出、ドレイマンにはコンサートのチケットが与えられ、バーナビーは言うまでもなくカード遊び、ペティスは劇場だったから、現場に邪魔者はいなかった。

九時少しまえ（おそらく十分ほどまえ）、グリモーは勝手口を使って家から外の通りにこっそり抜け出した。が、すでに問題が生じていた。天気予報がはずれて、しばらくまえから雪が激しく降っていたのだ。しかしグリモーは、これを深刻にとらえなかった。仕事を終えて九時半には戻ってこられる、そのときにはまだ雪が盛んに降っているだろうから、足跡も消えるだろうと信じていたのだ。あとで訪問者が窓からおりたと見せかけるときにも、そこに残るべき足跡が論じられることはないだろう、と。いずれにせよ、彼の計画はもうあと戻りできないところまで来ていた。

グリモーは家を出るときに、入手先をたどれない古いコルトのリボルバーを持っていた。こめた弾は二発だけ。どんな帽子をかぶっていたかはわからないが、コートは黄色のツイードに、赤い水疱瘡のような模様が入った派手なものだった。わざと数サイズ大きめのコートを買っていた。誰も彼がそんなコートを着るとは思っていないし、もし他人に見咎められても、自分だとはわからないだろうと踏んで購入したのだ。彼は――」

ハドリーがさえぎった。

「ちょっと待った！　色が変わるコートの件はどうなんです。その夜のもっと早い時刻のことでしょう。何が起きたのですか」

「それもまた、彼の最後のまやかしを説明するときまで待ってもらわねばならん。その一部なのだ。

さて、グリモーの目的はフレイを訪問することだった。そこでフレイとしばらく和気藹々《あいあい》と話す。たとえばこんなふうに。〝この物置みたいなところから出るがいい、弟よ。もう快適な生活ができるのだから。私がなんとかしよう。使えもしない持ち物などみな捨てて、わが家に住んだらどうだ？　ここにあるものは、解約通知をしなかった代わりに家主にくれてやれ〟――何を言ってもいい。わかるね。目的は、フレイに家主宛てのあいまいな手紙を書かせることだ。〝永遠に戻ってこない〟とか〝これから墓に帰る〟とか。フレイが銃を持って死んでいるのが見つかったときに、遺書と解される内容ならなんでもいい」

フェル博士は身を乗り出した。「そしてグリモーはコルトを抜き出し、フレイの胸に押しつけ、微笑みながら引き金を絞る。

あそこはきみも見たとおり空っぽの家の最上階で、壁は驚くほど厚くて頑丈だ。家主ははるか下の地下にいて、カリオストロ通りでもっとも好奇心の欠けた男だ。銃声、とりわけフレイに押しつけられてくぐもった銃の発射音を聞かれることはない。死体が見つかるまでに、それなりの時間がかかるだろう。朝までに発見されることはありえない。その間、グリモーは何をするか。フレイを殺したあと、同じ銃で自分を撃ってかすり傷を作るのだ。弾が体に入ってしまうかもしれないが、大昔の三つの棺の逸話からわかるとおり、彼は雄牛の体格と地獄の神経の持ち主だった。そのあと銃をフレイの横に放っておく。自分の傷には冷静にハンカチか脱脂綿を当て――それはコートの内側で、シャツを横切るかたちでなければならない――引き剝がすときが来るまで絆創膏で留めておく。そうして家に帰って、まやかしを演じ、フレイが会いにきたように見せかける。そのフレイが彼を撃ち、カリオストロ通りに戻り、同じ銃を使って自殺するのだ。のちの検死陪審は誰ひとりとして疑わないだろう。ここまではわかったかね？　今回の事件は、まちがった方向に進んでしまった犯罪だったのだ。

以上がグリモーのやろうとしたことだった。思惑どおりに事が進めば、巧妙な殺人になっていただろう。フレイの自殺を疑う気になったかどうかもわからない。

さて、この計画を成功させるには、たったひとつ困難があった。もし誰かが――たとえグリモーと特定できなくても、とにかく誰かが――フレイの家を訪ねているところを目撃されると、面倒なことになる。単純に自殺と考えられなくなってしまうからだ。通りからの入口は、煙草屋の横のドアだけだった。それに、グリモーは目立つコートを着て、同じコート姿で事前に現地を偵察していた（ちなみに、煙草屋のドルバーマンは、以前彼がうろついているのを見ている）。グリモーは問題の解決策をバーナビーの秘密の部屋で見つけた。

むろん、カリオストロ通りのバーナビーの部屋を誰より知っていそうなのがグリモーだというのはわかるだろう。バーナビー自身が言っていた。数カ月前、グリモーはバーナビーが例の絵を描いたことに隠れた目的があるのではないかと疑い、彼を問いつめただけでなく、監視していた、とね。いつ身に危険が及ぶかもしれないと思っている男にとって、それは真剣そのものの監視だった。グリモーはバーナビーの秘密部屋を知っていた。ロゼットがそこの鍵を持っていることも、ひそかに探り出していた。だから、そのときが来て、アイデアが浮かぶと、ロゼットの鍵を盗んだのだ。

バーナビーの部屋のある家は、フレイが住んでいた家と通りの同じ側だった。あの家々はみな隣の壁同士が接するように建てられていて、屋根も平らだ。よって、低い仕切りの壁をまたいでいくだけで、屋根づたいに通りの端から端まで歩くことができる。ふたりはどちらも最上階に住んでいた。われわれがバーナビーの住まいを見に上がっていったとき、入口のドアのすぐ横に何があったか憶えているだろう」

ハドリーはうなずいた。「ええ、もちろん。屋根に出る跳ね上げ戸にかかった短い梯子だ」

「まさに。そして、階段をのぼりきったフレイの部屋のすぐ外にも、やはり屋根とつながった天窓が低い位置にあった。グリモーはカリオストロ通り自体には入らず、バーナビーの部屋の窓から見えた路地を通って、裏から近づけばよかった。そして建物の裏口から入り（バーナビーとロゼットがそうするのを、あとでわれわれが見たように）、最上階までのぼり、屋根に出た。屋根を渡ってフレイの家まで行き、天窓から階段の上までおりて、誰にも見られずに部屋に出入りできた。さらに、その夜はバーナビーがまちがいなく外出してポーカーをしていることも知っていた。

そこからだ、すべての調子が狂ったのは。

グリモーはフレイ本人が帰宅するまえに到着していたにちがいない。屋根からおりてくるところをフレイに見られて、疑念を抱かれると困るから。だが、フレイがすでに疑念を抱いていたことはわかっている。奇術用の長いロープを持って帰れとグリモーが要求したからかもしれない……グリモーはそのロープをあとでフレイを陥れる証拠に使いたかった。あるいは、過去数日にわたってグリモーがカリオストロ通りをうろついていたことを知ったのかもしれない。ことによるとフレイは、偵察を終えたグリモーが屋根の向こうのバーナビーの家のほうに消えるのを見て、グリモーも通りに部屋を借りたと信じたのかもしれない。

ふたりの兄弟は、ガス灯のともるあの部屋で九時に会った。何を話したのかはわからない。永遠にわからないかもしれない。しかし、グリモーは明らかにフレイの疑念をぬぐい去った。ふたりは仲よく、愉しく話して、古い恨みは忘れ、グリモーは冗談混じりにフレイを説得して、まんまと家主宛ての手紙を書かせ――」

「反論はしません」ハドリーが静かに言った。「けれど、いったいどうして何から何までわかったんですか」

「グリモーが話してくれたのだ」フェル博士は言った。ハドリーは眼をむいた。

「そうだとも。時刻に関するあのとんでもないまちがいにいったん気づくと、理解できた。いずれきみにもわかるよ。だが、続けよう。

フレイは手紙を書いた。外出するために帽子とコートを身につけた――外から帰ってきてすぐに自殺したと世間に思わせたいグリモーの策略だ。言い換えれば、幽霊としてグリモーを訪ねたあとでね。ふたりとも準備が整ったそのとき、グリモーが襲いかかった。

フレイが無意識のうちに身を守ったのか、たくましいグリモーに力では敵わないと体をひねってドアから逃げ出そうとしたのか、はたまた、ふたりがもつれてもみ合ううちにそうなったのか、われわれにはわからない。しかし、フレイのコートに銃を突きつけたグリモーは、もがいて逃れようとするフレイを相手に、たいへんなしくじりをしでかす。発砲してしまうのだ。しかも銃弾をまちがった場所に当てた。犠牲者の心臓を撃ち抜く代わりに、左の肩胛骨の下を撃った。グリモー自身の死因となった傷――フレイのほうは背中からだったが――とほぼ同じ位置だ。致命傷ではあるが、即死からはほど遠い。詩的で皮肉な運命の働きで、ふたりの兄弟は相互に交換可能な方法で、まったく同じように死ぬことになる。

むろんフレイは倒れた。ほかにできることはない。そしてそれが最善の策だった。さもなくば、グリモーにとどめを刺されるかもしれない。だが、グリモーは瞬時、恐慌を来したにちがいない。これですべての計画が水の泡になるかもしれない。人はあの場所を自分で撃つことができるだろうか。もしできないなら、運の尽きだ。さらにひどいことに、すぐに捕まらなかったフレイが、銃弾を受けるまえに悲鳴をあげていた。追っ手の声も聞こえる気がした。

そんな地獄めいた瞬間にも、グリモーには平静を保つ頭脳と度胸があった。うつぶせに倒れて動かないフレイの手に拳銃を握らせ、ロープを拾い上げた。衝突と混乱はあったが、計画は最後まで遂行しなければならない。とはいえ、もう一発撃って、もしかすると聞き耳を立てている人の注意を惹いたり、さらに時間を費やしたりしないだけの理性はあった。グリモーは部屋から飛び出した。

屋根だ。わかるね！　屋根だけが彼に残されたチャンスだった。想像上の追跡者の音が四方八方から聞こえた。ハンガリーの山懐で嵐になぶられる三つの墓の、身の毛もよだつ思い出が押し寄せていたかもしれない。想像のなかで、屋根の向こうにいる連中に足音を聞かれ、追われていた。だからグリモーはバーナビーの家の跳ね上げ戸に突進し、バーナビーの暗い部屋に飛びこんだ。

そこでようやく、知力が回復しはじめた……

その間、何が起きたか。ピエール・フレイは致命傷を負ったが、かつて生き埋めにされても死ななかった鉄のような肋骨は健在だった。殺人者は去った。フレイはあきらめない。助けが必要だ。行かなければならない――医師のところへ。ハドリー、きみは昨日、なぜフレイが通りの反対方向、つまり袋小路の奥のほうへ向かっていたのだろうと訊いた。理由は(きみも新聞記事で見たとおり)医師がそこに住んでいたからだ。そのあと彼が運びこまれた診療所の医師だよ。その傷で死ぬことはわかっているが、フレイはあきらめない! 帽子にコートというそのままの恰好で立ち上がる。銃が手のなかにある。あとで使えるかもしれないから、それをポケットに押しこむ。できるだけ慎重な足取りで階段をおり、静かな通りに出てみると、誰かが事件に気づいている様子はない。フレイは歩きつづける……

なぜ彼は通りの中央を歩いて、何度も鋭く振り返っていたのか、考えてみたかね? もっとも筋の通る説明は、誰かを訪ねようとしていた、ではない。殺人者がまだどこかにいる、また攻撃される、と警戒していたのだ。フレイはとりあえず安心する。ふたりの男が前方を急ぎ足で歩いている。フレイは明かりのついた宝石店のまえをすぎ、右前に街灯を見る……

さて、グリモーはどうしているのか。追跡者の足音は聞こえないが、彼は頭がおかしくなるほど心配している。あえて危険を冒して屋根に戻り、調べてみようとは思わない。いや待て！　何か発見されたのなら、一瞬、外の通りを見渡せばわかるだろう。玄関までおりていき、通りの左右をのぞいてみてもいいのではないか。危険はない。バーナビーが住むこの建物には人気《ひとけ》もないのだから。

グリモーは忍び足で階段をおり、そっと玄関のドアを開ける。そのまえにコートのボタンをはずし、自分の体にロープを巻きつけて隠している。ドアを開け、玄関のすぐ先にある街灯に全身を照らされると、眼のまえの通りのまんなかをゆっくりと歩いていたのは、もう一方の家に瀕死の状態で残してきてまだ十分とたたない男だった。そうしてふたりの兄弟は、最後にもう一度だけ顔を合わせる。

グリモーのシャツが街灯の下で恰好の標的になる。痛みとヒステリーで錯乱したフレイはためらわない。彼は叫ぶ。〝二発目はおまえに！〟と叫んだのはフレイだ——そして同じ拳銃をすぐさま構えて撃つ。

その最後の努力が命取りだった。出血がひどくなり、本人にもそれがわかる。フレイはまた叫び、グリモーに投げつけようとした（弾の切れた）銃を取り落とし、うつぶせに倒れる。きみたち、これがカリオストロ通りで三人の目撃者が聞いた銃声だ。その弾は、グリモーがドアを閉めるまえに彼の胸に命中した」

21 解決

「それで？」フェル博士がことばを切ってうつむくと、ハドリーが先をうながした。

「三人の目撃者には、当然グリモーは見えなかった」長い沈黙のあと、フェル博士はぜいぜい息をして言った。「ドアの外には出なかったからだ。玄関前の階段にも立たなかった。雪の砂漠のまんなかで殺されたように見える男から、六、七メートルは離れていた。当然、フレイはすでに傷を負っていて、最後の活動でそこから血が噴き出した。当然、銃創の方向から推理しても無駄だった。そして当然、銃に指紋はついていなかった。雪の上に落ちて、文字どおり洗い流されたからだ」

「なんということだ！」ハドリーが言った。ごく小さな声で、さながら声明を発表しているようだった。「たしかに事実のあらゆる条件を満たすが、考えてもみなかった……だが、続けてください。それで、グリモーは？」

「グリモーはドアの内側だ。胸を撃たれたのはわかったが、深手だとは思わない。弾を受けるよりはるかに苛酷な状況を生き延びてきたのだ。それに、ほかのことのほうが深刻だ

（と彼は考える）。

結局、みずから与えようとしていたものを得たにすぎない――体の傷を。事のなりゆきに、あの男らしく大声で笑ったかもしれない。だが、計画は台なしになってしまった（ちなみに、宝石店の時計が進んでいることをグリモーが知っていたはずはない。フレイが死んだことすら知らなかったのだ。グリモーの頭のなかには、依然として怒りと殺意を胸に通りを歩いているフレイの姿があった。運に見放されたと思ったときに、宝石店の時計という運に恵まれたが、本人は知る由もなかった）。ひとつだけ確かなのは、もはやフレイがあの小さな部屋で自殺したとは見なされないということだ。フレイはあの通りにいて――おそらく深手は負っているが、まだ話はできる――警官が駆け寄っている。グリモーは愕然とする。ここで頭を使わなければ絞首刑になってしまう。まだフレイは沈黙していない。

撃たれた直後に、こうした考えがすべて湧き起こる。妄想が押し寄せる。暗い玄関に立っているわけにはいかない。しかし、傷の具合を見なければならないし、血痕を残してもいけない。どこに行く？　むろん階上のバーナビーの部屋だ。上がってドアを開け、明かりをつける。体に巻いたロープ……もうこんなものはいらない。フレイが訪ねてきたふりをすることはできない。いま警官と話しているかもしれないのだから。グリモーはロープを放ってそのままにしておく。

次は傷の確認だ。例の黄色のツイードのコートの内側と、下に着ている服は血まみれだが、傷はたいしたことはない。ハンカチと絆創膏があるから、闘牛場で牛に突かれた馬のように傷をふさいでおけばいい。不死身の男カーロイ・ホルヴァートは、ここで笑うこともできる。気分は落ち着き、すっきりしている。だがとにかく傷の手当てをして――だからバーナビーのバスルームに血が残っていた――考えをまとめよう。いま何時だ？　いけない、遅れている。九時四十五分だ。ここから出て、捕まるまえに急いで家に帰らなければならない……

そしてグリモーは明かりをつけたままにしていく。その夜のいつ、一シリング分の電気を使いきって消えたのかはわからないが、少なくともそこから四十五分はついていて、ロゼットがそれを見たのだ。

しかし、グリモーは家に急いでいるあいだに正気に戻ったのだと思う。自分は捕まるだろうか。それは避けられないようだ。それでも抜け道はないだろうか。どれほど勝算がないにしても、わずかながら反撃のチャンスは残されていないだろうか。知ってのとおり、あの男は何をおいても闘士だ。ずる賢く、大仰で、想像力に富み、皮肉屋で、常識を知らならず者だが、同時に闘士であることを忘れてはならない。全身これ悪というわけでもない。弟は殺すかもしれないが、友人や、自分を愛してくれる女性は殺さないのではないか。それはともかく、この窮地から抜け出す方法はあるのか。チャンスはひとつあった。あまりにも見込み薄で、ほとんどなきに等しいが、それが唯一のチャンスだった。すなわち、もとの計画を最後まで実行し、フレイが訪ねてきてグリモー家でグリモーを負傷させたことにするのだ。フレイはまだ銃を持っている。グリモー自身と、家にいる者たちが、彼はひと晩じゅう家から出なかったと証言する。フレイが本当に会いにきたと彼らに証言させて——あとは忌々しい警察に何が証明できるか、やらせてみようじゃないか。そのどこがいけない？　雪？　雪はすでにやんでいる。フレイは足跡を残さない。グリモーは、フレイが使ったことにしたかったロープを捨てていた。しかし、これは五分五分の賭けだった。悪魔の最後の胆力、極限のなかに残されたただひとつの道……

フレイがグリモーを撃ったのは九時四十分ごろだ。グリモーは九時四十五分か、その少しあとにここに戻ってきた。足跡を残さずに家に入る方法？　雄牛の体格を持ち、ほんのかすり傷しか負っていない男にとっては簡単だ（ちなみに、私は本当に浅い傷だったと思っている。あることをしなければ、いまも生きていて、絞首刑になっただろう。あとで話す）。当初の予定どおり、家の地下におりる階段から勝手口を通って、なかに入ったのだ。どうやって？　あの階段には、むろん雪が積もっているが、おり口のすぐ横は隣の家だろう？　さよう。そして階段を地下までおりきったところには、玄関前の主階段が張り出しているから、雪が降りこまない。つまり、勝手口のすぐまえに雪はない。もしそこまで跡を残さずにおりることができれば——

できるのだ。隣の家に行くかのように反対方向から近づいて、雪のない階段の下まで飛びおりればいい……誰かが、玄関の呼び鈴が鳴るまえに、人が落ちたようなドスンという音を聞いたと言っていなかったかね？」

「だが、彼は呼び鈴を鳴らしていない！」

「いや、鳴らしたのだよ——内側から。勝手口から家のなかに入って、エルネスティーヌ・デュモンが待っているところまで上がると、ふたりでまやかしを演じる準備が整った」

「いよいよか」ハドリーが言った。「まやかしまで来た。どうやったんです？　そしてあなたは、どうしてその方法がわかったのですか」

フェル博士は椅子の背にもたれ、事実を洗い出しているかのように、両手の指の先を打ち合わせた。

「どうしてわかったか？　ふむ。最初の示唆はあの絵の重さだったと思う」壁に立てかけられている切り裂かれた絵を、眠そうに指差した。「さよう、あの絵の重さだ。もっとも、途中で別のことを思い出すまでは、役に立つ情報でもなかったが……」

「絵の重さ？　ああ、あの絵ね」ハドリーは不満げに言った。「忘れてた。そもそもあれが、このとんでもない事件にどうかかわるんです？　グリモーはあれで何をするつもりだったんだろう」

「ふむ、はっ、そうだな。私もそう思ったよ」

「だが、絵の重さですと！　それほど重くはない。あなたも片手で持ち上げて、空中で振りまわしたじゃありませんか」

フェル博士は興奮した面持ちで椅子に坐り直した。「まさに。そこだ。私はあれを片手で持ち上げて振りまわした……ならばなぜ、タクシー運転手にもうひとりという、たくましい男ふたりで運び上げなければならなかったのだ？」

「え？」

「そうなのだ。二度聞いた話だから、きみも知っている。グリモーはバーナビーのアトリエから絵を難なく下におろしたのに、午後遅くに同じ絵を運び上げたときには、ふたりがかりだった。途中のどこで急にそれほど重くなったのか。見てのとおり、絵にガラスはついていない。朝その絵を買って、午後に持ち帰るまでのあいだ、グリモーはどこにいたのか。愉しく持ち歩くには大きすぎる代物だ。なぜグリモーは絵をすっかり包むことにこだわったのか」

そこから、絵を目くらましに使って別の何かをここに持ちこんだと推理することは、さほどむずかしくない。男たちは知らずにそれをいっしょに運び上げた。同じ包みに入っていたもの。非常に大きくて……縦横二メートルと一メートル……ふむ……」

「何もなかったはずだ」ハドリーが反論した。「でなければ、われわれだって、この部屋に入ったときに気づいたでしょう。それに、どちらにしろ、完璧に平らなものでなければならない。でないと、絵を包んだときにおかしな形になって目立ってしまう。縦横がそれだけあって、絵といっしょに包んでもわからないものなんて、いったい何があるだろう。あの絵ほど大きいにもかかわらず、好きなときに消してしまえるもの？」

「鏡だよ」フェル博士が言った。

ハドリーが立ち上がり、耳に轟くような沈黙ができたあと、フェル博士はまた眠そうに続けた。「そしてそれは、きみのことばを借りれば、簡単に消すことができる。あの非常に幅の広い煙突のなかを押し上げて——われわれも煙道に拳を入れてみようとしただろう——煙道が曲がるまえの出っ張りのところに立てかけるだけでいいのだ。魔法は必要ない、両腕と両肩の力さえ怖ろしく強ければ」

「つまり」ハドリーは叫んだ。「例の忌々しい舞台奇術だと……」

「新種の舞台奇術だ」フェル博士は言った。「しかも、いざ演じるときには、実用的でじつにすぐれている。ドアが見えるだろう。ドアのちょうど反対側の壁には何が見える？」

「何も」ハドリーは言った。「つまり、彼が本棚をどかして大きな空間を作っているので。何もない板壁だけです」

「まさに。そして、ドアとその壁を結ぶ線上に何か家具があるかね？」

「ありません。何も」

「すると、広間のほうからこちらを見ると、黒い絨毯だけがあり、家具はなく、空っぽのオークの壁だけが見えるわけだね?」

「ええ」

「さて、テッド、ドアを開けて、広間のほうを見てくれ」フェル博士は言った。「そちらの壁と絨毯はどうなっている?」

ランポールは見るふりをしたが、答えはわかっていた。「まったく同じです。ここと同じく壁際までしっかりと絨毯が敷かれ、壁の板も同じものです」

「そうだ! ところで、ハドリー」フェル博士はまだ眠そうに言った。「あの鏡を本棚のうしろから引っ張り出してくれるかな。昨日の午後、ドレイマンが煙突のなかで見つけてから、そこにあったのだ。それを持ち上げておろしたことが、彼の卒中の引き金になった。少々実験してみよう。この家の誰かが邪魔に入るとは思えないが、そうする者がいたら阻止すればいい。ハドリー、鏡を持ってドアのすぐ内側に立てるのだ。ドアを開けたときに(広間から来るとドアは右の内側に開くのがわかるね)、その端がいちばん近づいても十センチほど鏡から離れているようにしてもらえるかな」

警視は本棚のうしろにあった物体を、少し苦労して引き出した。仕立屋の姿見より大きな鏡で、ドアよりも縦横ともに十センチほど大きかった。絨毯の上にそのまま立ち、向かって右側に開く重い台座でまっすぐに支えられた。ハドリーは興味津々で眺めていた。

「ドアの内側に立てる?」

「さよう。開いたドアは鏡のすぐまえを通り、できる隙間は最大でも六、七十センチだろう……さあ、やってみて！」

「わかりました。ただ、そうすると……広間の向こうの部屋に坐っていた人物、つまりミルズだが、彼は鏡のまんなかに映った自分を見ることになる」

「それはちがう。わずかながら充分な角度をつけるからだ。いまはむさ苦しい私自身が映っているがね。これから私のやる角度で立てれば、そうならない。いまにわかるよ。私が調整するから、ふたりともミルズがいた場所まで行ってくれるか。声をかけるまで、こちらは見ないように」

ハドリーは、また馬鹿げたことをと不満をつぶやきながら、それでも大いに興味を示してランポールのあとをついていった。その間ふたりは眼をそらしていて、博士の呼び声で振り返った。広間は暗く、天井が高い。黒い絨毯が向こうの閉じられたドアまで続き、そのまえにフェル博士が、これから彫像の除幕式をおこなう太りすぎの司会者のように立っていた。ドアの少し右で壁に背をつけて手を伸ばし、ノブを握っていた。「さあ、いくぞ！」と低い声で言って、さっとドアを開け――間を置いて――閉めた。「さて、何が見えた？」

「部屋のなかが見えた」ハドリーが答えた。「少なくとも、見えた気がしました。絨毯と、うしろの壁が。とても広い部屋のようだった」

「きみはそれを見たのではない」フェル博士は言った。「じつは、きみが立っているそのすぐ右にある板張りの壁と、そこに至るまでの絨毯を見たのだ。だから部屋が大きく見えた。鏡の反射で長さが二倍になっているからね。この鏡はドアより大きい。ドアは右の内側に開くから、ドア自体の反射は見えなかった。よく注意を払えば、ドアの上端に沿って影のような線が見えたかもしれない。鏡のほうが高いので、ドアの内側の上端をどうしても映してしまうのだ。しかし、きみの注意は、そこに見える人影のほうに釘づけになる……ところで、私は見えたかね？」

「いいえ。離れすぎていますから。腕をドアノブに伸ばして、体はうしろに引いている」

「さよう。デュモンが立っていたようにね。さあ、すべての仕掛けを説明するまえに、最後の実験だ。テッド、その机のうしろの椅子に坐ってもらえるか。ミルズが坐っていたところだ。きみはミルズよりずっと背が高いが、アイデア自体はつかめるだろう。私はこのドアを開けて、部屋の外に立ち、鏡に映った自分の姿を見る。まあ、私を見まちがえることはありえない。まえから見ようと、うしろから見ようと。だが、私は一部の人々より区別しやすいからね。何が見えたか言ってくれたまえ」

ぼんやりとした光のなかで、ドアが途中まで開いた光景は薄気味悪かった。入口の向こうにフェル博士が立ち、敷居に立つもうひとりのフェル博士と向かい合って、ぴくりともせず、驚きの表情で相手を見ていた。

「わかるかね、ドアには触らない」大きな声がふたりに呼びかけた。ランポールには、唇が動いて見え、部屋のなかにいるフェル博士がしゃべっているとたしかに思えた。鏡が共鳴板のように声をはね返すのだ。「誰かがドアを開け閉めしてくれる――私の右側に立った誰かがね。私はドアに触らない。触ると鏡の像も同じ動きをしてしまう。さあ早く。何に気がついた？」

「それは――ふたりいるうち、ひとりのあなたはずっと背が高い」ランポールがふたつの像を見ながら言った。

「どちらが？」

「あなた自身のほうです、広間にいる」

「そのとおり。それはまず、距離を置いて見ているからだが、もっとも重要なのは、きみが坐っているということだ。ミルズの背丈の人間にとって、私は巨人のように見えるだろう。ちがうかね？ ふむ。はっ。さよう。さて、私がドアのところで体をかわしてすばやくなかに入り（私にそういう動きができると仮定してだ）、同時に、協力者がそれと交錯するようにすばやくドアを閉めたら、なかの鏡に映った人物は、混乱した視界で何をしているように見える？」

「あなたのまえに飛び出して、部屋から締め出そうとしているように見えます」

「さよう。こちらに戻って供述を読んでみたまえ、もしハドリーが持っているなら」

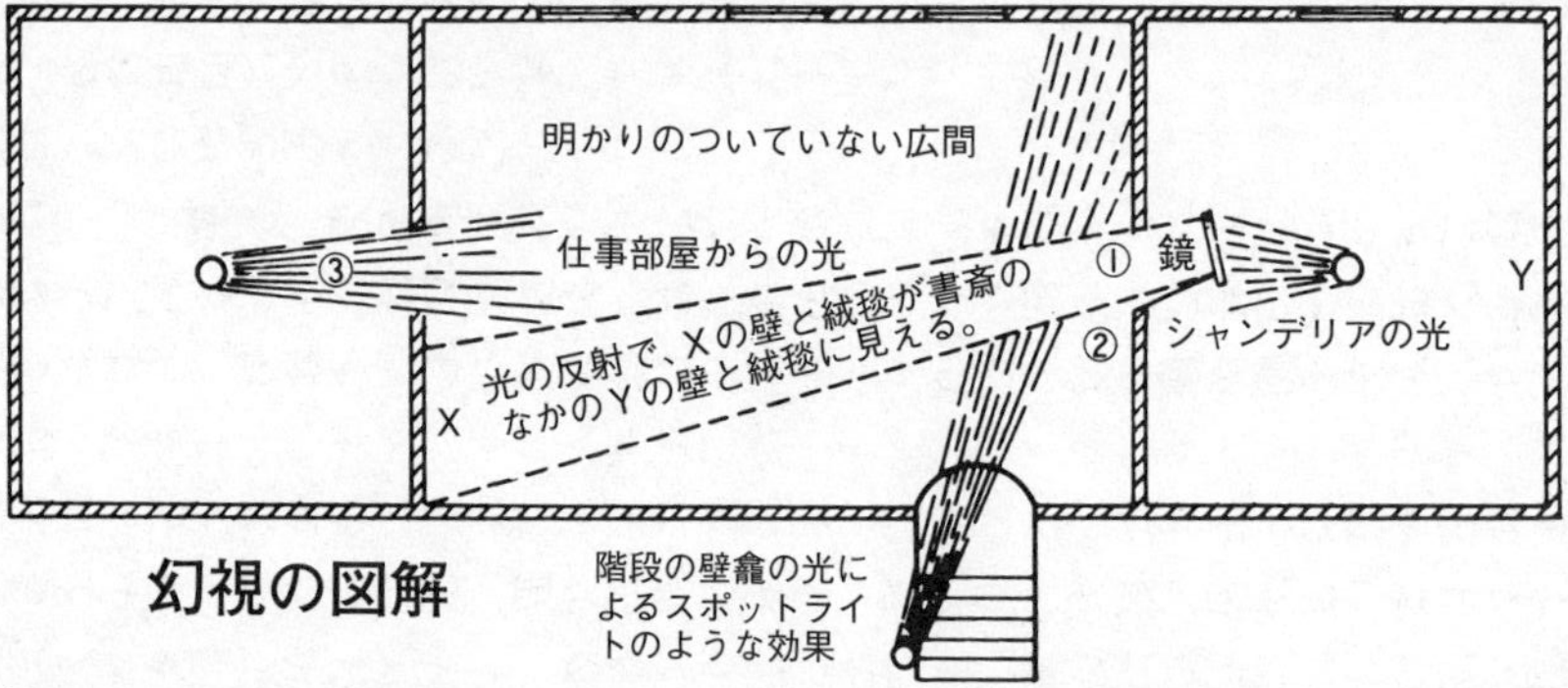

幻視の図解

1　鏡に映った姿を監視者に見られる男。ただし、十メートルほど離れて坐っている監視者の眼の位置がずっと下にあるため、男は鏡像より七センチほど背が高く見える。
2　ドアを開け閉めする共犯者
3　監視者

この幻視を試す際に重要な点がひとつある。鏡に直接光が当たってはならないのだ。当たるとまぶしく反射し、そこに鏡があることがわかってしまう。階段の壁龕からのスポットライトは、ドアの線と交叉するが、どこにも反射しないことがわかるだろう。広間に明かりはついておらず、仕事部屋の明かりは遠くまで届かない。書斎のなかの光は、非常に高い天井から下がったシャンデリア、つまり鏡のほぼ真上から来る。したがって、広間に鏡の影はほとんど伸びず、伸びたとしても、ドアのまえに立つ男の逆の影によってぼやかされる。

三人がまた書斎に入り、角度をつけて置かれた鏡をハドリーがもとの場所に片づけると、フェル博士は椅子に沈みこみ、ぜいぜいとため息をついた。

「すまなかった、諸君。ミスター・ミルズの注意深く整理された正確な証言にもとづいて、はるかまえに真相を把握すべきだったのだ。彼の正確なことばを記憶から引き出してみよう。まちがったら言ってくれ、ハドリー。ふむ」指の関節を頭にこつこつ当てながら、顔をしかめた。「こんな感じだ——

〝彼女（デュモン）がドアをノックしようとしたとき、驚いたことに、背の高い男がすぐあとから上がってきたのです。彼女が振り返り、男を見て大声で何か言いました……背の高い男は何も答えませんでした。ドアに近づくと、立てていたコートの襟を悠然と寝かし、帽子を脱いでコートのポケットに入れました……〟

わかるかね？　男はそうしなければならなかったのだ。鏡の像が帽子をかぶり、コートの襟を立てているわけにはいかなかった。なかの人影は部屋着を着ているように見えなければいけない。私も、男が仮面ははずさないのに、なぜ帽子とコートについてはそこまで几帳面だったのかと思ったのだ——」

「そう。あの仮面はどうなんです。ミルズは——」

「ミルズは、男が仮面をはずすところは見なかった。ミルズの証言をすませたあとで、すぐその理由を説明しよう。

〝マダム・デュモンが何か叫んで壁のほうに尻込みし、急いでドアを開けました。グリモー博士が明らかに困惑顔で戸口に現われ――〟

現われたのだ！　まさに彼はそうした。われらの整然とした証人は、気味が悪いほど正確だった。だが、デュモンは？　ここに最初の不備があった。部屋のドアのまえに立ち、怖ろしい人物を見上げている怯えた女性は、部屋のなかに守ってくれる人がいるときに尻込みはしない。むしろ守ってもらおうとドアに駆け寄るはずだ。まあいい、ミルズの証言を続けよう。ミルズは、グリモーが眼鏡をかけていなかったと言った（仮面の下に眼鏡はかけられない）。しかし、なかにいる男としては、眼鏡を取り上げるのが自然だろう。グリモーは、ミルズによると、終始じっと立っていた。ポケットに両手を突っこんでいた見知らぬ男と同様にね。さて、ここが悪事の証拠だ。ミルズはこう言う。〝あとずさりして壁に張りついていたマダム・デュモンが、そのあとドアを閉めた気がするのです。彼女の手がドアノブをつかんでいたのを憶えていて〟。これも彼女にとって不自然な動きだな。デュモンは反論したが――ミルズが正しかった」フェル博士は仕種で強調した。

「ここでいちいち振り返っても意味はないが、私が疑問に思ったのは次のようなことだ。もしそのあとグリモーがひとりで部屋にいたのなら、もし鏡に映った自分に向かって歩いていったのなら、裾の長い黒いコートと、茶色の前びさしの帽子と、仮面はどうなったのか。それらは部屋のなかになかった。しかし、私はエルネスティーヌの職業がオペラやバレエの衣装を作ることだったのを思い出したのだ。そして、オルークがしてくれた話を思い出し、ついにわかった――」

「というと?」

「グリモーはそれらを燃やしたのだよ」フェル博士は言った。「オルークが説明した〝消える騎士〟の服のように、みな紙でできていたのだ。あの火で本物の服を燃やすのは危険だし、時間もかかる。作業は手早くすまさなければならなかった。破って燃やせないといけない。そしてその上に、ばらばらで何も書いていない――まったく空白の！――筆記用紙の束をのせて燃やし、色紙が混じっていたことを隠す。危険な手紙だと！　おお、バッカス、そんなことを思いついた自分を殺したくなる」拳を振った。「グリモーが重要な書類を入れている机の抽斗に向かう血の跡も、血の染みすらまったくついていなかったというのに！　紙を燃やしたのには、もうひとつ理由があった……〝銃声〟の破片を隠さなければならなかったのだ」

「銃声?」

「この部屋で銃弾が発射される予定だったことを忘れないように。むろん家のなかにいた人々が聞いたのは、大きな爆竹の音だった。ほら、ドレイマンがガイ・フォークスの夜祭のために買いだめしているなかから盗んだのだ。ドレイマンは、その爆竹がなくなっているのを見つけて、からくりの全容を知ったのだと思う。だからうわ言で〝花火〟と言いつづけていた。爆竹がはじけると、破片があちこちに飛ぶ。それらは燃えにくく強化された厚紙だから、改めて火にくべるか、あの紙の燃えさしのなかに隠さなければならなかった。私もいくつか見つけたよ。当然ながら、われわれは本物の銃弾が発射されていないことを察知すべきだった。昨今の弾薬には——きみがコルトのリボルバーだと教えてくれたあの銃に使うようなものには——無煙火薬が入っている。においはするが、煙は見えない。なのにこの部屋は、あの夜、窓が上げられたあとも（爆竹が残した）煙で霞んでいた。

さて、要約しよう！　グリモーの大がかりなクレープ紙の衣装には、まず黒いコートがあった。部屋着のように黒くて長く、正面には光沢のある襟がついていて、寝かせて自分の像と向き合うと、これも部屋着のように見えた。それから、紙の帽子があった。仮面とくっついているので、帽子を脱ぐと仮面もとれ、両方丸めてコートのポケットに突っこめばよかった（ちなみに、本物の部屋着は、グリモーが外出しているあいだに部屋のなかに用意されていた）。黒い〝仕事着〟は、その日の夕方、不注意にも階下のクロゼットにかけてあった。

あいにくマンガンがそれを見つけた。デュモンは目ざとく察して、マンガンがいなくなるとすぐに、クロゼットからもっと安全な場所へ移した。そのとき彼女は、黄色のツイードのコートは見なかった。すでにグリモーが階上に持って上がり、外出の準備をしていたから当然だ。しかし、昨日の午後にはクロゼットにあったのを見られたから、デュモンはずっとそこにあったふりをしなければならなかった。これがカメレオンのコートの正体だ。

もうきみも、土曜の夜、フレイを殺してみずからも銃弾を受けたグリモーが家に戻ってきたときのことを再現できるだろう。まやかしの最初から、彼と協力者は危険で厄介な事態に直面していた。まず、グリモーが遅れた。九時半には戻る予定だったのに、九時四十五分になった。遅くなればなるほど、訪問者があるとマンガンに伝えていた時刻に近づく。マンガンは、警戒していてくれと言われた訪問者に備えているだろう。まるで綱渡りの際どさで、冷静なグリモーも気が変になりかけていたと思うよ。地下の勝手口から入ってくると、協力者が待っている。内側に血のついたツイードのコートは玄関ホールのクロゼットにかけて、すぐに始末するつもりだったが、結局始末されることはなかった――グリモーが死んだからだ。デュモンが玄関のドアをそっと開け、手を外に出して呼び鈴を鳴らし、グリモーが仕事着を用意するあいだに、客の〝応対〟のふりをする。

だが、彼らは遅れすぎた。マンガンが呼びかけてきた。まだ頭がしっかり働いていなかったグリモーは、ちょっとした恐慌に陥り、即座にばれることを避けようと、へまをした。ここまで来たのだから、詮索好きな貧乏青年のちょっかいぐらいで失敗したくない。そこで自分はペティスだと名乗り、マンガンたちを部屋に閉じこめた（グリモーと同じ低い声の持ち主はペティスひとりだということに注目してほしい）。さよう、とっさの判断で犯したミスだったが、グリモーの望みは、サッカー選手のような身ごなしでその場を切り抜け、とにかく、しばらく彼らの手から逃れることだけだった。

そうして、まやかしが演じられた。グリモーは部屋にひとりで入り、おそらく血のついた上着はデュモンがあずかった。グリモーはシャツのまえを開いて傷に包帯を巻き、その上に仕事着をまとっていた。あとは部屋の入口の鍵をかけ、本物の部屋着に着替え、紙の仕事着を燃やして、鏡を煙突に隠すだけでよかった……

くり返すが、それが運の尽きだった。血がまた流れだした。わかるね。ふつうの人間があの怪我をしたら、そこに至るまでの重圧にもとうてい耐えられなかっただろう。グリモーはフレイの銃弾で死んだのではない。あの鏡を隠し場所に持ち上げようとして、超人的にやりとげたときに、肺が腐ったゴムのように破れてしまったのだ。そのとき彼にはわかった。そのとき動脈を切りつけたように血が口から噴き出した。グリモーはよろめいてカウチにぶつかり、椅子を蹴ってずらし、ふらふら進みながら、それでも最後の力を振り絞ってどうにか爆竹に点火した。あらゆる憎しみと欺瞞と策略の果てに、彼のまえで世界は動かなくなった。世界はゆっくりと暗くなっていくだけだった。叫ぼうとしたが、血が喉にあふれてきて叫べない。そこで突然、シャルル・グリモーは、そんなことがありうるとは夢にも思わなかったことが起きるのを知った。彼の苦い人生で最後の、もっとも驚くべき鏡のまやかしが粉々に砕け散った……」

「というと？」

「彼は自分が死ぬことを悟ったのだ」フェル博士は言った。「そして、それまでに見たどんな夢より奇妙なことだが、そのことがうれしかったのだ」

重苦しい外の光が、また雪で暗くなりはじめた。冷え冷えした部屋のなかで、フェル博士の声が奇妙に響いた。そして彼らは見た。ドアが開いて、地獄に堕ちたような顔つきの女性が立っていた。すさまじい顔と黒い服、しかし肩にはまだ、死んだ男に捧げる愛のために赤と黄色のショールをまとっていた。

「わかるだろう、彼は自白したのだ」フェル博士がやはり低い単調な声で言った。「われわれに、フレイを殺したこと、フレイに殺されたことを包み隠さず話そうとした。ただ、われわれには理解できなかった。私も、時計の手がかりからカリオストロ通りで起きた事件の真相を知るまで、その意味がわからなかった。きみ、まだわからないかね？　まず、彼の末期のことば、死ぬ直前に言ったことを考えてみなさい——

〝やったのは私の弟だ。あいつが撃つとは思ってもみなかった。どうしてあの部屋から出られたのか、神のみぞ知る〟」

「カリオストロ通りのフレイの部屋のことを言っているのですか。フレイが瀕死の状態で置き去りにされた？」ハドリーが訊いた。

「さよう。そして、グリモーが街灯に照らされたドアを開けたときに、フレイがいきなり攻撃してきた怖ろしい瞬間のことを言っている。

〝あそこにいたと思ったら、次の瞬間にはいなかった……弟の正体をあなたに話したい。頭が変になったと思われないように……〟。

当然ながらグリモーは、フレイのことは誰も知らないと思っていた。これらがわかったうえで、あの混乱した、窒息しかけて不明瞭なことばを振り返ってみよう。もうもたないと言われたときに、グリモーはすべての謎をわれわれに明かそうとしたのだ。

まず彼は、ホルヴァート家と岩塩坑について話そうとした。だがその次には、フレイを殺したこと、フレイが彼にしたことを話した。〝自殺ではない〟。フレイが通りにいた以上、フレイの死を自殺に見せかけることはできない。〝やつはロープを使えなかった〟。たしかに、グリモーがもう必要ないと捨ててしまったロープを、フレイがあのあと使うことはできなかった。〝屋根〟。グリモーはこの家の屋根のことを言っていたのではない。フレイの部屋から去ったときに渡った屋根のことだった。〝雪〟。雪がやみ、彼の計画を台なしにしてしまった。〝明るすぎた〟。これがいちばん重要だ、ハドリー。彼が通りをのぞいたとき、街灯の光が明るすぎたのだ。そのためフレイが彼に気づいて発砲した。〝銃を持っていた〟。むろん、そのときフレイは銃を持っていた。〝狐《フォックス》〟。これは仮面、彼が企みに使ったガイ・フォークスの夜の扮装だ。そして最後に、〝責めないでくれ、哀れな……〟は、ドレイマンではない。ドレイマンを指したのではなく、恥ずべきことをしてしまったのを最後に謝りたかったのだと思う。本来するはずがなかった、他人の名前を騙るという悪事を。〝責めないでくれ、哀れなペティスを。彼のまねをするつもりはなかったのだ〟というわけだ」

長いあいだ、誰も口を利かなかった。

「なるほど」ハドリーがぼんやりと同意した。「わかりました。たったひとつのことを除いて。あの絵を切り裂いたのはなぜです。そしてナイフはどこへ行ったんです」

「絵を切り裂いたのは、まやかしに真実味を与える追加の演出だったのだと思うね。グリモーがやった——私はそんなふうに想像する。ナイフについては、率直に言ってわからない。おそらくグリモーがここに置いていて、鏡の横にでも隠したのかもしれない。見えない男が二重に武装していたと思わせるために。だがいま、煙突のなかの出っ張りにはのっていない。昨日、ドレイマンが発見して持ち去ったと考えるしかない——」

「そこだけは」と声が言った。「まちがっています」

エルネスティーヌ・デュモンが依然として部屋の入口に立ち、胸にかかったショールの上で腕を組んでいた。しかし、彼女は微笑んでいた。

「話はすべてうかがいました」と続けた。「あなたはわたくしを絞首刑にできるかもしれないし、できないかもしれない。そんなことは、どうでもかまいません。はっきりわかっているのは、これだけの年月、シャルルといっしょにすごしたあとで、彼なしでは生きる意味もないということ……ナイフはわたくしが取ったのですよ、ご友人。別の使い途があったので」

エルネスティーヌ・デュモンは微笑みつづけていた。眼が誇りに燃えていた。ランポールは彼女が手に隠し持っていたものを見た。彼女は急によろめき、ランポールが支えようとしたときにはすでに遅く、前向きにどさりと倒れた。フェル博士は椅子から重々しく立ち上がり、彼女と同じくらい蒼白な顔で見つめつづけた。

「また罪を犯してしまったよ、ハドリー」博士は言った。「また真実を見抜いてしまった」

訳者あとがき

ジョン・ディクスン・カー『三つの棺』（原題はアメリカ版が *The Three Coffins*、イギリス版が *The Hollow Man*）の新訳をお届けする。

いまさら説明するまでもない名作だろう。七十冊以上あるこの作家の長篇のうち、『ユダの窓』や『火刑法廷』などと並ぶ代表作であり、本格ミステリや密室ミステリのオールタイム・ベストの企画があれば、かならず上位に入る古典のひとつだ。たとえば、エドワード・D・ホックら十七人のミステリ作家・書評家が一九八一年にまとめた不可能犯罪ミステリのランキングでは、堂々一位に選ばれている（http://mysteryfile.com/Locked_Rooms/Library.html）。

ロンドンに雪が降り積もった夜、屋敷の主が鍵のかかった部屋で撃ち殺される。しかし、押し入ったはずの犯人は忽然と消え去り、窓や庭の雪に痕跡はいっさい残っていなかった。同じ夜、通りのまんなかを歩いていた別の男が、同じ銃で至近距離から撃たれて死ぬ。ところが、まわりの雪には本人の足跡しかなく、近くにいた目撃者にも犯人の姿は見えなかった。やがてその二件の殺人に、三つの墓が描かれた不気味な絵がかかわっていることがわかり……

……いかにもカーらしい雰囲気と、魅力的な謎。本書を読んだことがないかたでも、どこかでトリックの一部を見聞きしたことがあるのではないだろうか。原書が出版されたのは一九三五年である。一九三〇年に『夜歩く』でデビューして、作品を文字どおり量産していた三〇年代のなかば（三〇年から四一年までのあいだに、長篇小説三十六作を含む三十九冊を世に出し、執筆量が出版社の契約冊数を上まわったために、ジョン・ディクスン・カーとは別にカーター・ディクスン名義を作らざるをえなかった）、私生活では新婚の妻とニューヨークからイギリスに移り住んで、公私ともに充実していた時期の作品だ。ギデオン・フェル博士ものの六作目にあたり、喜劇的なメリヴェール卿に対してシリアスな事件を解決するフェル博士のキャラクターもほぼ定まって、その後の型となった（作家の評伝と作品解題については、ダグラス・G・グリーン『ジョン・ディクスン・カー〈奇蹟を解く男〉』〔国書刊行会〕、S・T・ジョシ『ジョン・ディクスン・カーの世界』〔創英社／三省堂書店〕にくわしい）。

江戸川乱歩が挙げたカーの三大特徴に⑴不可能興味（典型的には密室殺人）、⑵怪奇趣味（たとえば悪霊、魔術、降霊会、蠟人形館、ロンドン塔、処刑具……）、⑶ユーモア、がある。作品によってはそのどれかが突出して、面白いけれどちぐはぐな印象を与えるものもあるが、本書はその点じつにバランスがよく、さらにストーリーで読ませるので、高評価につながるのだろうと思う。

その乱歩の「カー問答」（『エラリイ・クイーンとそのライヴァルたち』〔パシフィカ〕

収録）をはじめとして、本書に触れた評論は数多くある。二階堂黎人氏は『名探偵の肖像』〔講談社文庫〕の「ジョン・ディクスン・カーの全作品を論じる」のなかで、『三つの棺』をカーの作品中最上級にランクづけし、〝物語と、登場人物の設定と、二つの殺人事件とそのトリックと、結末の意外な犯人が、すべて完全に有機的に結合している〟と絶賛している。

また、翻訳ミステリー大賞シンジケートの「初心者のためのディクスン・カー入門」では、霞流一氏が本書をカーのお勧め七冊のうちの一冊に挙げ、〝都市伝説的な因果話が動機に関わってきて、物語を充実させている〟、〝本格の教科書みたいな存在〟と紹介している（http://d.hatena.ne.jp/honyakumystery/20111206/1323124945）。

〝本格の教科書〟との関連で有名なのが、本書のフェル博士による「密室講義」だ（第十七章）。密室トリックを場合分けして論じたもので、単独でアンソロジーに収録されることもある。おそらく現代の基準からすれば網羅的とは言えないだろうが、いきなり自分たちは小説の登場人物であると語りはじめる博士のメタフィクション的な饒舌が、じつに愉しい。

訳者としてひと言。トリックにかかわる部分なのであいまいにしか言えないのだが（未読で気になるかたは、この段落は飛ばしてください）、英語では一語ですっきりと言い表わせるものが、日本語だと何通りかのことばを使い分けないと不自然になってしまうところがある。これはその単語の性質上いたしかたない。ただ、本来は訳語もひとつであることが望ましいわけで、使い分けを減らしながら謎解きのところでルビを振って、原語が同一であることを示す方法も考えた。しかしそれでは、読者が早い段階で気づくチャンスを訳者が奪うことになってフェアではないと思い、結局廃案にした。もしかするとどこかに完璧な解決策があるのかもしれない……。

近年、カーの作品は、『帽子収集狂事件』、『火刑法廷』、『皇帝のかぎ煙草入れ』、『夜歩く』など新訳が相次いでいる。再評価、再々評価につながれば一訳者としてうれしい。いつと約束できないので申しわけないのだけれど、メリヴェール卿ものの代表作『ユダの窓』の新訳にも取りかかる予定なので、もうしばらくお待ちいただきたい。

では、これから本書を読むかたに――「私が脱帽するのはこの事件全体のねじ曲がり方だよ」とフェル博士も嘆息する〝大技〟を、存分にお愉しみください。

二〇一四年七月

ジョン・ディクスン・カー（カーター・ディクスン）長篇著作リスト

☆はジョン・ディクスン・カー名義、★はカーター・ディクスン名義
■はアンリ・バンコラン、◆はギデオン・フェル博士、＊はヘンリー・メリヴェール卿登場作品

☆It Walks By Night（1930）■
『夜歩く』（内山賢次訳／天人社／一九三〇年）
「夜歩く」（西田政治訳／宝石・昭和26年10月増刊／一九五一年）
『夜歩く』（西田政治訳／ハヤカワ・ミステリ151／一九五四年）
『夜歩く』（井上一夫訳／東京創元社・ディクスン・カー作品集1／一九五九年）
『夜歩く』（文村潤訳／ハヤカワ・ミステリ文庫／一九七六年）
『夜歩く』（井上一夫訳／創元推理文庫／一九七六年）
『夜歩く』（和爾桃子訳／創元推理文庫／二〇一三年）

☆The Lost Gallows（1931）■
「絞首台の秘密」（井上英三訳〔抄訳〕／新青年・昭和11年夏期増刊号／一九三六年）
「絞首台の謎」（田中潤司訳／別冊宝石・75号／一九五八年）

『絞首台の謎』（井上一夫訳／東京創元社・ディクスン・カー作品集2／一九五九年）
『絞首台の謎』（井上一夫訳／創元推理文庫／一九七六年）
☆Castle Skull（1931）■
「髑髏城」（宇野利泰訳／探偵倶楽部・昭和31年1～12月号／一九五六年）
『髑髏城』（宇野利泰訳／東京創元社・世界大ロマン全集22／一九五七年）
『髑髏城』（宇野利泰訳／創元推理文庫／一九五九年）
☆The Corpse in the Waxworks〔The Waxworks Murder〕（1932）■
「蠟人形館の殺人」（妹尾韶夫訳／宝石・昭和26年1～7月号／一九五一年）
『蠟人形館の殺人』（妹尾韶夫訳／ハヤカワ・ミステリ166／一九五四年）
『蠟人形館の殺人』（和爾桃子訳／創元推理文庫／二〇一二年）
☆Hag's Nook（1932）◆
『妖女の隠れ家』（西田政治訳／ハヤカワ・ミステリ264／一九五六年）
『魔女の隠れ家』（小林完太郎訳／創元推理文庫／一九六〇年）
『魔女の隠れ家』（高見浩訳／創元推理文庫／一九七九年）
『妖女の隠れ家』（斎藤数衛訳／ハヤカワ・ミステリ文庫／一九八一年）
☆Poison in Jest（1932）
『毒のたわむれ』（村崎敏郎訳／ハヤカワ・ミステリ357／一九五八年）
☆The Mad Hatter Mystery（1933）◆
「帽子蒐集狂事件」（高木彬光訳〔抄訳〕／別冊宝石・10号／一九五〇年）

『帽子蒐集狂事件』（宇野利泰訳／東京創元社・世界推理小説全集23／一九五六年）
『帽子蒐集狂事件』（宇野利泰訳／新潮文庫／一九五九年）
『帽子収集狂事件』（田中西二郎訳／創元推理文庫／一九六〇年）
『帽子収集狂事件』（森英俊訳／集英社文庫／一九九九年）
『帽子収集狂事件』（三角和代訳／創元推理文庫／二〇一一年）
☆The Eight of Swords（1934）◆
『剣の八』（妹尾韶夫訳／ハヤカワ・ミステリ431／一九五八年）
『剣の八』（加賀山卓朗訳／ハヤカワ・ミステリ文庫／二〇〇六年）
☆The Blind Barber（1934）◆
「盲目の理髪師」（北村栄三訳／別冊宝石・61号、63号／一九五六年・一九五七年）
『盲目の理髪師』（井上一夫訳／創元推理文庫／一九六二年）
『盲目の理髪師』（井上一夫訳／創元推理文庫／二〇〇七年）
★The Plague Court Murders（1934）＊
「黒死荘殺人事件」（岩田賛訳／別冊宝石・10号／一九五〇年）
『プレーグ・コートの殺人』（西田政治訳／ハヤカワ・ミステリ256／一九五六年）
『黒死荘』（長谷川修二訳／東京創元社・ディクスン・カー作品集3／一九五九年）
『黒死荘の殺人』（平井呈一訳／東都書房・世界推理小説大系22／一九六三年）
『黒死荘の殺人』（平井呈一訳／講談社・世界推理小説大系10／一九七二年）
『プレーグ・コートの殺人』（平井呈一訳／講談社文庫／一九七七年）

『プレーグ・コートの殺人』（仁賀克雄訳／ハヤカワ・ミステリ文庫／一九七七年）
『黒死荘の殺人』（南條竹則・高沢治訳／創元推理文庫／二〇一二年）
★The White Priory Murders（1934）＊
『修道院殺人事件』（長谷川修二訳／雄鶏社／一九五一年）
『修道院殺人事件』（長谷川修二訳／ハヤカワ・ミステリ239／一九五六年）
『修道院の殺人』（宮西豊逸訳／東京創元社・ディクスン・カー作品集4／一九五九年）
『白い僧院の殺人』（厚木淳訳／創元推理文庫／一九七七年）
★The Bowstring Murders（1933）（初出はカー・ディクスン名義）
「黒い密室」（妹尾韶夫訳／宝石・昭和34年6月臨時増刊号／一九五九年）
『弓弦城殺人事件』（加島祥造訳／ハヤカワ・ミステリ505／一九五九年）
『弓弦城殺人事件』（加島祥造訳／ハヤカワ・ミステリ文庫／一九七六年）
Devil Kinsmere（1934）（ロジャー・フェアバーン名義）『深夜の密使』の原型　未訳
☆Death-Watch（1935）◆
『死の時計』（喜多孝良訳／ハヤカワ・ミステリ182／一九五五年）
『死時計』（宮西豊逸訳／創元推理文庫／一九六〇年）
『死時計』（吉田誠一訳／創元推理文庫／一九八二年）
☆The Three Coffins〔The Hollow Man〕（1935）◆
『魔棺殺人事件』（伴大矩訳／日本公論社／一九三六年）
『猟奇探偵　魔棺殺人事件』（伴大矩訳／荻原星文館／一九三六年）

『三つの棺』（村崎敏郎訳／ハヤカワ・ミステリ137／一九五五年）
『三つの棺』（三田村裕訳／ハヤカワ・ミステリ137／一九七六年）
『三つの棺』（三田村裕訳／ハヤカワ・ミステリ文庫／一九七九年）
『三つの棺〔新訳版〕』（加賀山卓朗訳／ハヤカワ・ミステリ文庫／二〇一四年）本書

★ The Red Widow Murders（1935）＊
「赤後家怪事件」（島田一男訳〔抄訳〕／別冊宝石・10号／一九五〇年）
『赤後家の殺人』（宇野利泰訳／東京創元社・世界推理小説全集44／一九五八年）
『赤後家の殺人』（宇野利泰訳／創元推理文庫／一九六〇年）

★ The Unicorn Murders（1935）＊
「一角獣殺人事件」（田中潤司訳／別冊宝石・63号／一九五七年）
『一角獣の怪』（長谷川修二訳／東京創元社・ディクスン・カー作品集5／一九五八年）
『一角獣殺人事件』（田中潤司訳／国書刊行会・世界探偵小説全集4／一九九五年）
『一角獣の殺人』（田中潤司訳／創元推理文庫／二〇〇九年）

☆ The Arabian Nights Murder（1936）◆
『アラビアン・ナイト殺人事件』（森郁夫訳／ハヤカワ・ミステリ367／一九五七年）
『アラビアンナイトの殺人』（宇野利泰訳／東京創元社・世界推理小説全集45／一九六〇年）
『アラビアンナイトの殺人』（宇野利泰訳／創元推理文庫／一九六一年）

☆ The Murder of Sir Edmund Godfrey（1936）
『エドマンド・ゴドフリー卿殺害事件』（岡照雄訳／国書刊行会・クライム・ブックス2／

一九九一年）
『エドマンド・ゴドフリー卿殺害事件』（岡照雄訳／創元推理文庫／二〇〇七年）
★The Punch and Judy Murders〔The Magic Lantern Murders〕(1936) ＊
『パンチとジュディ』（村崎敏郎訳／ハヤカワ・ミステリ485／一九五九年）
『パンチとジュディ』（白須清美訳／ハヤカワ・ミステリ文庫／二〇〇四年）
☆The Four False Weapons (1937) ■
『四つの兇器』（村崎敏郎訳／ハヤカワ・ミステリ445／一九五八年）
☆The Burning Court (1937)
『火刑法廷』（西田政治訳／ハヤカワ・ミステリ174／一九五五年）
『火刑法廷』（小倉多加志訳／ハヤカワ・ミステリ174／一九六三年）
『火刑法廷』（小倉多加志訳／ハヤカワ・ミステリ文庫／一九七六年）
『火刑法廷〔新訳版〕』（加賀山卓朗訳／ハヤカワ・ミステリ文庫／二〇一一年）
★The Peacock Feather Murders〔The Ten Teacups〕(1937) ＊
「孔雀の羽根」（妹尾韶夫訳／別冊宝石・46号／一九五五年）
『孔雀の羽根』（厚木淳訳／創元推理文庫／一九八〇年）
★The Third Bullet (1937)（完全版は Fell and Foul Play (1991) に初収録）
『第三の銃弾〔完全版〕』（田口俊樹訳／ミステリマガジン二〇〇一年四月号／二〇〇一年）
『第三の銃弾〔完全版〕』（田口俊樹訳／ハヤカワ・ミステリ文庫／二〇〇一年）
☆To Wake the Dead (1938) ◆

『死人を起す』（延原謙訳／ハヤカワ・ミステリ127／一九五五年）
『死者はよみがえる』（橋本福夫訳／創元推理文庫／一九七二年）
☆The Crooked Hinge（1938）◆
『曲った蝶番』（妹尾韶夫訳／雄鶏社／一九五一年）
『曲った蝶番』（妹尾韶夫訳／ハヤカワ・ミステリ220／一九五五年）
『曲った蝶番』（中村能三訳／東京創元社・ディクスン・カー作品集6／一九五九年）
『曲った蝶番』（中村能三訳／東京創元社・世界名作推理小説大系17／一九六〇年）
『曲った蝶番』（中村能三訳／創元推理文庫／一九六六年）
『曲がった蝶番』（三角和代訳／創元推理文庫／二〇一二年）
★The Judas Window〔The Crossbow Murder〕（1938）＊
『ユダの窓』（喜多孝良訳／ハヤカワ・ミステリ126／一九五四年）
『ユダの窓』（砧一郎訳／ハヤカワ・ミステリ126／一九七五年）
『ユダの窓』（砧一郎訳／ハヤカワ・ミステリ文庫／一九七八年）
★Death in Five Boxes（1938）＊
『五つの箱の死』（西田政治訳／ハヤカワ・ミステリ320／一九五七年）
☆The Problem of the Green Capsule〔The Black Spectacles〕（1939）◆
『緑のカプセル』（宇野利泰訳／東京創元社・ディクスン・カー作品集8／一九五八年）
『緑のカプセルの謎』（宇野利泰訳／創元推理文庫／一九六一年）
☆The Problem of the Wire Cage（1939）◆

『足跡のない殺人』（長谷川修二訳／東京創元社・ディクスン・カー作品集7／一九五九年）
『テニスコートの謎』（厚木淳訳／創元推理文庫／一九八二年）
『テニスコートの殺人』（三角和代訳／創元推理文庫／二〇一四年）
★The Reader is Warned（1939）＊
「読者よ欺かるる勿れ」（宇野利泰訳／別冊宝石・46号／一九五五年）
『予言殺人事件』（宇野利泰訳／現代文芸社／一九五六年）
『読者よ欺かるるなかれ』（宇野利泰訳／ハヤカワ・ミステリ409／一九五八年）
『読者よ欺かるるなかれ』（宇野利泰訳／ハヤカワ・ミステリ文庫／二〇〇二年）
★Fatal Descent〔Drop to His Death〕（1939）（ジョン・ロードと共著）
『エレヴェーター殺人事件』（中桐雅夫訳／ハヤカワ・ミステリ390／一九五八年）
☆The Man Who Could Not Shudder（1940）◆
『震えない男』（村崎敏郎訳／ハヤカワ・ミステリ525／一九五九年）
『幽霊屋敷』（小林完太郎訳／創元推理文庫／一九五九年）
★And So To Murder（1940）＊
「かくして殺人へ」（長谷川修二訳／別冊宝石・61号／一九五六年）
『かくして殺人へ』（白須清美訳／新樹社／一九九九年）
★Nine and Death Makes Ten〔Murder in the Submarine Zone〕（1940）＊
「九人と死人で十人だ」（旗森真太郎訳／別冊宝石・70号／一九五七年）
『九人と死で十人だ』（駒月雅子訳／国書刊行会・世界探偵小説全集26／一九九九年）

☆ The Case of the Constant Suicides（1941）◆
『連続殺人事件』（井上一夫訳／東京創元社・ディクスン・カー作品集9／一九五九年）
『連続殺人事件』（井上一夫訳／創元推理文庫／一九六一年）
★ Seeing is Believing〔Cross of Murder〕（1941）＊
「この眼で見たんだ」（長谷川修二訳／別冊宝石・63号／一九五七年）
『殺人者と恐喝者』（長谷川修二訳／創元推理文庫／一九六〇年）
『殺人者と恐喝者』（森英俊訳／原書房・ヴィンテージ・ミステリ／二〇〇四年）
『殺人者と恐喝者』（高沢治訳／創元推理文庫／二〇一四年）
☆ Death Turns the Tables〔The Seat of the Scornful〕（1942）◆
『嘲るものの座』（早川節夫訳／ハヤカワ・ミステリ229／一九五五年）
『猫と鼠の殺人』（厚木淳訳／創元推理文庫／一九八一年）
☆ The Emperor's Snuff-Box（1942）
「皇帝の嗅煙草入」（西田政治訳／別冊宝石・12号／一九五〇年）
『皇帝の嗅煙草入』（西田政治訳／ハヤカワ・ミステリ167／一九五四年）
『皇帝のかぎ煙草入れ』（井上一夫訳／東京創元社・ディクスン・カー作品集10／一九五八年）
『皇帝のかぎタバコ入れ』（白石佑光訳／新潮文庫／一九六〇年）
『皇帝のかぎ煙草入れ』（中村能三訳／中央公論社・世界推理名作全集／一九六〇年）
『皇帝のかぎ煙草入れ』（井上一夫訳／東京創元社・世界名作推理小説大系17／一九六一年）
『皇帝のかぎ煙草入れ』（井上一夫訳／創元推理文庫／一九六一年）

『皇帝のかぎ煙草入れ』（中村能三訳／中央公論社・世界推理小説名作選／一九六二年）
『皇帝のかぎ煙草入れ』（守屋陽一訳／角川文庫／一九六三年）
『皇帝の嗅ぎ煙草入れ』（宇野利泰訳／講談社・世界推理小説大系／一九七二年）
『皇帝の嗅煙草入れ』（吉田映子訳／旺文社文庫／一九七六年）
『皇帝の嗅ぎ煙草入れ』（宇野利泰訳／講談社文庫／一九七七年）
『皇帝のかぎ煙草入れ』（斎藤数衛訳／ハヤカワ・ミステリ文庫／一九八三年）
『皇帝の嗅ぎ煙草入れ』（中村能三訳／嶋中文庫グレート・ミステリーズ／二〇〇四年）
『皇帝のかぎ煙草入れ』（駒月雅子訳／創元推理文庫／二〇一二年）
★The Gilded Man〔Death and the Gilded Man〕(1942) ＊
『メッキの神像』（村崎敏郎訳／ハヤカワ・ミステリ491／一九五九年）
『仮面荘の怪事件』（厚木淳訳／創元推理文庫／一九八一年）
★She Died a Lady (1943) ＊
『貴婦人として死す』（小倉多加志訳／ハヤカワ・ミステリ481／一九五九年）
『貴婦人として死す』（小倉多加志訳／ハヤカワ・ミステリ文庫／一九七七年）
☆Till Death Do Us Part (1944) ◆
『毒殺魔』（守屋陽一訳／創元推理文庫／一九六〇年）
『死が二人をわかつまで』（仁賀克雄訳／国書刊行会・世界探偵小説全集11／一九九六年）
『死が二人をわかつまで』（仁賀克雄訳／ハヤカワ・ミステリ文庫／二〇〇五年）
★He Wouldn't Kill Patience (1944) ＊

『爬虫館殺人事件』（村崎敏郎訳／ハヤカワ・ミステリ418／一九五八年）
『彼が蛇を殺すはずはない』（中村能三訳／東京創元社・ディクスン・カー作品集11／一九五八年）
『爬虫類館の殺人』（中村能三訳／創元推理文庫／一九六〇年）
★The Curse of the Bronze Lamp〔Lord of the Sorcerers〕（1945）＊
『青銅ランプの呪』（長谷川修二訳／東京創元社・ディクスン・カー作品集12／一九五八年）
『青銅ランプの呪』（後藤安彦訳／創元推理文庫／一九八三年）
☆He Who Whispers（1946）◆
『囁く影』（西田政治訳／ハヤカワ・ミステリ271／一九五六年）
『囁く影』（斎藤数衛訳／ハヤカワ・ミステリ文庫／一九八一年）
★My Late Wives（1946）＊
『別れた妻たち』（小倉多加志訳／ハヤカワ・ミステリ372／一九五七年）
『青ひげの花嫁』（小倉多加志訳／ハヤカワ・ミステリ文庫／一九八二年）
☆The Sleeping Sphinx（1947）◆
『眠れるスフィンクス』（西田政治訳／ハヤカワ・ミステリ261／一九五六年）
『眠れるスフィンクス』（大庭忠男訳／ハヤカワ・ミステリ文庫／一九八三年）
★The Skeleton in the Clock（1948）＊
『時計の中の骸骨』（小倉多加志訳／ハヤカワ・ミステリ316／一九五七年）
『時計の中の骸骨』（小倉多加志訳／ハヤカワ・ミステリ文庫／一九七六年）

☆Below Suspicion（1949）◆
『疑惑の影』（村崎敏郎訳／早川書房・世界傑作探偵小説シリーズ5／一九五一年）
『疑惑の影』（村崎敏郎訳／ハヤカワ・ミステリ263／一九五六年）
『疑惑の影』（斎藤数衛訳／ハヤカワ・ミステリ文庫／一九八二年）
☆The Life of Sir Arthur Conan Doyle（1949）
『コナン・ドイル』（大久保康雄訳／早川書房／一九六二年／一九八〇年）
『コナン・ドイル』（大久保康雄訳／ハヤカワ・ミステリ460／一九九三年）
★A Graveyard to Let（1949）＊
『墓場貸します』（西田政治訳／ハヤカワ・ミステリ206／一九五五年）
『墓場貸します』（斎藤数衛訳／ハヤカワ・ミステリ文庫／一九八〇年）
☆The Bride of Newgate（1950）
『ニューゲイトの花嫁』（村崎敏郎訳／ハヤカワ・ミステリ512／一九五九年）
『ニューゲイトの花嫁』（工藤政司訳／ハヤカワ・ミステリ文庫／一九八三年）
★Night at the Mocking Window（1950）＊
『わらう後家』（宮西豊逸訳／ハヤカワ・ミステリ412／一九五八年）
『魔女が笑う夜』（斎藤数衛訳／ハヤカワ・ミステリ文庫／一九八二年）
☆The Devil in Velvet（1951）
『ビロードの悪魔』（吉田誠一訳／ハヤカワ・ミステリ892／一九六五年）
『ビロードの悪魔』（吉田誠一訳／ハヤカワ・ミステリ文庫／一九八一年）

☆The Nine Wrong Answers（1952）
『九つの答』（青木雄造訳／ハヤカワ・ミステリ394／一九五八年）
★Behind the Crimson Blind（1952）＊
『赤い鎧戸のかげで』（恩地三保子訳／ハヤカワ・ミステリ567／一九六〇年）
『赤い鎧戸のかげで』（恩地三保子訳／ハヤカワ・ミステリ文庫／一九八二年）
★The Cavalier's Cup（1953）＊
『騎士の盃』（村崎敏郎訳／ハヤカワ・ミステリ536／一九六〇年）
『騎士の盃』（島田三蔵訳／ハヤカワ・ミステリ文庫／一九八二年）
☆Captain Cut-Throat（1955）
『喉切り隊長』（村崎敏郎訳／ハヤカワ・ミステリ397／一九五八年）
『喉切り隊長』（島田三蔵訳／ハヤカワ・ミステリ文庫／一九八二年）
☆Patrick Butler for the Defense（1956）
『バトラー弁護に立つ』（橋本福夫訳／ハヤカワ・ミステリ326／一九五七年）
★Fear Is the Same（1956）
『恐怖は同じ』（村崎敏郎訳／ハヤカワ・ミステリ626／一九六一年）
☆Fire, Burn !（1957）
『火よ燃えろ！』（村崎敏郎訳／ハヤカワ・ミステリ554／一九六〇年）
『火よ燃えろ！』（大社淑子訳／ハヤカワ・ミステリ文庫／一九八〇年）
☆The Dead Man's Knock（1958）◆

『死者のノック』（村崎敏郎訳／ハヤカワ・ミステリ463／一九五九年）
『死者のノック』（高橋豊訳／ハヤカワ・ミステリ文庫／一九八二年）
☆Scandal at High Chimneys (1959)
『ハイチムニー荘の醜聞』（村崎敏郎訳／ハヤカワ・ミステリ560／一九六〇年）
『ハイチムニー荘の醜聞』（真野明裕訳／ハヤカワ・ミステリ文庫／一九八三年）
☆In Spite of Thunder (1960) ◆
『雷鳴の中でも』（村崎敏郎訳／ハヤカワ・ミステリ594／一九六〇年）
『雷鳴の中でも』（永来重明訳／ハヤカワ・ミステリ文庫／一九七九年）
☆The Witch of the Low-Tide (1961)
『引き潮の魔女』（小倉多加志訳／ハヤカワ・ミステリ799／一九六三年）
『引き潮の魔女』（小倉多加志訳／ハヤカワ・ミステリ文庫／一九八〇年）
☆The Demoniacs (1962)
『ロンドン橋が落ちる』（川口正吉訳／ハヤカワ・ミステリ1195／一九七三年）
☆Most Secret (1964)
『深夜の密使』（吉田誠一訳／創元推理文庫／一九八八年）
☆The House at Satan's Elbow (1965) ◆
『悪魔のひじの家』（白須清美訳／新樹社／一九九八年）
☆Panic in Box C (1966) ◆
『仮面劇場の殺人』（田口俊樹訳／原書房／一九九七年）

『仮面劇場の殺人』（田口俊樹訳／創元推理文庫／二〇〇三年）
☆ Dark of the Moon（1967）◆
『月明かりの闇　フェル博士最後の事件』（田口俊樹訳／原書房／二〇〇〇年）
『月明かりの闇　フェル博士最後の事件』（田口俊樹訳／ハヤカワ・ミステリ文庫／二〇〇四年）
☆ Papa La-Bas（1968）
『ヴードゥーの悪魔』（村上和久訳／原書房・ヴィンテージ・ミステリ／二〇〇六年）
☆ The Ghosts' High Noon（1969）
『亡霊たちの真昼』（池央耿訳／創元推理文庫／一九八三年）
☆ Deadly Hall（1971）
『死の館の謎』（宇野利泰訳／創元推理文庫／一九七五年）
☆ The Hungry Goblin（1972）
『血に飢えた悪鬼』（宇野利泰訳／創元推理文庫／一九八〇年）

（二〇一四年七月現在）

本書は、一九七九年七月にハヤカワ・ミステリ文庫より刊行された『三つの棺』の新訳版です。

訳者略歴　1962年生，東京大学法学部卒，英米文学翻訳家　訳書『盗まれた貴婦人』『春嵐』パーカー，『ミスティック・リバー』『運命の日』ルヘイン，『樽』クロフツ，『火刑法廷〔新訳版〕』カー（以上早川書房刊）他多数

HM=Hayakawa Mystery
SF=Science Fiction
JA=Japanese Author
NV=Novel
NF=Nonfiction
FT=Fantasy

三《みつ》つの棺《ひつぎ》
〔新訳版〕

〈HM⑤-21〉

二〇一四年七月 十五 日　発行
二〇二四年七月二十五日　五刷

（定価はカバーに表示してあります）

著　者　ジョン・ディクスン・カー
訳　者　加《か》賀《が》山《やま》卓《たく》朗《ろう》
発行者　早川　浩
発行所　株式会社　早川書房
郵便番号　一〇一 - 〇〇四六
東京都千代田区神田多町二ノ二
電話　〇三 - 三二五二 - 三一一一
振替　〇〇一六〇 - 三 - 四七七九九
https://www.hayakawa-online.co.jp

乱丁・落丁本は小社制作部宛お送り下さい。
送料小社負担にてお取りかえいたします。

印刷・中央精版印刷株式会社　製本・株式会社フォーネット社
Printed and bound in Japan
ISBN978-4-15-070371-4 C0197

本書は活字が大きく読みやすい〈トールサイズ〉です。